喜马拉雅之雪

陈平 著

廣东旅游出版社
GUANGDONG TRAVEL & TOURISM PRESS
悦读书·悦旅行·悦享人生
中国·广州

图书在版编目（CIP）数据

喜马拉雅之雪 / 陈平著. — 广州：广东旅游出版社，2024.3
ISBN 978-7-5570-3190-9

Ⅰ.①喜⋯ Ⅱ.①陈⋯ Ⅲ.①游记－作品集－中国－当代 Ⅳ.①I267.4

中国国家版本馆CIP数据核字(2024)第028080号

出 版 人：刘志松
责任编辑：宁紫含
封面设计：安　吉
责任校对：李瑞苑
责任技编：冼志良

喜马拉雅之雪
XI MA LA YA ZHI XUE

广东旅游出版社出版发行

（广东省广州市荔湾区沙面北街71号首层、二层）
邮编：510130
电话：020-87347732（总编室）　020-87348887（销售热线）
投稿邮箱：2026542779@qq.com
印刷：廊坊市海涛印刷有限公司
地址：廊坊市安次区码头镇金官屯村
开本：889×1194mm　1/16
字数：265千字
印张：18.5
版次：2024年3月第1版
印次：2024年3月第1次
定价：78.00元

[版权所有　侵权必究]

本书如有错页倒装等质量问题，请直接与印刷厂联系换书。

写在前面

在此书即将完稿之际，获悉年轻的探险家王相军不幸遇难的消息，深感愕然与悲痛，遂写下以下文字，以纪念这位未曾谋面却是心灵上的同道之人。同时，也作为此书的一个序言吧。

我是两年前才开始知道王相军这个人的，也曾听西藏的朋友说起过他。今年年初的一天，有朋友发给我几则王相军在喜马拉雅山一带拍摄的视频，看着他面对壮美冰山时的那种大呼小叫的模样，我不禁大笑，觉得这小伙子太率真、太可爱了。

视频中出现的几个地方从前我也去过，但观察的深度远不及王相军。我仅仅是作为一位大自然的欣赏者，从未将所看到的一切与环保主题挂钩，而王相军却不同，他是带着使命感而去的。所以我想，面对同样的景观，他与我的感受肯定是不一样的。

我曾以为，我们或许会有一天能在高原的某个地方相遇，但现在看来，这已是不可能的了。作为同样热爱大自然、热爱雪山冰川的人，我非常理解他的这种"疯狂"。倘若我现在也处于他这个年纪，或许，会走上相同的路。

也许是一种巧合吧，我们差不多是在同一年份和同一地域被雪山勾去魂魄的，抑或说是开始迷上雪山的。他是被玉龙雪山迷上的，而我则是被玉龙雪山对面的哈巴雪山迷上的。

那两座山高度相近，本来山体是连在一起的，但随着亿万年的地质变化，硬生生地被金沙江的激流冲刷出绝壁深壑，并成为世界上最壮观、落差最大的峡谷之一。现在，两山之间横亘着的就是著名的虎跳峡。

玉龙雪山因山形更加险峻，落石较多，故不允许攀登。而哈巴雪山则没玉龙这么危险，故一直向登山爱好者开放。依我的观察，哈巴雪山的主峰的冰川要比玉龙雪山更发达，范围也更大一些。哈巴雪山的攀登难度并不高，但是，对体能的要求却是不低。若以攀登的起点——哈巴村为基准的话，与峰顶的相对高差竟达两千六百米左右，约相当于两个玉珠峰的净攀高度，可见这并不是一座可以小觑的雪山。

2013 年 5 月，我独自去云南梅里雪山一带徒步。其时恰逢农历四月中旬，一天晚上，我就宿于雨崩村的一家客栈。吃过晚饭，我坐在走廊里歇息，一边喝着茶，一边欣赏着周围的风景。此时，峻峭的神女峰就在头顶上，近得似乎触手可及。皓月当空，银辉如水，洁白的雪峰向我展示着令人惊骇的美丽。倏然间，心中涌起了一股非常强烈的攀登欲望，这是一种从未有过的感觉，或许，我应该到雪山上去看看了，因为自两年前进藏以来，雪山一直在引诱着我。

在随后的几天里，我在当地雇了一位向导，略显仓促地攀登了哈巴雪山。这是我的第一座雪山，山也接纳了我，让我成功登顶，但是，攀登的过程却是狼狈不堪。因未经任何训练，不知如何控制步速和呼吸，人累得近乎崩溃。所有的装备也都是临时借用的拼凑货，质量很差，手套和靴子全被雪水湿透，一个手指也被冻伤。最可怕的是，还差点被突如其来的高空风吹下悬崖。经过此次攀登，我方有所感悟，自己之所以如此轻率地走向雪山，只缘对雪山的无知。而今，每每忆及那次冒失的攀登，仍心存余悸。

在此后的多次雪山攀登和高原徒步过程中，我变得越来越小心了。因为，我开始明白，生命不仅仅是属于自己。但是，登山毕竟是一项高风险的运动，遇险是在所难免的，关键是要做好应对危险的准备。所以，在近些年的攀登中，尽管我也经历了在雀儿山坠入冰裂缝、在珠峰遭遇暴风雪而迷路等险情，但由于应对措施到位，皆化险为夷。

但并不是每个人都那么幸运，爱上雪山，从某种意义上讲，等于爱上了死亡之神。尽管随着技术的进步，高海拔登山的死亡率在明显下降，然每年仍会有不少登山事故发生，主要还是因为高山疾病和攀登本身的一些意外。

雪山攀登，似乎也是一种宿命，是偶然与必然间的契合与交错，瞬间定生死，其缘由真的难以琢磨。我曾在一首诗中写道：生存与死亡／就像一把骰子／是一种注定的天意／任何绚丽的光环／都是无聊的冗辞／峭壁上的勇者／不过是上帝眼中的一颗尘粒……

昨天，我看到了同行者拍摄的王相军发生意外前的那段视频，不禁心生惋惜。出事时他的脚上竟然没套冰爪，手里也没拿冰镐，身上更没拴安全绳。这在冰川上行走可是犯了大忌的。我搞不清他究竟是因为什么原因而不采取安全措施？怎么能穿着普通的登山靴在光滑的冰川上行走呢？而且还是面对着如此深、如此陡的冰川斜面。或许，他真的是太自信了！

王相军的遭遇，让我想到了我的一位朋友——曾荣获金冰镐奖、在登山界颇有影响的昊昕。2019年6月，他与香港登山家嘉杰一起在巴基斯坦北部登山时因遭遇雪崩而意外身亡。昊昕曾在我几年前的珠峰绒布冰川攀行中担任领队。在他去世的两年前，昊昕和嘉杰成功地以阿尔卑斯方式登顶四姑娘山的幺妹峰。虽说幺妹峰海拔只有六千二百多米，但这绝对是一座攀登难度极高的山，即便对于专业登山者来讲，能登顶也是极为不易的。

对于昊昕的死亡，我也曾想过，他是不是也太自信了？但事后有登山界的朋友告诉我，昊昕的死与自信与否无关，他俩是在夜晚，或许是在睡梦中被突如其来的雪崩夺去生命的。我查看过出事的那座雪山的一些照片，很陡，似无绝对安全的地方可作营地。是的，在地势复杂的雪山上扎营，选址是由不得你的。这也让我想起那年在珠峰6300处扎营时的情形，我的帐篷上方悬着一块几米见方的巨石。这一带向来多地震，一旦发生，就很容易引发石头松动、滚落。尽管你知道潜在的危险，但是，你无法挪位，因为再也找不到一小块稍微平坦点的地方了。登山，就是这样，有时只能是险中求生。

至今，我仍保留着昊昕的微信，偶尔，我还会翻看其早已处于静止状态的朋友圈。就像对待我的其他亡友的电话、微信号码一样，我一直舍不得删去。或许，永远也不会删去。因为，这会让我觉得朋友好像还活着，尽管这是一种错觉，但是，我喜欢这种错觉。

经常有人问，因登山而送命，这值得吗？这其实又会涉及关于登山的意义的讨论。我始终觉得，登山本身是谈不上什么意义的，它只是一项运动而已。如果非要说意义的话，那也只是登山者自己的一种感受，没有什么质化或量化的东西可去衡量或论证。但是，换一个角度看，登山又是极具意义的，其意义在于勇敢精神的弘扬。这看似有点高大上的解释，其实一点也不高大上，因为勇敢精神是一个民族，乃至每个个体都应该具备的最内质化的品格。倘若丧失，人也就没有任何尊严可言。

然而让我感到悲哀的是，对于王相军的遭遇，有些人却在一些网络平台上进行评斥。在此，我几乎找不到合适的语言去评论这些人。我只想说，你可以表示不理解，但不能以你的认知去评判他人。因为，你高度不够，格局自然就小。犹如一只鸡蹲在谷仓里斥责天上的鹰飞得那么高是逞能一样，这是人与人之间的思维茬口的不对称，也是精神上永远也无法弥合的巨大裂隙。

在我看来，王相军的行为应该远远超出了一般意义上的探险。据我所知，这么多年来，他好像没有进行过一次以登顶为目的攀登活动，其基本上是以观察冰川为主，不停地穿行于冰山的腹地之中，而不是冰山之巅。但是，他从冰川的快速消融中觉察到了潜在的生态性危机，这也赋予了他后来的冰山之行以别样的视角和新意，使得他从开始的猎奇性的游玩转至宣传环保。

我非常理解他的这种转变。但凡经常深入雪山冰川的人，都会被因冰川过快的消融所造成的环境现状而震惊。2020年9月，我在前往卓奥友雪山前进营地的途中，亲眼看见了难以想象的冰川退化场景：十几年前还是一望无际的高山冰川，现多已成为冰石混杂的冰碛地带。

一天下午，也是在卓奥友雪山上，与我同行的著名高山摄影家唐凤中，面对着眼前的加布拉冰川忽然感慨道：一生过得真快啊！从事摄影近三十年，忙忙碌碌，无所作为，转眼间人就老了。

我很佩服老唐，尽管他的体能和高原适应能力并不出众，但他很有韧劲和狠劲，有时，为了拍到好照片，靠着一点干粮就能独守荒野七、八天。他在漫长的行摄过程中，内心被冰川严重退化的现状所深深刺痛，进而从风光摄影的视角转为从环保的视角去拍摄雪山冰川。这三十年来，他爬冰卧雪，历尽艰辛，但收获颇丰，许多人迹罕至的冰川上都留下了他的足迹。

我说，你说错了，你积累了那么多珍贵的冰川演化对比资料以此唤起人们的环保意识，这就使得你的摄影有了鲜明而清晰的主题，已经相当了不起了！怎么能说是无所作为呢！我这并不是宽慰之言，而是发自内心的认同和欣赏。人的一生无须轰轰烈烈，惊天动地，只要踏踏实实地干好自己的分内事，那就是最大的成功！

王相军也是一样，他用自己的生命换得了许多宝贵而翔实的图片资料，用所见的事实提醒着人类，吹响了环保的警戒哨。他的哨声传出了冰山，传出了中国，直至回荡在联合国世界气候大会的会场里。这样的生命高度，是很少有人能够企及的。

是的，我知道，对于他的意外死亡，不理解者必占多数，因为多数人对于生活的追求与理解就像作家王朔所言："很多人的生活大都如此，上班下班，吃喝拉撒，家长里短、鸡毛蒜皮。他们看到的只是逼仄的天地中一点点的现实利益。"

这样也是生活，那样也是生活，多数人都在不同的境遇中平稳地度过自己的人生，这也是生命的常态。但是我想，我们每个人身上应该都肩负着某种责任，只是有些人并没有意识到。太过无谓的生活或许才是生命中无法承受之轻。王相军的人生虽然短暂，却要比一般人有意义得多。

亚里士多德说过，幸福就是把灵魂安放在最适当的位置。而王相军，我想，他的灵魂无疑是找到了最适当的位置，那就是他的高原，他的雪山，他的冰川。他，意识到了所肩负的责任，所以，他的脚步才能到达常人难以到达的地方。或许，这，就是他的精彩与不凡吧！

冰山沉默，精神永恒！

目录 CONTENTS

- 1　第一章　遥远的峡谷
- 75　第二章　重走318
- 113　第三章　珠峰，永恒的向往
- 170　第四章　穿越希夏邦马
- 214　第五章　冰雪的纯粹
- 283　尾声　旅行，是一种情怀

第一章
遥远的峡谷

我第一次见到珠峰,是在2011年初秋的一天,那也是我的首次进藏。因正值雨季,喜马拉雅山脉一直云雾严裹,峰峦深隐。在离珠峰还有几十公里的路上,风势渐增,忽有云层慢慢绽裂,珠峰终于显露峥嵘,尽管只有短短十来秒的时间,但仍让我激动不已。行至大本营,当珠峰完整而真实地展现于我的面前时,心情之澎湃是无法用语言来形容的。在强烈的高山风吹拂之下,只见万仞之巅,旗云如汹涌之潮,似烈马之鬃,肆意地翻腾于天地之间。霎时,珠峰就彻底征服了我。

对于喜马拉雅山,对于珠峰,之前我已查阅了大量的资料,做过详尽的了解。但是,再多的文字描述也抵不上身临其境的感受。此时,心中除了难以抑制的激动,更是闪过一个疯狂得连自己都不敢相信的念头——要是能登上这山峰该有多好啊!这个念头曾经十分强烈,好似利刃在肌肤上的霎时一划,留下了一道无法消除的痕迹。在很长一段时间里,这个念头总是萦绕在心头,久久无法摆脱。

2016年10月,偶然得知曾与我一同攀登玉珠峰的山友灰灰成功登顶八千多米的马纳斯鲁峰。当我向她表示祝贺时，她说："如果你去登的话，肯定也能成功的。"这一点我相信，因为我的高原适应能力明显要好于她，这已在那次攀登过程中得到了验证。那次我是第一个登顶的，而为了拍摄登顶时的合照，我竟又在狂风怒吼、雪厚没膝的山巅上足足等候了半个多小时——因为灰灰和另一位山友仍在下面攀爬。

灰灰成功登顶八千米级别的山峰，对我的内心冲击是很大的。珠峰，包括任何一座八千米级的雪山都是我的梦想，现在，一个我熟悉的人登上去了，而且，她告诉我这个消息时，口吻竟显得那么平淡。一时间，我的好胜心被激了起来。由此，我想当然地认为，八千米级的雪山，灰灰都能上去，我当然更能上去！

但是，随着时间的推延，内心的冲动渐渐平缓下来，对于攀登的认知也变得更理性了一些。让自己变得理性的主要原因还是攀登所需的那笔巨大的开支。用一句调侃的话去形容，有时候，财力也决定着能力。不管是攀登珠穆朗玛峰还是马纳斯鲁峰，其费用都不是像我这样的工薪阶层所能承受的。这里所说的承受，并不是单纯指你是否拿得出这笔费用，而是指这笔费用在家庭开支中所占的比重是多少。有句话很有道理：贫穷限制你的想象。我虽不乏想象，但的确实实在在地限制了自己的野心或者说雄心。

当然，除前述因素外，我更意识到，雪山攀登的成功与否，并不取决于某个单一要素，它必须是多要素的契合。譬如，天气及当时的身体状况，等等，这些都是很重要的。否则，今天的她能成功，而明天的你却不一定能成功。

渐渐地，我变得现实了，意识到要实现之前的梦想是不太可能的。于是，不甘心的我又冒出了一个新的想法：实在不行，就退而求其次吧，找机会进到这山里面去看一看，哪怕只是走上一小段也行啊！一次，我偶然在网上看到关于西藏"蔓峰户外探险"的介绍，由于误将其看成了登山俱乐部，便冒冒失失地与他们取得了联系。当时，我只是想询问卡鲁雄雪山（海拔约6700米，位于西藏日喀则）的攀登事宜，结果一问才知道自己搞错了，原来

"蔓峰"的主业是户外徒步穿越，并不经营纯粹意义上的登山。

由于户外徒步探险也是我这些年一直在进行的，而且，通过电话交谈，这家俱乐部给我的初步印象很不错。所以，此后我便开始关注"蔓峰"的相关活动情况。翌年年初，我又在网上看到"蔓峰"的一则活动启事——珠峰东坡徒步穿越。我心里猛然一震：徒步喜马拉雅，这不正是自己曾经的梦想的一部分吗？于是，我便毫不犹豫地报了名。

2016年5月10号，是我出发的日子。出发之前，我在微信上发了条消息：又将上路，新的旅途开始了，新的故事开篇了！这话其实更多的是说给自己听的，这就像是时间节点上必须镶嵌的一个冒号，好让故事的情节就此展开一样。同时，也想借此引起朋友圈里的人对户外探险的关注或兴趣。因为，在我的家乡，真正去做雪山徒步或雪山攀登活动的人极少。

消息发出后的那几天，我心怀侥幸地等待着，希冀能有人给我反馈，说他也想与我同行。在这么漫长的旅途中，我实在不想太过孤独。但是，不管是微信还是QQ，都未传来让我兴奋的消息。又是一次徒劳的期盼。我注定要再次形单影只地上路。

除却纯粹的登雪山，这已是我第三次真正意义上的雪山徒步了，但心中依然会泛起难以抑制的激动，因为，这次是在世界上海拔最高的山脉中徒步。我始终觉得，到过珠峰脚下，却未能与之好好亲近，这是令人难以释怀的缺憾。而由这种近乎固执的情绪所引发的冲动，时时显得有些不可抑制，身后仿佛总有股魔力在催促着自己快些上路。我知道，在地球的"第三极"上，峻峭的山峰无疑蕴藏着太多太多神秘的力量，目之及处，犹似乍见，始终好奇如初。

列车在西行，眺望窗外，青藏线沿途那熟悉的风景总是让我心潮起伏：喜马拉雅山的深处——她究竟会壮美至何等地步呢？！之前与她的相遇，只是远远地眺望，而这次，我将真正投入她的怀抱。她的气势、她的形态、她的细节会是怎样？对于这冰冷而坚硬的银色世界，我总是寄托着审美上的奢望，希望能够见到大大超出我的预料的震撼画面。尽管自己已好多次摸爬滚打于高原的冰雪之中，但我知道，犹如每一片看似相同却又不同的绿叶，那一座座雪峰、冰川也是如此，其应该有着独具特质的容貌与风格。

此次穿越的具体地点是位于珠峰东坡的嘎玛沟一带。嘎玛沟的风景以美丽著称，在"驴友"的口中，它绝对是高等级的徒步线路。不但可以近距离地欣赏到珠峰（世界第一高峰：8844.43米）、洛子峰（世界第四高峰：8516米）、马卡鲁峰（世界第五高峰：8463米）和全部在中国境内的珠穆朗卓峰（国内第二高峰：7804米），而且，沿途雪山上的冰川也十分壮观。在此，不妨让我再引用一下某权威网站对这条线路的评价："珠峰东坡和嘎玛沟在20世纪被美国和英国探险家赞誉为世界十大经典徒步线路之一。线路气候多变、海拔高，人迹罕至，极其艰辛，不过它的魅力就在于此，能给人以一种挑战自我的快感。"

不过，在走完了这条徒步线路之后，有两点让我颇感意外：一是没想到这条线竟然有着如此美丽的风光；二是虽然可以从另一个视角看珠峰，但却无法近距离地走入珠峰，这似乎是个小小的遗憾。为此，第二年我又专程从北坡进入到珠峰的东绒布冰川，算是真正投入到了珠峰的怀抱。这会在后续的章节中提到。

嘎玛沟线路的总行程约80公里，除却来回车程和在高原上适应的时间，需在山中行走七八天。在整个穿越过程中，我们一直在海拔4000米至5200余米的高差之间上上下下地攀爬。多数地方的山势极为险峻，最后一天又遭遇很大的风雪，徒步的难度更与雪山攀登时的冲顶无异。当然，危险是免不了的。其间，我们遇见了好几次雪崩（幸好不是发生在跟前，不然小命早没了），还有不时出现的落石和坠冰。

同行者中有人总结说，敢跑到这种地方来的，除了身体要好，再就是人一定要足够傻，胆子要足够大，要能豁得出去。哈哈！我搞不懂这到底是在夸自己还是在贬自己？不过，这话也不无道理，在当下这种安逸的环境中，谁愿意去花钱买罪受呢！这种受罪是真真切切的，绝不是虚言。至少，长时间在雪山上，单是忍受缺氧也需要有相当的毅力。

是的，我们的举止在不少人看来的确带着某种疯狂。但是，生活有时也需要这种疯狂，这或许也是生活中必需的调味剂。否则，我们就会像乔恩·克拉考尔所说的那样，在不知不觉中，被一些小小的满足感所组成的类似幸福的东西给磨钝了。所以，我想，在所谓的生活的多样性中，对大自然的探险当是应有之义。

1. 拉萨——我温馨的旧梦

从上海到拉萨的列车需行驶近两天两夜，寂寞自然难免，但随着时间的推移，这种孤独感便会渐渐地淡去。因为在车上，你总是会结识到新的朋友。这次也不例外，与我同一个包厢的几位上海旅客，他们都是结伴去西藏旅行的，其中的一位男士因不久前腿部受伤动过一个大手术，而他买的却是上铺票。让一条腿有疾患的人爬上爬下，我实在难以心安理得。于是，我将自己的下铺让给了他。这对于我而言只是举手之劳，却瞬时抹去了彼此间的陌生感。两天相处下来，我与他们都成了朋友，至今仍保持着联系。

↑ 列车驰骋在青藏铁路上，车窗外，雪霁初晴，天地寥廓

隔壁包厢有一对首次进藏的年轻夫妻，江苏人，他们对我过往的一些进藏经历很感兴趣。因此，彼此聊得很是热络，后来也成了好朋友。古人云：莫愁前路无知己，天下谁人不识君！的确如此，旅途，有时更像是放大的人生格局，只要有共同的语言，共同的志趣，上天就会自然而然地把合适的人引到你的身边。

凡是坐过进藏列车的人，都会发现一个很有趣的现象，那就是一旦列车启动，车厢里的氛围便会活跃起来。这与开往别处的列车大不一样，尤其是当列车驶过了格尔木，天地渐渐变得愈发辽阔，苍茫的大地与巍峨的雪山会强烈地激发起每个人，尤其是初次进藏者的好奇心。显然，与内地迥然不同的高原风光，是不可能让人无动于衷的。

这趟列车上，好多人是首次进藏，所以，走廊上总是有人面对着窗户或坐或站。当窗外出现雪山、草滩、牧群等景物时，人们都会争先恐后地用相机或手机，贴着窗子噼噼啪啪地拍上一气。一边拍，一边嘴里还不无遗憾地嘟囔着："哎呀，可惜这车窗玻璃不够干净，不然这照片该多漂亮呀！"但嘟囔归嘟囔，谁也没有停下手来。当路基下偶尔出现几只胆大的藏羚羊时，车厢里顿时会响起"哇哇"的惊叫声。车窗外是沉默的羊群，车厢内是喧闹的人群，这情景，真有点让人忍俊不禁。

但是，这股兴奋劲儿并未维持很长时间，随着海拔的不断升高，尤其是列车接近不冻泉一带后，不少原先站在走廊里的人开始陆续回到床铺上或坐或躺，渐渐地，车厢里变得阒寂无声，因为，很多人开始出现明显的高原反应。

对于头一次入藏的人而言，"高反"，既很痛苦，又让人猝不及防。那几位上海朋友都出现了明显的头疼、恶心等症状，靠在床铺上动弹不得。江苏朋友小钱的妻子甚至不停地呕吐起来。有一点我到现在也没弄明白，列车上是有制氧机做弥漫式供氧的，怎么还会有那么多的人出现"高反"呢？难道是制氧设备坏了？或是制氧的浓度不够？

当车厢内变得平静后，旅途便开始显得有些枯燥了。好在我带着书，这是排遣时间的最好方式了。在这样的空间里阅读，心里尤其安然，因为无须你做任何时间上的安排，也不用考虑做什么事情，如果眼睛觉得累了，就抬起头来看看远方，因为远方很美很养眼。

此时的远方，像是绵绵不绝的超广角的风光大片，天地苍茫，空寥无垠，其气势之雄浑，让人震撼不已。尽管这已不是我第一次跑青藏线了，但窗外的一切依然充满着诱惑。青藏高原，这亘古不变的荒野，是一生都看不够的地方，那似曾相识的冷艳奇绝的景致，仿佛是在叙述着千万年来沧桑变幻的故事。我常为此思忖：西藏，你的魅力究竟缘于何处？怎会叫人如此沉醉！

两天两夜的时光一晃而过，不觉间，列车已抵达拉萨。其时虽是下午五点左右，但由于那里昼长夜短，日头依然当空高挂，明晃晃照得人睁不开眼。来到拉萨，对我而言虽不似头一次来时那般有新鲜感，但是，当我走出车站时，炙热的阳光和碧蓝如洗的天空仍会给我一种焕然如新的愉悦。

拉萨，当我尚未踏足的时候，那就是个迷蒙的新梦；而今再来，则完全是在重温那个悠远的旧梦了。这旧梦中，除了兴奋，还留着只有自己才能体会得到的怀念与沉重。因为在那里，度过的是自己最难忘的人生片段。而曾与我并肩沐浴高原阳光的共梦者，有的已去往天国，再也不会在我的生命中出现了；有的则已远赴异国，天各一方了。

终于，在广场的人群中，出现了我的朋友强巴——那是我最熟悉的淳厚而亲切的笑容。强巴是我第一次进藏时给我们开车的司机，三年未见，当年的小伙子现已当了父亲。他向我献上洁白的哈达，继而是热情地拥抱。我发现强巴明显瘦了，或许是成家后生活压力太大的缘故吧，毕竟是有家室的人，不会再有一人吃饱全家不饿的随意和率性了。

"你瘦了。"我说。

"是吗？"强巴用手摸了摸下巴，嘻嘻笑着，"我自己没感觉呢，应该还好吧！"

我知道，这两年西藏的旅游生意不像以前那么好做了，游客的数量在减少。强巴告诉我说,今年到目前为止的近半年时间里,他还没接到一笔像样的生意。前年,他刚在拉萨买了房,去年又换了辆载客用的二手车。可以想见,他的日子肯定过得不宽裕。

晚上,我约强巴在离我下榻处不远的小饭店里小酌。席间,我们聊到了这次要去的珠峰东坡。强巴说他没去过那儿,从前给登山队作保障时都是从珠峰北坡上去的。但听人说东坡也蛮难走的,环境很恶劣。我说,那就权当是登雪山吧,再怎么难,怎么累,总比不了完全意义上的登山吧。这么想来就不会有太大的压力了。

餐毕,强巴趁我不注意,竟偷偷把单给买了。这让我很不安,我说怎么能让你花钱呢!但强巴只是憨憨地笑着:"你大老远赶过来,我怎么也得表示一下呀,不然太说不过去了。"见他如此执着,我也只得作罢。告别时,强巴再三关照我要注意安全,并约定待我回来再聚。

为了更好地适应高原特殊的环境,我是特意提前两天抵达拉萨的。同时,也是为着在拉萨重温一下往日的时光,好好享受一番闲适与慵懒,这是我喜欢的生活状态。在这座城市里,我从来无须为如何打发时间而犯愁,因为,即便是来过无数次,这里的一切依然对我具有巨大的吸引力,我仍可像鱼儿一样畅游在大街小巷之中。

每次到拉萨,我都会去八廓街逛逛。今天也不例外,奇怪的是,走在八廓街上,我总是会联想到法国南部的海滨城市尼斯。这两者间,从文化特质到城市格调,都无丝毫相像之处,那又是什么原因会让我产生这种毫无逻辑的联想呢?或许,是它们共同具有的宁静和缓慢的生活节奏吧。情绪和思绪得不到沉淀的生活总是有些浮躁的,而这两个风格迥异的城市却能让生活变得宁静而舒缓,心亦会有一种触底安放的感觉,让人无忧无虑。是的,我一向认为拉萨和尼斯都是能让人待得住的地方,只是尼斯显得旖旎浪漫,而拉萨则显得沧桑厚重。

上次来八廓街,是我与同学玉章。那次进藏的半年多前,他动了一次大手术,身体已大不如前。我们的目的地不是西藏,而是沿219国道北面的大北线至新疆。至今，我仍清晰地记得他那步履艰难的模样。他高反很严重，我劝他回去休息，但他却摇摇头："都到了拉萨了，怎么能不好好看看八廓街呢！没事，我们慢慢走。"

玉章后来一直跟我说，西藏之行虽然吃尽苦头，但却是他人生中最精彩的一段经历。甚至在他那次绝命手术后，仍在病床上与医生感叹着自己的那段经历。如今，玉章已去世一年多了，大北线上的一幕幕总是不停地闪现于我的脑海。他是我最亲近的几位朋友之一，他的离去常会使我感到悲痛。

此时，旧地重游，一丝悲凉不禁再度泛上心头。作家史铁生曾在一首诗中写道：我的生命＼从那儿来又回那儿去＼天上、地下都是我的飞翔。我能深刻地感受到这诗句的含义，对于灵魂而言，其存在应该是没有空间限制的，挚友的灵魂若真能毫无约束地陪伴在侧，应是幸事。我希望如此。默念着这诗句，似乎可在嘈杂的人群中看到故友熟悉的身影。

八廓街的每一块砖石都蕴藏着历史的气息，这样保护完好的古街区，在现代大都市里已经少见了。可以说，八廓街是拉萨最具生活和人文气息的地方，在这里，我可以漫无目的地随意闲逛。卖唐卡、卖酥油、卖藏香、卖小吃等所有的摊位，甚至每家阳台或屋檐下种植的花卉都可以成为我浏览的内容。

当然，如果走累了，我可以找一个茶馆或酒吧去坐坐。相较而言，我更喜欢茶馆。酒吧太具现代气息，且有些喧闹，与拉萨这个处处显示着古朴的地方似有些不太合拍。况且，我也沾不得酒，一碰就醉。茶馆却不一样，不光有着浓郁的旧时情调，而且，从热腾腾的酥油茶里飘出来的奶香味尤其让我喜欢。这种味道，总让我想起充满艰险的大北线之行，想起那系向天边的车辙，还有草原上的牧民小屋和熊熊燃烧的火炉子。

昨晚刚下过雨，小巷的路面被淋涮得很干净，但天空依然有些阴沉。我径直走向了"玛吉阿米"，这是我一直想去而未能去成的地方。"玛吉阿米"茶馆的位置很好，处于几条巷口的顶端。这个茶馆的生意一直很不错，在七、八月份的旺季，更是座无虚席。其生意之所以这么好，并不是因为位置优越，而是缘于这幢房子的故事。这幢外墙刷着橘黄色的二层建筑已有三百余年的历史，是传说中的玛吉阿米与仓央嘉措幽会的地方。正因如此，"玛吉阿米"才引得无数人前往。现在，这个看似普通的小楼已然成为八廓街的一个文化符号了。

  茶馆的一楼仅作过道用，要上至二楼，须攀爬一段昏暗狭窄的楼梯。显然是年代太过久远，双脚踩在梯子上会发出"吱嘎吱嘎"的响声，原木做成的扶手也略显单薄，让人不敢用力去抓。或许是我去得较早，楼上居然还有几个座位空着。茶馆的营业面积比我想象的要小得多，仅可容下二十余人。二楼上面本是露台，可能是客源太旺，故又在上面搭了个棚子，扩充为营业场所。

  我在二楼选了个靠墙的位子坐下，正前方是一排窗户，透过玻璃，可见到外面有雨滴正在淅淅沥沥地飘落，打在窗檐下发出"嗒嗒"的声音。我细细地打量着这个曾发生过打动无数人的故事的地方，想尽可能地发现一些与那段历史相关的痕迹。但很失望，未见到能引起我特别关注的东西，唯一与曾经的时光有过交集的，或许是那充当吧台的一排镂花的栗褐色柜子了。柜子很精致，镂刻的线条细腻光滑，但从边缘的磨损程度看，应该是有些年代了。倘若口口相传的美丽传说是真的，那么，仓央嘉措与玛吉阿米当年一定曾在此缠绵悱恻。我不禁暗想。

  这幢小楼临街处的墙体呈圆弧形，有点西方建筑的风格，这在藏区是很少见的。我问服务员这种建筑差异性形成的原因，可他也说不出个所以然。"玛吉阿米"现在已不是单纯的酒吧式茶馆了，为了顺应游客的需求，也提供当地的各色小吃。我点了一大壶酥油茶，反正今天有的是时间，且外面雨未停歇，尽可慢斟细酌，我应该好好享受这难得的闲暇。

  正呆呆地望着窗外，一只深灰色的大猫"噌"地跳上了桌子，冲着我"喵喵"叫了几声，像是礼节性地打招呼。而后，便大大方方地在茶壶旁坐下，与我一番对视。哎！有意思，这猫居然与人这么熟稔！我问服务员："这是你们养的猫？"服务员笑答："算是吧，这里的猫狗都不怕人，只要它来这儿，我们就让它待着，也喂它点儿吃的。"

喝茶、上网、听雨，逗猫，不知不觉，时至正午。觉得肚子饿了，便点了一盘牛肉炒面。吃面时，那猫一直目不转睛地盯着我。我以为它馋了，便将牛肉嚼烂（呵呵，多余的担心，怕它咬不动），再放到它嘴边。谁知那猫只是低下头闻了闻，却不吃。

服务员见状笑言："你不用喂它的，它只吃素食。"

我一时有点蒙圈了："什么？猫只吃素？有这等事？"见我疑惑的样子，她又很认真地补充道："真的，我没开玩笑。"

嗯！不是没有可能，走大北线时，我曾目睹过小狗在山溪里抓鱼吃。向来只听说猫抓鱼，狗抓鱼却是闻所未闻。由此看来，猫吃素也无须诧异了。这地方，悖于常理的事情太多了，觉得奇怪，只是你的见识还太有限。

↑ 八廓街的小巷

吃完喝完，已是下午一点多了，准备结账走人。起身时，忽发现旁边的架子上放着许多书。走近一看，原来那不是书，而是一本本留言簿，上面写满了游客们充满浪漫情调的留言，长的像散文，短的像造句。这种模式有点像川藏线沿途客栈墙上的涂鸦式留言。从簿中留言的数量上可估摸出来此喝茶的人还真是不少，而从所写的内容中更可窥晓，来此茶馆者，多不是为了喝茶，而只是想真真切切地进入一下那段富有传奇色彩的空间，感受一下历史的余温。

我遂向服务员要来水笔，未假思索，写上了如下几句话："数次来西藏，只有独自一人的时候，才可在玛吉阿米静静地坐上一会儿，传说中的仓央嘉措与其情人幽会的地方，真假不论，从斑驳的陈设与淡淡的藏香之中，似可感觉到从前的光阴所留下的痕迹……"写毕，我将簿子放入架子，与旁边的服务员说道："明年我再来这里，翻阅一下自己的留言，算是与往事干杯。"说完，我随手做了个碰杯的动作。服务员是个藏族女孩，似乎一时间没听明白我的话，稍稍愣了一下，旋即又笑了：你说的好像是一首歌的歌名吧！

对！我向她竖起了大拇指。姑娘又掩嘴笑了起来。

走至楼梯口，我忽然起念，想在此留张影，但周围没人，正犹豫着，忽见楼下匆匆上来一位给店里送餐的藏族小伙子。他很善解人意，未待我开口，便说道："来！我给你照吧。"拍完，他憨憨一笑，旋又猫腰端起盘子往楼上跑去。望着他的背影，一丝感动泛上心头：我遇到的好多藏族朋友都是这样，总能在你需要的时候予以帮助，帮完即走，从不多言。

走出"玛吉阿米"，雨已基本停歇，黑压压的云层绽开了一道道明亮的裂隙，裂隙的边缘被太阳涂抹得金光闪烁。西藏的天气就是这样，雨来得快，去得也快，干脆利落，不像江南，雨水一来，总是拖泥带水，绵绵不绝，空气潮湿得连骨头也会被沤得发霉。

可能是下雨的缘故，窄窄的巷子里，已没了上午我来时的那种喧闹，人影稀疏，阒然无声，这种宁静让我有点不太适应，甚至感到特别孤独。行至一间小酒吧前，其内传出了姜育恒演唱的《再回首》，略带怆然的调子。不知怎的，这旋律猛然勾起了我莫名的伤感："再回首，背影已远走，再回首，泪眼蒙眬……"这当口，我倏地又想起了同学玉章。对的，五年前，我曾与他一同来过这条小巷。当时，他喘着粗气，我在一旁默默地跟随着他。他不经意地扭过头来，看着我，脸上带着一丝歉意……

这歌声仿佛在提示我：生活往往是无情的，身边的亲人、挚友，犹如逝去的岁月，你终将无法挽留他们的离去。留与你的，只有记忆中的音容笑貌。正如普希金所说的那样："一切都是瞬息，一切都将会过去。而那过去了的，就会成为亲切的怀念……"

↑ 在玛吉阿米茶馆留个影

2. 路的那头，曲当

今天去曲当县。这个位处偏远的小县，虽早已耳熟能详，却是我第一次前往。出发之前，蔓峰的向导"蹄子"——一个毕业不久的大学生与我们说，今天如果天气好的话，可在加措拉山口欣赏到珠峰和卓奥友峰、洛子峰、马卡鲁峰四座世界顶级高峰，这让我对今天的旅途充满了期待。第一次进藏时，我曾在弥漫的风雪中，站在加乌拉山口看过这四座山峰，但那次天气太差，朦朦胧胧，很不尽兴。今若能清晰地观赏到这四大山峰，无疑是一大幸事。走，向着路的那头。

出拉孜检查站不久，有很长一段路是从山腰间开辟出来的，寸草不长的坡上裸露着巨大的岩石，真担心它们会突然滚落下来。几年前，我曾在云南遭遇过这种险情，落石差点要了我的命。所以，此后对路边的山崖石壁总是特别敏感。

突然，眼尖的"蹄子"发现路边的山崖上有好几只正在觅食的岩羊，忙叫司机靠边停车。大家蹑手蹑脚地走下车来，生怕惊扰了它们。但出乎意料的是，仅隔着二三十米的距离，这些高山上的精灵仍无丝毫的慌张。看得出来，这是些经常在路边混吃混喝的主儿，比我那次在珠峰大本营见到的岩羊胆子要大得多。

这群岩羊都属于一家子，大概有十几只。领头的公羊站在最高处，两只大盘角威风凛凛地翘着，目不转睛地盯着我们。而一些小岩羊则只顾低头吃草，走得离我们越来越近。为了不吓到它们，我们都尽量不发出声音，拍照时也都小心翼翼地蹲下身子。有一只小岩羊走到离我们仅有十来米的地方突然站住，直愣愣地看着我们，像是在问，你们是谁啊？突然，不知是那只羊老爸发出了什么指令或是啥东西引起了它们的警觉？整群羊竟都"哗"地一下跑开去了。

那天很幸运，车开了没多久，我们又在路边陆陆续续见到了几拨岩羊。司机跟我们说，现在的生态比以前好了许多，天敌也少，岩羊种群繁衍得很快，经常可以在路边看到它们。

快到加措拉山口时，天空忽然下起了雨夹雪，风也骤然增大。但奇怪的是，远处的康普雪山却异常清晰地屹立在荒原的地平线上，西南坡的冰川在阳光下熠熠生辉，像是罩着巨大的玻璃壳子。显然，雪山那边的天气十分晴朗。西藏的气候就是这样，常常让人捉摸不透。有时，仅仅隔着一个山头，却是晴雨两重天。雨雪骤缓骤急，大家都不想下车，只是透过车窗匆匆拍了几张康普雪山的照片。可能是空气不够通透，成像质量并不好，我说，等回来的时候再好好拍吧。

↑ 途中遇见的一群岩羊

　　康普雪山的冰川体量很大，山形也十分壮观，如果天气好的话，应该能拍出很不错的片子。一个星期后，待我们返回时，却见康普雪山已被云雾遮挡，根本无法拍摄，这不能不说是一个遗憾。对于这座山，我一直不甚了了。不知为什么，这么漂亮的一座雪山，却在网上找不到任何相关的资料。我有点怀疑是不是这山的名称有误？因为其名称是我向当地的藏族老乡问的。或许，是他的汉语发音不太准确？或许，是因为西藏有太多的雪山，以至无法搞妥准确完整的资料？

　　下午一点多，我们抵达了加措拉山口的珠峰观景台，这是我第一次站在这个位置眺望珠峰和另三座山峰。由于距离远，且朝向我们的那侧山体正处背光，明亮对比不足，山的细节呈现得很少。但可以想见，在空气通透的情况下，四山相连的景象肯定会比现在壮美得多。不过，我已经很满足了，毕竟，这样的景象也是难得一见的。"蹄子"与我们说，从这儿拍珠峰，最好是在日出和日落这两个时段，并尽量用超广角和大变焦镜头。

　　他说得对，用普通镜头的确难以拍出令自己满意的效果，但这也是一种无奈的纠结，在海拔五千多米的高原山脉上徒步或登山，带着沉重的设备是很不现实的。可是，没有必要的设备，要想拍出高质量的相片又是不可能的。因此，对于像我这样的普通户外运动爱好者而言，只能搞个折中，尽量带个体积小一些，但档次尚可的相机去完成风光的记录。这样，只要光线好，拍出的照片也是完全可以接受的。

从观景台下来，行车不到半个小时，便到了鲁鲁检查站。那天，不知是什么原因，车特别多，且几乎都是大货车。去检验大厅时，我不经意的一瞥，见路牙子上躺着一只很破旧的牛皮钱包，初以为是人家扔掉的东西。走了几步，又一想，万一是人家不小心丢的呢！便又转身折返。捡起一看，里面竟然装着驾驶证、行驶证、身份证和少量的现金。我立即朝查验大厅走去。心想，如果是刚刚遗失的，那么，失主很有可能还在大厅里。若是之前的司机丢的，那就只好交给检查站的人处置了。

还没待我走到大厅门口，只见从里面急匆匆地闪出一位长着络腮胡子的藏族大汉。没错，就是他！与证件照上的人一模一样，我遂迎上前去。当我将钱包递到他面前的时候，他先是显出一脸的惊讶，继而猛地用粗壮的胳膊揽着我肩膀，用略显生硬的汉语说道："哎呀！大哥，太谢谢你了！太谢谢你了！不然接下来的路我可就走不了啦！"他似乎还想进一步表达他的谢意，这时，从查验大厅窗口里探出一个脑袋，直冲着他叫喊。喊的啥我一点也听不懂，好像是催他快点过来。大胡子司机不好意思地向我说道："刚才已经轮到我办手续了，一掏口袋才发现皮夹没了，赶紧跑出来找。真是吓坏了！"我笑道："你赶紧去吧！今天车多，别耽误行程了。"又一番千恩万谢后，他才向查验大厅跑去。

旁边的一位山友目睹了事情的全程，便说道："今天他幸亏遇见了你，要是被贪心的人捡到那就麻烦了。"我笑道："不会的吧！真正贪心的人还是少数，尤其是能来西藏高原的人，贪心者应该更少吧。"待我查验完毕走出大厅时，又遇见了这位大胡子司机，他再次跑上前来，握着我的手说："再见啦！大哥！多多保重啊！"

我故作夸张地盯着他的脸，开了一句玩笑："你的胡子该刮刮了。"他哈哈大笑起来："哎呀！这些天没日没夜地赶路，都顾不上这个啦！是的！是的！进家门之前一定刮，不然会吓着老婆的。"再次道别后，他便朝不远处的一辆红色大货车跑去，在打开车门的一瞬间，大胡子又回过头来朝我挥手……

下午两点不到，我们抵达了新定日。这也是我第一次来新定日。新定日虽地处僻壤，街面十分冷清，但并不显得粗陋。这儿几乎所有的建筑都是近些年才盖起来的，故商业服务设施还算齐全，马路两侧开满了外地人经营的各色饭馆，这给游客倒是带来了很大的方便，一下车就能找到吃饭的地方。

我们在路边一家川菜馆草草地对付了一顿午餐，便马上开拔。司机说，乘着天还亮多赶些路吧，天黑了这路不太好走。离开新定日不久，柏油路变成了坑坑洼洼的烂土路，沿途的景色也更显单调，苍茫沉寂的荒滩上，一片枯槁。

真不敢相信，如此贫瘠的地方怎么还建有村落呢？人们又是怎么生存的？正思忖着，车拐过了一个山崖，眼前突然出现了一片很大的绿洲。绿洲上有一个非常小的村庄，仅约二三十户人家。与塔克拉玛干沙漠上的绿洲不太相同的是，它有着明显的地表水系——一条浅而宽的河流平缓地流淌着，蜿蜒曲折，无声无息地穿过村子。村子的下游是一大片河滩，河滩里长着许多一人多高的灌木，密密匝匝，团团簇簇，挨近后才看出那里长的都是高原沙棘。

河滩的两边是成片的草地。草地的水洼里竟还悠哉悠哉地游着一群群鸳鸯和野鸭。大家都是头一次在野外见到鸳鸯，显得很惊奇，嚷嚷着要停车拍照。司机却直摆着手：这里是弯道，哪能停车呀！太危险了。

倏忽间出现的美景，让大家感到异常的兴奋，便叽叽呱呱地开始埋怨："可惜时间不够呀！不然，哪怕给个半天，不，给一个小时也行，这地方绝对能拍出好照片……"

"蹄子"笑道："你们的目标该不会仅仅满足于这些村子、林子吧！好风景还在后头呢！"其实，对我们这些"老驴友"来说，放弃途中的美景虽有不舍，但也都习惯了。因为谁都懂得，在有限的时间里只能做有限的事情，不可能双手抓蛤蟆，啥都想得到。

又行驶了一会儿，只见村子的西侧是一片打理得非常平整的农田，望过去像是铺设着硕大的网格状的巧克力，村民们正忙着在这些"巧克力"里播种青稞。还有一些地块不知种着什么，嫩苗才刚刚有点露头，一畦畦的淡绿色整整齐齐地排列在河岸上，煞是好看。在西藏，打理得这么精致有型的农田可是不多见。

根据经验判断，这种地方的水系肯定都来自周边的雪山。而且，眼前的地形地貌也在发生着变化，山的距离在明显拉近，应该是快要进入峡谷地带了。看来，我们离目的地应该不会太远了。

晚七点左右，我们到达了此次行程中的最后一个边检站——卡达边检站。待我从验证大厅里出来，便被门口的五、六只流浪狗给围住了。它们一动不动地蹲在地上，都像行注目礼一样抬着头看着我。

我赶紧从衣兜里翻找吃的东西。在高原徒步或登山，我们都会带些牛肉干、巧克力之类的高热量零食，以便在途中作能量补充。但此时这些零食都放在车上的驮包里，衣兜里只有吃剩下的七、八颗牛肉干。不想辜负这些狗儿，全掏出来吧。尽管这点食物还不够这些狗儿塞牙缝的，但至少没让它们太失望。

其中有一只只有几个月大的小黑狗特别可爱，大狗们见到我掏出了吃的，立刻挤了过来。但那只小黑狗却依旧蹲在那儿，定睛看着我，尾巴轻轻地扫着地面。我知道，它还太小，挤不过那些大狗，不敢走上前来。

待喂完那几只大狗（其实，用喂这个字实在有点夸张，每只狗只能吃到一小颗牛肉干），我便把那只小黑（这是我临时给它取的名字）叫了过来，将剩下的两颗牛肉干都喂给了它。这一下子就把小黑的心给拴住了，在接下来的时间里，它一直寸步不离地跟着我。待我上了车，小黑竟然也要跟着上来。见我们不让上，它只好知趣地蹲在车门口，两眼泪汪汪地看着我。我被它看得有点不好受，便朝它挥手："小黑，快回去吧！回去吧！"但它仍一动不动地蹲着。"驴友"们调侃道："完了！完了！老陈，看来这只狗是跟定你了。"

我真的很喜欢这只小狗，只可惜它太小，走不了远路，不然，我一定会带着它上山。这时，那几只大狗又凑了上来，在小黑后面乖巧地一字排开蹲着。我问车上的人：你们谁还带着什么吃的？给它们喂上一点。于是，众人纷纷摸起自己衣兜，哎呀！没了，都放在后面的驮包里呢。

这时，我突然想起车靠背的纳物袋里还有一只西红柿，这是早上一位"驴友"送给我的，一直没舍得吃。我连忙拿了出来，边上一"驴友"说，狗哪会吃这东西呀！我想也是，狗是吃荤的，咋会吃这个呢！但实在没啥东西能给它们吃了，我便将西红柿抛了过去，只见其中的一只狗猛然跃起，用嘴衔住，连嚼也没嚼就囫囵吞了下去。众人不禁惊诧："看来这些狗真是饿坏了，连西红柿都抢着吃，哎呀！太可怜了！"

车启动了，小黑跟着车子奔跑了几步，又蹲了下来。

不妨在此再赘言几句，一个星期后，当我从东坡徒步回来，再次路过卡达边检站时，又遇到了小黑。它居然一下子就认出了我，激动地甩动着尾巴拼命往我怀里钻。这让我感到非常惊奇，它显然是把我当主人看待了。这一刻，我真的有些小小的伤感，随即掏出身上所有能吃的东西喂给它，不到十秒钟，小黑便把地上的食物扫荡得一干二净。我轻轻抚摸着它："小黑啊！我能为你做的只有这些了。"

临走前，我给蹲在车门口的小黑拍了张照，算是给自己留个念想吧。因为视角的关系，它的脑袋显得很大，眼睛乌亮乌亮的，亮得像峡谷里的潭水。当车启动时，小黑没像上回那样跟着汽车奔跑，而是静静蹲在那儿，一直抬头望着我。或许，它知道奔跑是徒劳的。令我难忘的小黑！

喜马拉雅之雪

↑ 车要启动了，小黑可怜巴巴地望着我

晚上九点，我们终于抵达了目的地——定日县曲当乡优帕村。这个位于喜马拉雅山麓的村落很小。一条长不过百余米的土路两旁，仅有两、三家小客栈、小饭馆和一家小卖部，除此之外，再无其他门面可以装饰村容了。这里人们居住分散，更没有像样的服务设施。"蹄子"说，这个村现在已成为一个常态性的徒步保障基地了，外面进来的人也比从前多了不少。

我们下榻的这家藏家客栈条件较差，但打理得还算整洁。这是一个二层的小庭院，住宿设在楼上，上下全靠着一条陡峭而狭窄的铁梯（搞不懂为什么要把梯子做得这么吓人）。背着沉重的行囊往上攀爬，没有强壮的体魄还真上不去呢。"驴友""一休"开玩笑道："考验每个人能耐的时候到了，这梯子谁要是上不去，明天就不用上山了。"这话还真有一定道理，如果连这个楼梯也上不去，那爬东坡就是找虐受了。

上得二楼，倏地让人眼前一亮，没想到居然能在喜马拉雅山脚下见到如此绿意盎然的环境。回廊四周的架子上放了许多盛开着的海棠、君子兰及肉肉类盆栽。在气候如此恶劣的地方伺候好这些花花草草，还真不是一件容易的事呢。顶棚由透明的有机玻璃铺就，将暗未暗的天空上透下些许晚霞的余光，与室内的白炽灯混合成奇异的光色。客栈的主人还在顶棚缠了些人造绿萝，营造了别具一格的温暖和美感。

时间已经不早，大家放下行囊，稍事休息，便赶紧去外面找饭馆吃饭。天已暗下，漆黑的路面坑坑洼洼，不远处还闪烁着游动的光点，那是牦牛和流浪狗的眼睛，这也是藏区乡下甚至县城里常见的一道"街景"，哪儿都会遇见四处游荡的牛和狗。整条"街"总共只有两家小饭馆，容不得我们挑选，就近走入一家了事。饭馆里空荡荡的，灯光也很昏暗，只有两位司机坐在靠窗的角落里慢吞吞地喝着酒。可以想见，在这儿经营饭店肯定赚不了多少钱。

↑ 我们入住的东坡家庭旅馆虽条件简陋，但环境却布置得温馨且富有情调

我们的到来，使得冷清的饭馆一下子热闹了起来。老板是四川人，兼任大厨，老婆、孩子当服务员。呵呵！其实也用不着介绍，经常跑藏区的人都知道，在西藏开饭店的几乎全是四川人。

喜马拉雅之雪

　　同行的"驴友"中有几位是资深"酒鬼",快十点钟了,他们竟然还要喝酒凑趣。我一向不善饮酒,也没精力陪他们吹牛,颠簸了一天,只想着早些去休息,便点了碗面条匆匆吃罢了事。

↑ 远望康普雪山

3. 静谧的晓乌措

　　阳光越过雪山之巅,透过窗子照到了我的床头。睁眼一看,远处的山头上连一丝云彩也没有,天空明晃晃的湛蓝一片。太好了,今儿是个大晴天,顿时心情大悦。很奇怪,昨晚睡得不错,几乎没醒过。这可是在高原上啊,对我这个平常睡眠质量就很一般的人而言尤其难得。由此,我认为这儿的海拔不会太高,顶多四千米。果然,后来一问,才知道曲当的海拔高度在三千七百米左右,略高于拉萨。

　　赶紧起床整理装备吧。同屋的"驴友""Q虫"还迷迷糊糊地躺在床上,嘴里嘟囔着:"着啥急呀!还早吧?""Q虫"不到四十岁,陕西人,据他自己说,在老家开着一家饭店。人很壮实,猛一看,像个资深"驴友"。但出乎大家预料的是,在整个行程中他却走得非常辛苦,还差点拖累了整个队伍。后来我才知道，他是头一次参加这种高强度的徒步，他说他平时也在锻炼的，只是没料到在高原上会这么累。途中，他一再表示，以后再也不来受这份罪了。

我们住的地方离上山的集中地约有半个小时左右的车程，抵达后又需整理各自的驮包，再等候驮运物品的牦牛队到来，杂七杂八的事儿忙完后，待正式上路已是上午十点左右了。

牦牛队是由当地藏族村民组成的。自珠峰东坡的徒步线路开发后，为登山或徒步者提供运输服务已成为当地的一门较固定的营生。由于我们是轻装徒步，重些的物品一般都付费后交由牦牛驮运，每人随身携带的背包里只装些衣物、干粮、水等必需品，重量一般仅在十几斤左右。

由于天气好，远处的雪山一览无余地展现着，附近的山坡上还可见到些许褐绿色的灌木。此处海拔已逾四千米，在这样的高度竟可见到此类植被，不免让人觉着惊奇。由此，我推断这里的空气含氧量可能比其他同等海拔的地方要高一些。当然，这也是自己所希望的，毕竟，在含氧量过少的环境中长距离徒步是很累的。

我的推断没错，虽说山陡路险，但经过一段时间的行走，直至海拔四千三百多米时，我也并未感觉呼吸特别急促，这与那年我去过的海拔相仿的玉珠峰大本营相比，要明显舒服得多。当然，这或与我在高原上已适应得比较好有一定关系。但是，与我同帐的"Q虫"却不行，走了才两个小时左右，他便开始气喘吁吁，步履艰难。我说："这里虽有海拔四千多米，但空气的含氧量应该跟拉萨差不多的，你在拉萨不是挺正常的吗？"他说："不！这里比拉萨差多了。在拉萨不用爬坡，不用负重呀！不一样的。"

我想逗逗他，也调节一下气氛："'Q虫'，我问你一道题，要是答对了，说明你绝对没问题：7乘以9再减13等于多少？""Q虫"稍微一愣，随即脱口而出："63减去13不是50吗？你逗我玩呢！小学生的题目我咋会做不出来！我怎么的也是个当过炮兵的人，解算射击诸元还不错的呢！"我大笑："哈哈！那就好！那就好！说明你缺氧并不厉害，缺氧严重的大脑是不可能算得这么快的。好，我放心了，你肯定能顺利出山的。"

他被我逗笑了："我要是到了思维都不清晰的的程度，那该立马把我抬下去了。"

我继续安慰他："你不用急，慢慢走好了，我跟在你后面。再说了，我们是个整体，不可能落下你的。"同时，我还将登山步的走法教给他。这种登山步是一年前我在登玉珠峰时，"艾尚峰"的领队默竿教给我的。确实管用，其步法不徐不疾，节奏稳定。可有效地缓和呼吸，缓解疲劳。

但是，我自认为很管用的步法，现在似乎对"Q虫"的作用也并不太大。他的步幅很小，每一步迈出之后，都要久久地停顿一下。如此累积下来，他与前面的人的距离越拉越开。

自始至终，我不敢走在他的前头，生怕他一旦以追赶的方式跟在后面会更累。在户外活动中，我一直有个习惯性的想法，认为与同帐的关系自然要比别的"驴友"更深一些，是必须照应的。若只顾自己埋头前行，把他甩在后面，有点于心不忍。其实，我也知道，这与责任和义务并无关系，却与人的秉性相关。有些观念是根植于骨子里的，永远也改变不了。但是，我认为这么做是对的，即便你必须为之付出。

为了陪伴"Q虫"，我只好非常刻意地放慢速度。但是，在高海拔地区徒步，频率太快了不行，太慢了也很难受。渐渐地，我感到这样跟在后面走很累，这不是自己应有的节奏。于是，我让"Q虫"将他的背包交给我。起先他坚决不肯，说道，哪有这道理呀！你年纪比我大这么多，怎么能让你背呢！

想想也对，若是换作我，肯定也不好意思劳驾比自己年长这么多的人。我说，那行，你要是实在累了就早点跟我说。又走了估摸半个小时，"Q虫"实在是迈不开步了，他要求歇一会儿。我说最好别坐下歇，一坐下就不想起来，反而耽误时间。

我们跟前面的距离已经拉得太开了，像这样的徒步，队伍最好不要太分散，万一有点啥事互相很难照应。但是，他依然忍不住坐了下去。我说：

"现在我们是一根绳上的蚱蜢，别不好意思了，你把包给我吧！"我不由分说，就将他的登山包取了下来。"Q虫"很无奈地笑了笑："哎呀！让你帮我背包，怎么说得过去哟！我说，你别多想，这其实也是为我自己背。你要是走不了，我也走不了。放心吧，我是老高原了，适应性还可以的，多背一点没啥。"

"Q虫"卸重后显得轻松了不少，他边走边感叹："哎呀！别小看这十几斤，拿掉了还真不一样了呢！"我听了还挺高兴，心想，这下子可算是解决问题了。可是，走了才个把小时，"Q虫"的脚步又开始慢了下来。他自己也显得有点懊恼了，说："看来也不是负不负重的问题，还是体能不行，走不动，腿特别沉……"

为了不使他丧失信心，我只好安慰他："不是体能问题，应该还是缺氧的缘故，慢慢会适应的。"不过，我说的也是实话，很多初上高原的人都会出现这种情况，但随着时间的推移，高反症状便会渐渐消失。我希望"Q虫"是属于后一种。但看着眼前这个软恹恹的他，又让我乐观不起来。他几乎每走一两步就要停下来大口地喘气，现在是彻底没招了。我只好大声招呼前面的人，叫他们放慢脚步。

但奇怪的是，前面的人总是自顾自地走着，丝毫没有顾及身后的"Q虫"。唉！我心想，这些人喝酒的时候彼此间称兄道弟挺热乎，一离开酒桌，咋就变得互不相干似的了呢！这很让我看不懂。或许，他们并不认为速度的快慢是个问题，反正大家最终都会到达目的地。但是，你让一个人孤零零地落在后面总是不好吧！

我更担心的还是明天，因为"蹄子"说过，明天的路更难走，距离更长，坡度也更陡。那么，"Q虫"会不会撑不住呢？要是真撑不住了，那会非常非常麻烦。因为雪山穿越最怕的就是有人中途折返，这会分散既有的保障力量和装备，给后续的行程带来困难。

从优帕村至晓乌措，虽说有十公里左右的行程，但直线距离并不远。由于高低落差大，时间和体力都耗在了M型的上下坡上。其实，在雪山地带行走，受复杂地形的限制，要测得准确的距离并不容易，但从心理感觉和身体的疲劳程度看，其实际距离要明显多于十公里。好在这段路现在没有积雪，故虽然走得累，但并不危险。

在离营地还有约一公里左右的时候，"蹄子"折返回来接应我们。见我背着两只包，忙歉意连连地把"Q虫"的包拿了过去："哪能叫你背两只包呀！太说不过去了。前面马上就到了，你们慢慢走吧。不着急的，牦牛队还在后面呢！"

让"蹄子"这么一说，我才猛然想到，今天这牦牛队是咋的啦？这么长时间还没上来？一般而言，牦牛队即便走得再晚，也会在半道撵上我们的。我有点担心起来，因为之前听"驴友"说起过牦牛坠崖或驮着货物跑回家的事。蹄子笑道："这倒不会，别往坏处想，今天的路又不是特别险。有可能是半路上东西散架了，又重新捆绑过，这样就会拖延时间。"

边聊边走，不知不觉地我们很快翻过了一个山崖，接下来，是一长溜的下行缓坡。"Q虫"像是有点复活了，步子明显加快了好多。我说："好！没问题了，你现在不是走挺快的吗！""Q虫"有点自嘲地说："我要是连这下坡路都走不快，那现在就得把我撵回家喽！"

傍晚时分，我们抵达了晓乌措营地。晓乌措海拔四千六百多米，今天上升高度近一千米。也难怪"Q虫"走得这么辛苦，一天之内徒步上升千把米，的确不是一般人能承受得了的。有几个头一次参加这种徒步的人也是疲态明显，一到营地就直接躺到了地上。"蹄子"怕他们受凉，便忙不迭地催他们起身。

牦牛队迟迟未能上来，本来，我们现在可以着手搭建帐篷了。乘着这个空隙，我想去拍些照片。从这儿往远处看去，洛子峰、珠穆朗卓、珠穆朗玛三座七千至八千米级的雪山都露着尖尖的冰峰。可惜山体被近处的山峦遮挡着，露得还是有点少。我想爬到营地旁边的山腰上去，那儿可拍到更好的成像效果。"蹄子"见状忙劝道，爬了一天的山了，多累呀！你干脆先去拍晓乌措吧，就在这边上。如果天气好的话拍出来的效果也是不错的。

↑ 静谧的晓乌措

　　于是，我便往几十米开外的晓乌措走去，想先察看一下地形。晓乌措这地方其实有两个冰湖，眼前的这个因为面积小，大概只有零点五平方千米左右，所以叫小乌措。而再往上走一点，有一个面积稍大些的措（约一平方千米左右），才叫晓乌措。因为小乌措地处峡谷，地势较平坦，取水也方便，故徒步者都选择在此扎营。可能是晓乌措的水太浅，也可能是没有阳光的缘故，水虽很清澈，但并没有呈现高山湖泊所特有的那种深蓝色。不过，第二天早上，当我们翻上晓乌拉垭口从上往下俯瞰那两个湖面时，阳光下的水色又有了很大的变化。

　　晓乌措虽谈不上特别美，但十分耐看。对岸，偶尔会传来几声藏雪鸡高亢的啼鸣，将这片水域衬托得更加静谧。可能是水与空气的温差所致，水面上竟泛起了一层淡淡的水汽。褐色的山际线上，叠耸着尖尖的雪峰，给平淡无奇的晓乌措增添了些许美感。此时，坐在湖边，人仿佛进入了另一种时空维度，内心能感受到从未有过的空灵和玄妙。

　　远处的山道上传来了牦牛队清脆的铃铛声，我赶紧朝营地跑去。因为天色有点暗下来了，众人或忙着整理装备，或忙着搭建帐篷，此时的草滩上显得一片忙乱。待收拾完毕，天色也差不多全暗了下来。吃过晚饭，已是晚上十点多钟。当疲惫的人们三三两两地钻入了各自的帐篷，喧嚣的山谷才安静了下来。

喜马拉雅山的春夜寒气逼人，帐篷里也无法久坐，只有裹着睡袋方可御寒。"Q虫"的状态依旧不太好，晚饭也没吃，就早早地入帐休息了，这让我很是担心。见"Q虫"的睡袋似乎有点薄，怕他受凉感冒，我便将冲锋衣和扎绒内衬都盖在了他身上。没想到，半夜里我竟被冻醒了好几次。这只睡袋是我在2015年为登玉珠峰而专门买的。但是，在C1营地过夜时就曾挨过冻，当时我还纳闷，睡袋上明明标的是抗零下20度，怎么还会挨冻呢？后来，"艾尚峰"的领队默竽说是鸭绒都团在了一起，厚薄不均匀，让我回家后好好晒晒，再拍一拍就行了。但登山一结束我早把这事给忘了，睡袋就这么在箱子里压了近一年。

而最让我哭笑不得的是，早上"Q虫"醒来，却说昨晚睡得热死了。再一看身上盖的，他嘟囔道：哎呀！难怪这么热哦，原来是你给我加了被子呀！我顿时无语。唉！尽替膘厚的人愁冷暖，真是瞎操心哦！

4. 擦肩而过的山难

昨晚没睡好，早上起来，偏头痛的旧疾又犯了。在高原上，患有偏头痛真的是件令人讨厌的事。有时，即便没有高反，也会给自己带来不舒服。遂向"驴友"要了一包头痛粉服下，至出发时，头痛方渐渐消退。

令人欣慰的是，今天的天气特别棒，营地正对面的马卡鲁和珠穆朗卓峰异常清晰地耸立着。"蹄子"说："你们运气真好，他这是第六次带队走这条线了，今天也是头一回见到如此完整清晰的山峰。"于是，我们赶紧跑到小乌措，想去抢拍日照金山。但遗憾的是，我们起得有点晚了，彩霞早已消失。于是，我们只好退而求其次，拍了几张雪山倒影了事。由于远处雪山与近处山头及小乌措的光线反差太大，暗处细节无法表现，故拍出的照片效果并不是很理想，只能算是聊胜于无吧。

今天的目的地是卓湘营地，出发得有点晚，十点多才正式上路。"蹄子"

说，今天可不轻松，需翻越三、四个垭口，距离也比昨日略有增加。虽说休整了一夜，Q虫的状态似乎仍未恢复，走起路来依旧显得无精打采。昨天，向导小蒋说，前进或者下撤，晓乌措是个分界线。意思就是，坚持向前还是往回撤，必须在晓乌措做出选择。因为过了晓乌措之后，有一个非常陡峭的长距离上坡和下坡。若走完这段行程想再度爬坡沿原路返回，那将是十分困难的。

想到这儿，我便问"Q虫"，你能不能坚持？他的回答倒是坚决干脆："应该没问题，速度虽然快不了，但肯定可以坚持下去。""好！有你这句话就行！"我说。

为了能加快速度，我提前让他将背包交给了我，这回他没再坚持自己背，因为他知道今天强度大，必须面对现实。尽管他从一开始就是轻装上路，但"Q虫"的速度依然上不去。我不再催促他了，通过昨天的行走，我知道他的确快不了，再催也没用。但是，有一点还是让我放心的。他虽走得慢，但没怎么停歇下来，至少一直坚持在走。我心想，只要在走就行，反正这又不是登雪山冲顶，不存在时间窗口，无非就是早到晚到而已。算了，由他去吧！

今天的行程中，上下坡度都很大。翻过晓乌拉垭口后，便是急剧的大下坡，整个下降海拔竟达千米左右。最要命的是，路况极差，要么是大小不一的乱石阵，要么是形状迥异的碎石坡。特别是下坡时，稍不注意，就很容易崴脚或滑倒。虽然每个人都走得小心翼翼，但总是不断有人跌倒。这样的路况对"Q虫"来说更是艰难，看着让人心累。有时，我劝他歇歇，但他却说不敢歇，怕一歇再起来就挪不了步。看得出来，此时，他完全是靠着意志在支撑，每一步都咬着牙，他的坚持让我十分敬佩。

从几次高原徒步的经历中，我似乎也琢磨出些道道，一般而言，类似像"Q虫"这种身形敦实、略为偏胖的人，是不太适合雪山攀登或徒步的，因为其心脏负荷会比精瘦型或小个子的人大。据说，正是基于这点，在克什米尔印巴分治的高海拔地区，挑选边防军人必须是相对瘦削些的。所以，可以想见，此时的"Q虫"肯定要走得比别人累。但是，不管走得动还是走不动，在这种空气稀薄地带，除了帮他分担一点重量，其他的全须依靠自己，别人是不可能去帮他挪动双脚的。

因此，只有登过雪山的人才能理解，在攀登过程中，有时候为什么会出现放弃一个完全失去行动能力的同伴的情况。因为，在每个人只能勉强自保的情况下，若无特殊的装备，是无法提供有效救援的。否则，只能是同归于尽。而这种痛苦的选择往往会被人们误解为见死不救的懦夫行为。

换一个角度讲，同样的伦理标准，能适用于低海拔区域，却未必适用于高海拔区域。这个认知，只有在空气稀薄地带"挣扎"过的人才会具有。故此，当我听到有人讲，只要有足够的钱，抬也能把你抬上珠峰时，我只会冷冷一笑：这话你当笑话说说可以，可千万别当真，否则，人家会拿你当白痴！

在离卓湘营地还有一个多小时的时候，忽然传来了一个可怕的消息——"一休"遇险了。"一休"是位年轻的口腔科医生，北京人，阳光而知性，给我的印象甚好。此时的他被困在了一个悬崖边上。而蹊跷的是，谁都不知道他是什么时候独自离开队伍而陷入危险之境的。

他与我们走岔的地方是一个垭口。站在这个垭口往远处俯瞰，山谷里雪峰、冰川、石崖、冰碛区、森林一览无余。后来，他告诉我们，他只是想拍几张别人拍不到的照片。其实，他所说的风景在既定的线路上是完全可以拍摄得到的，但"一休"觉得他认定的那个位置视角更好，视野更开阔。于是，他像吃了迷魂药一般，跟谁都没说，径自绕过一块巨石往旁边的岔道走去。但走着走着，前面忽然没有路了。

他心惊胆战地探出脑袋张望，才发现脚下竟是深不见底的悬崖。此时，他想原路返回，但又不知从何处下脚。因为，周围全是难以立足的陡峭崖壁，岩石上还哗哗地流淌着冰川上下来的雪水，非常滑溜，根本爬不上去。事后，我们都非常不解，既然能走到那地方，怎么会返回不了呢？直至前去营救的几位向导大致地介绍了现场的地形地貌后，大家才明白是怎么回事。

"一休"顿时害怕起来。幸运的是，那天他带着对讲机，随即向大家呼救。

由于"Q虫"和我走在队伍的最后面，离一休被困的那个山崖也最近。听到对讲机里传来"一休"的呼救信号后，我和"Q虫"立即焦急地朝对面山坡进行目视搜索。但距离实在太远，我们都未带望远镜，仅凭肉眼很难观察。再加上那天"一休"穿的冲锋衣颜色与山体的背景颜色相似，故一直未能见到其身影。

此时，"Q虫"当过炮兵的优势发挥了出来，他想了个以此处的参照物来确定彼处大概位置的办法，通过用对讲机与"一休"逐一筛除他所见到的对面各个景物，最终认定"一休"的位置不是在山坡的正面，而是在山脊的左侧。进而确定了大致的搜索方位。

↑ 黎明时分的营地

喜马拉雅之雪

"蹄子"和小蒋的反应也很迅速,他们让"一休"待在原地别动,等待救援。没过多久,小蒋和一位藏族驮工飞快地赶往了山上。他们真是厉害,在如此崎岖的山道上竟健步如飞,要知道,这可是在空气稀薄的雪山上呀!

待我和"Q虫"到达卓湘营地后,仍未有"一休"他们的消息。这让大家感到非常担心,如果再找不到的话,天就要暗下来了,这会给搜救带来更大的不便和危险。大家连搭帐篷的心思也没了,都呆呆地望着那遥远的山头。

终于,又过了一个小时左右,从对讲机里传来了好消息,说找到"一休"了,现正在返回的路上。顿时,一个个悬着的心才放了下来。晚饭吃到一半时,"一休"他们终于回了营地。生怕大家责怪,一见面,一休就抱着拳忙不迭地致歉:"对不起!对不起!给大家添麻烦了!"两位女"驴友"在一边捶着他,一边嗔道:"快先赔我们精神损失费,吓也被你吓死了!"

↑ 卓湘营地

"一休"似乎惊魂未定,我们一直未听到他对遇险一事的完整描述。无法想象,"一休"今天如果没带着对讲机,不能及时呼救,那又会是怎样的结局?原来,"一休"遇险的那个区域有一处是很陡很高的崖壁,且崖壁下面还有崖壁,真是应了那句话:上山容易下山难。那崖壁的上行与下来的难度是不一样的，这在我后来的登山过程中有过多次体验，若不借助绳索等辅助工具，完全有可能摔死。天哪！这样的场景实在太过恐怖，让人不敢细想。

这一天，总算是有惊无险，平安度过。待众人安顿完毕，陆续钻入帐篷，已是繁星满天了。

5. 在珠穆朗卓的凝视下

天刚有点蒙蒙亮，不知是谁开始吆喝起来："日照金山，快！快来看呀！"寂静的营地顿时被闹腾醒了。于是，大伙儿在大呼小叫声中像诈尸一样从睡袋里坐起，趿鞋披衣，纷纷以最快的速度钻出帐篷。这个时间段太短，六、七分钟后，雪山很快就会归于原色。所以，要想拍得靓照，必须争分夺秒。大家举起相机，一阵噼噼啪啪地狂拍，直至太阳露出山头，才意犹未尽地收起相机，去溪中洗漱。

天色大亮，站在溪流上端往营地方向看过去，我猛然发现，这景致竟如此不凡：四周大山环伺，清澈的溪流沿着草滩缓缓地穿行而过。山坡上长满了高大的喜马拉雅冷杉和柏树，清风掠过，枝叶曼舞，松涛如潮，褐绿、深绿依次交替，延绵不绝。溪边和山脚下则灌木遍布，全是高山杜鹃。只是现在时节稍早，只有少量的花蕾绽放。若再晚个十天半个月，周围定然是羡煞人的嫣红一片。

在如此高的海拔，居然植被茂盛，翠意盎然，实在让人觉着诧异。显然，这片区域是受到了印度洋西南季风的惠泽。充沛的水汽滋润着这里的一切，甚至包括山溪里的石头。因为空气湿润，使得真菌在石头表面得以大量繁殖，留下了一片片猩红色的斑块。

上午八点半左右，队伍正式出发。按照以往的惯例，今天的目的地应是汤湘，但由于这段时间那儿的水源枯涸，无法洗刷、做饭，故只得越过汤湘，直接前往热嘎营地。事后得知，不在汤湘扎营，是一个不小的遗憾。因为汤湘是此行中最佳的一个拍摄点，早晨在此处拍摄的珠峰、洛子、马卡鲁三山，尤其漂亮。但没有水源，确实无法扎营。唉！无奈的选择。

喜马拉雅之雪

今天的行程虽然辛苦，但时有不断出现的惊喜撩拨着大家的视觉神经。这种惊喜主要来自珠穆朗卓这座雄伟而多姿的冰山。虽说在整个徒步线路上，时可见到珠峰、洛子峰、和马卡鲁峰这三座八千米以上的雪山，但最具震撼力的山峰却是海拔7804米的珠穆朗卓，我们仿佛时刻处在她的注视之下。

↑ 巍峨的珠穆朗卓峰

由于角度和位置的关系，越往上爬，感觉珠穆朗卓离你越近，有时甚至近得能让你产生只要搭上一块木板就可跳上对面冰崖的错觉，尤其是当你近距离看到东南侧垂直高度近三千米的大冰壁时，其磅礴的气势能把人压得透不过气来。

冰壁的下端，一抹轻雾随风升腾，至一定的高度，便久久地滞粘在崖面上，如同缠在半山间的哈达。从肉眼的观察判断，该冰壁的冰层厚度至少有几十米。从上至下，晶莹剔透，如银剑倚天，巍然屹立。偶尔，有粉状的流雪沿着壁间的凹沟缓缓泻下，至冰壁下端，又渐成雾状，经阳光照射，霎时会出现几道不规则的彩虹。可能是雪雾的飘忽和光线折射的原因，感觉这彩虹好像就是从我们脚底下升上来的。好几次，我甚至想伸出手去碰一碰它。

面对如此奇幻美丽的画面，顿时觉得所有的艰辛和付出都是值得的

　　一位登过雪山的"驴友"也被眼前的景色惊呆了，不停地感叹道："哎呀！太美了！实在太美了！真想上去走一走，好好体验一把……不过，这样的冰壁，估计再专业的攀登者也上不去吧？"

　　是的，热爱雪山的人面对这样的美景，肯定会引发一般人所不具有的欲望和冲动。但这种欲望和冲动不是出于征服，而是为着体验和探索。雪山的魔力不是人人都能理解的，只有攀登过的人才体会得到。

　　中午时分，我们从一个林木茂密的山坡上下来，仿佛是瞬间的时空变换，眼前豁然开朗，在巨硕的雪山之下，有一个被几个山体围裹着的山坳，山坳的底部是一潭碧水。水潭周围的草滩上，已露着浅浅的绿色，只是季节还偏早，草长得还很短。一群牦牛在草滩上懒洋洋地边吃边逛。

　　我问一随队的藏族驮工，这个水潭叫什么名字。因为实在太小，面积大概只有小乌措的三分之二，故我不敢称它为湖。他说，叫措朗措。措朗措，我记住了这个迄今为止我在西藏见到过的最袖珍的措。

　　措朗措美得很别致，即便在这个山花尚未烂漫的早春，依旧可以感觉到它的勃勃生机。陡峭的山崖，荡漾的碧水，浅翠的草滩，还有那些游走着的牦牛，都是构成美景的元素。当然，也可以想见，若再过一段时间，当周边的高山杜鹃和其他野花都盛开了，这里，又该是多么的动人！

　　咱们在这儿休息一会儿，大家拍拍照。随着领队的一声吆喝，大家纷纷卸下背包，迫不及待地端起相机。牛群也被我们这群不速之客给惊扰了，几只母牛顾不上吃草，带着崽子纷纷逃离开去。不远处的岩石堆里支着一顶黑色的帐篷，里面有一缕淡淡的炊烟冒出来，那是牧人的临时住处。

　　此时，坐在旁边的一位"驴友"触景生情，轻声道："真想一辈子就住在这地方，无惊无扰，无忧无虑，太棒啦……"

　　"这地方美是美，但要是让你在这儿长期生活的话，恐怕又是另一回事了。我们的生活形态与这儿的人已经大不一样了。你想想，生病了怎么办？大雪封山了怎么办？没人做伴，没有娱乐，这寂寞你能忍受得住？"另一位

"驴友"则有些不以为然。

　　他说得没错，我们仅仅是路过而已，与在此地长期生活是不一样的，两者的感受大不相同。撇开空气稀薄这一因素不说，每天面对着这始终如一的景象，审美也会疲劳，若再加上地处偏僻所带来的生活上的不便，纵然景致如诗如画，你也不可能每天欣赏并激动着。

　　又一位"驴友"漫不经心地应了一句："这还用说吗？再好的风景也有看腻的时候，你们看看那些牦牛工，人家多淡定呀，跟没见到啥似的，哪像你们这般大呼小叫的，山神听了也会烦。"

　　众人大笑起来。

　　是的，遥想当年自己在内蒙古放牧时，身处的环境其实也很有美感的，绿野无垠，碧空如洗。但是，物质与精神生活的极度贫乏，以及对于未来的无望，让自己的审美意识完全处于一种失能状态。所以，那时的自己，对美的认知是很迟钝的。可见，对事物如何感知，与自身的心境和遭际是直接相关的。

　　坐在草地上，仰望着天上像风筝一样飘浮着的云彩，我心里突然冒出一丝遗憾，这种遗憾并不是此时才有，而是常常会出现。在高原上行走的距离越长，越会觉得人生苦短。好山河尚未走遍，好风光还没看完，不知不觉中，人却已经老了。是啊！干什么都须趁早，年壮之时，才是忘情于山水的好时辰。

　　今天，同我一起走进高原的基本上都年轻人，我真羡慕他们。正是生气勃勃之时，在最合适的时段做最合适的事情，还有什么能比这更让人得意的！我想，当他们回首往事的时候，定然不会再有与我一样的遗憾了吧！

　　离开措朗措，前面是一段很长的约四十度的大坡，垭口海拔高度约在四千五百米左右，也就是说，仅这一段路，上升的垂直高度差不多有四百多米。时近下午，体力已消耗大半，大家走得愈发辛苦了，远远地望见了垭口，却总也走不到。又想起了那句话：望山跑死马！

↑ 山谷中的美丽小湖——措朗措

6. 壮哉，大峡谷

下午，在这一眼望不到头的陡坡上，我们遇见了好几位重装徒步的"驴友"。他们的负重均在五十斤左右，这是需要非凡的体能和高海拔适应能力的，这种顽强与毅力也是常人所不具备的。对于他们，我总是心怀敬意。但是，从纯生理的角度看，不得不说，这样的重装徒步对身体的损害也是很明显的，不可长久为之。

其中一位女"驴友"见"Q虫"步态如此疲惫，便热情地招呼他歇息一下，并倒了一杯汇源果汁给他喝。"Q虫"看着她放在地上的大背包，竖起大拇指："唉！人跟人没法比呀！你看我空着两手都走不快，你们却背着这么重的包连着爬好几天……"

那位女"驴友"听他这么一说，突然问道："哎？对了，你的包呢？"

"Q虫"朝身后的我一努嘴，嘿嘿笑道："不怕你笑话，那位老哥帮我背着呢……"

"哇！还是这位叔厉害呀！一个人背两只包。"

我说："我的两只包加起来也没你这一只包重呀！你一个女孩子能这样子在高山上负重徒步，真是了不起！"

那女"驴友"腼腆地笑了起来："我也才开始徒步不久，这回是第二次上高原，之前环贡嘎走过一次，我觉得自己还行，还是蛮适应高原的，所以又来了。"

一说起环贡嘎，我们之间就有了很多共同的话题，因为这条线几年前我也走过。我们聊壮观的日乌且冰川、聊贡嘎寺里那位胖胖的主持……不知缘何，我突然觉得有必要将自己人生经历中的某些教训告诉眼前这位女孩。因为，有些认知是年少时无法得到的，而当你得到时，恐已造成某种后果了。

我说："趁着年轻，是应该尝试一下这种探险之旅，不给自己留下遗憾。但也仅仅只是尝试而已，不可将此作为长期的生活模式。因为这种长时间的重装行走会对身体造成伤害，说得再具体点吧，就是会对膝盖造成不可逆的损伤，我认识的好几位'驴友'都有过这种教训，其中有个别人现在走路都已经困难。"

她说："叔您说得对。正因为考虑到负荷问题，我所配置的装备都已经尽量轻量化了，比别人的轻了不少。"我说："这负重也够大的了，在空气稀薄的地方，负重是会加倍的，你现在这分量在内地的话等于是背着百余斤的东西在爬山呢！"末了我劝她，"还是尽量轻装徒步吧，虽也累，但至少不会对身体造成明显的伤害。"

可能是果汁起了点作用，"Q虫"说他现在感觉好了许多，可以走了。于是，我们又赶紧上路。在其后的约一个小时里，这位女"驴友"与我们保持着同速。途中，我向她传授了登山步的走法，她掌握得很好，以至于后来我们在路上再次相遇时，她兴奋地跟我说，这登山步真的太好用了，走起来的确没像原先那么累了，甚至可以长时间不歇息。

拐过一个崖壁，来到垭口的另一侧，眼前突然出现了极为壮观的景象——一个长达十几千米，宽达四、五千米，深达一千多米的大峡谷。峡谷的底部是一条奔腾的冰河，白浪如雪，声声似雷，隔着那么远的距离，却依然能清晰地听到它的咆哮。峡谷的尽头便是珠穆朗卓的山脚，沿坡而上排列着高低不一的冰塔林。虽隔得很远，但依旧可以看出，此处有很长一段原本高于地面的冰川现在已经看不见了，只剩下坑坑洼洼的冰碛。

这条冰河发源于珠峰东坡一侧广袤的冰川，其流量也明显大于珠峰北坡的绒布河。我想，莫非珠峰东侧的冰川规模要大于北坡？或者是其融化速度大于北坡？看多了冰川，慢慢就懂了，冰河的水势大不是一件好事，说明冰川的融化速度在加快。但眼前这条冰河的水势如此之大，究竟是缘于冰川的体量，还是由于融化加速所致，那就不得而知了。尽管第二年我也去了珠峰北坡海拔 7000 米以下的绒布冰川，但毕竟未走遍冰川的全部，仅凭目视，很难估量两者规模的大小。

↑ 珠穆朗卓北峰的大冰壁，垂直高度近三千米

当大峡谷猛然出现在我们面前的一瞬间，大家都惊呆了。在我们这个群体中，多数人都见过不少国内著名的峡谷，但都觉得此番景象在观感上并不输给任何一个峡谷。由于其宽度很大，且两面都是皑皑雪峰，使得这个大峡

谷具备了其他峡谷所没有的壮阔而恢宏的气势。

遗憾的是，当我们赶到时，天气突然生变，峡谷里升起了薄雾，再及雪线以上的山峰也被云层挡住，冰川雪峰未能完全展露，故摄下的影像效果很一般，远达不到大片的要求。但即便如此，这个大峡谷仍能给人以巨大的震撼。

有趣的是，我居然至今仍未搞清楚这个大峡谷的名称。有人说，它就是嘎玛沟，也有人说叫穷卓谷，我很后悔当时怎么没问得仔细些。不过，我一直想挑个杜鹃盛开的时节，再重走一次嘎玛沟。弥补一下这次穿越过程中所留下的遗憾。当然，时间也要再长一些，走得更从容些，好好拍些漂亮的照片回来。

绕过一个山崖，只见珠峰东坡清晰地耸立在我们眼前。这是我头一次在这么近的距离欣赏到珠峰的另一面。但由于近处有山体的阻挡，东坡未能像北坡那样完整地展现出来，只露着一截峰顶。从形状上比较，珠峰的东侧峰顶看上去略显圆润，不如北侧那么棱角分明，再加上东侧全被冰雪覆盖，在阳光下显得白花花一片，细节呈现较差。而北侧则因为冰石混合地段较多，反光不太强烈，拍照的效果要更好一些。但对这一点我并不担心，因为过两天我们还要去位于白当的珠峰东坡大本营。向导小蒋跟我说过，在那里拍出的照片很不错。只是没想到，后来因遇上恶劣天气，我们最终未能去成东坡大本营。但这是后话了。

接下来是一段非常漫长的下坡。下坡的路虽不轻松，但随着海拔的持续下降，光秃秃的碎石路渐渐地变成了让人赏心悦目的林间小道。这是典型的喜马拉雅原始森林，越往下走，周围的树木就越显高大，耳旁也开始传来了鸟儿的啼鸣。

林子里含氧量相对充足，再加上路面坚硬，没有碎石屑粒，步伐也一下子轻松了不少。走在这样的林子里感觉真好，大家一改刚才上坡时的疲态，有说有笑，好不舒坦。待钻出林子，老远就看见了山底下的营地。营地是山谷里的一片草滩，一条从冰川上下来的河流从中穿过，将营地分割成两块。

即便营地已近在眼前,但由于下山的路多是Z字形的,故无形中增加了不少距离。真所谓心态决定状态,当心理上有准备时,再大的体力付出也能坚持,而当心理上处于松懈状态时,同样的付出却会让人倍感疲劳。

本以为最后这段路程很快就可以走完,却怎么走也到不了。似乎都能闻到炊事帐里飘过来的饭菜的香味了,但前面的路依旧无休无止。向导笑道:"还是别让你们看见营地好,现在看见了,你们会走得不耐烦,反而更累。"

由于是下坡,再加上体能的下降,走着走着,我前面的一位"驴友"突然一个踉跄朝地上扑去。我欲冲过去想拽住他,但根本来不及。眼瞅着他就要滚向路沿外侧。幸亏,路边的有一棵半人来高的灌木挡住了他。我被吓出了一身冷汗,因为路沿下有两三米深,人要是摔下去肯定会受伤。要是在这种地方受了伤,那麻烦就大了,因为救助似乎是一个无法完成的任务。一场虚惊给大家提了个醒,此后,谁也不敢再走得太随意了。

↑ 俯瞰河谷冰川

下午六点来钟,我们终于赶到了营地。热嘎营地真是赏心悦目,山谷之间的高坡上绿色葱葱,坡的下缘全是半人来高的杜鹃树,只可惜含苞待放的花蕾还羞羞地躲在枝头上,使我们无法一睹其艳丽的芳容。杜鹃林以下全是平坦的草滩。草滩的南侧则是我们在山上俯瞰到的那条冰河，湍急的水流夹杂着从山上冲刷下来的泥沙，水色显得有些混浊。离冰河不远处，还有一条小溪，宽仅两米左右，十分清澈，水中还长着密集的水草，细细的叶子里，竟可见到比蝌蚪小得多的小鱼儿在逆水游动。在这么高的山上竟可见到小鱼，让大家感到十分惊奇。

随着近处雪山上的最后一缕阳光消失，暮色渐渐降临。天幕之下，呈现出粗犷而突兀的山际线。偶尔，远远地传过来几声藏雪鸡的啼鸣，使山谷显得更加沉寂。

7. 恐怖大坡

昨夜又没睡好。半夜里，被几位精力过剩的牦牛工的聊天声给吵醒了。我以为天快亮了，一看手表，天哪！才一点钟。真恼火呀！睡意全没了。此后，一直辗转反侧，无法入眠。两点多钟的时候，天忽又下起了大雨。雨点如槌子击鼓，这下子彻底无眠。熬到天蒙蒙亮，我就起床了。这一晚给闹腾得真不舒服，感觉头有点胀痛。不过，早晨的天气很不错，雨霁天晴，营地东南侧的雪山峰峦正在被朝霞慢慢地染红。不远处的林子里，传来了各种鸟儿的欢叫声，可能是空气稀薄的原因，它们的叫声能传得很远，有的短促，有的婉转，像是在催促大家快快起床。

今天起得最早的是李国平先生，他被摄影界称为"世界极高山第一摄影师"，其作为《国家地理杂志》特约记者，用了近二十年时间，独自完成了十四座八千米雪山的拍摄。他的许多照片所展现的画面，都是之前的人们从未涉足过的。但当时的我并不知道眼前的这个人竟是一位如此不凡的摄影大家，只是觉得这个人的高原适应能力相当了得，即便是地形险峻处，他依旧步态轻盈。

他的另一个特点是率真而毫无掩饰的性格，这一点让我觉得挺逗。待我都穿戴好走出帐篷，只见李国平已经架着相机在拍照了。赶牦牛的藏族小伙子们被他的与众不同的摄影器材吸引，纷纷围过来看热闹。其中一位嘴上还叼着烟，闻到烟味的李国平猛地抬起头来，眼睛一瞪，手一挥：去！去！跑一边抽去！那小伙子舌头一伸，连忙躲开。我在一旁看着不禁大笑。

后来我发现，讨厌抽烟这一点，李国平与我高度相似。在十几位徒步的男士中，只有我和李国平是不抽烟的。拥挤的营帐里常常是烟雾缭绕，但在多数人抽烟的情况下，我也只好迁就着点，若实在呛得慌，我就跑到帐篷外面待一会儿再进来。而李国平却不这样，他对抽烟的排斥要远甚于我，只要帐篷里有人抽烟，就立马跑出去，哪怕外面再冷，他也绝不会再进来。

所以，我俩有时为了避烟，只好在外面百无聊赖地瞎逛，逛着逛着就凑到了一块。"哎呀！我最讨厌抽烟了，真想不明白，好好的人抽那东西干嘛！"这是他向我重复了好几遍的话。他说这话的时候，可看出其一脸的厌恶。

从他身上我也可以得出这么一个结论：所谓抽烟是为了排遣寂寞的说法完全是胡扯。因为要说寂寞，那谁也比不上常年在雪山上单打独斗的李国平。可见，抽烟的确是一个没有任何理由的坏习惯。哈哈！我这么说，老烟枪们要是看见了，肯定会不高兴的。

吃早饭的时候，"蹄子"关照大家尽量多吃点，他说，今天距离并不长，但强度很大，因为有一个很恐怖的大坡要爬。他所说的那个大坡我在网上看到过照片，从画面上看，这个坡的确很陡很长。但是，至于其坡度究竟有多少还很难看出来。不过，"蹄子"既然会用"恐怖"二字去形容它，那肯定是轻松不了。

今天走得又有点晚，快十点钟才出发。头一个垭口并不高，坡也较缓，雨后的雪山光线特别通透，珠穆朗卓的三座冰峰穿云而出，显得格外清晰。由于环境湿度较高，太阳升起后，雾气蒸腾，时聚时散，忽而遮住山腰，忽而飘向山脊，一座座冰峰藏头露尾，显得神秘莫测。

珠峰东坡有两条徒步线路，即大环线和小环线。这两条线路可顺向走，也可反向走。我们这次走的是大环线，翻越的垭口相对要多一些，距离也更长一点。但是，即便是大环线，对于整个喜马拉雅山脉而言，也仅仅是一小段不起眼的路程而已。从所站的位置向远处眺望，于层峦叠嶂的冰峰之中，可明显感觉到青藏高原所彰显出的狂野不羁的气质。千万年来，大自然用自己的力量塑山造水，石破天惊间，将这片高原打磨得如此粗犷、冷峻。

从垭口上下来，前面是一大片流石形成的石滩。沿着石滩再往上，哇！竟然是一段近五十度的大陡坡，坡的垂直高度至少有五百多米。原来这就是所谓的"恐怖大坡"。这样的坡度，如果上面有冰雪的话，那是要用上升器的。现在，仅凭着两条腿攀爬，无疑会相当吃力。向导告诉我们说，这是一片由于长期的地震、雪崩而形成的地质灾害区域。我仔细观察了一下，发现这个大坡不但陡，而且坡面全是碎石，每一块石头都是松动的，脚踩在上面非常滑溜，很难控制平衡。这着实让我替"Q虫"捏了把汗，因为爬这种坡实在太费体力了。

攀行前，我早早地让"Q虫"把背包交给了我。我说，这坡你要是上去了，估计后面就不会再有你上不去的坡了。"Q虫"朝我做了个挥拳的动作，意思是他能行。此时的"Q虫"似乎已做好背水一战的准备，步子虽依然缓慢，但显得很坚韧。

此时，我跟在后面，看着他肥硕得有点夸张的臀部，突然好想笑出来。哎！他这名儿取得实在太贴切了，他真的像一条虫似的在慢慢地蠕动，如果从远一点的地方看过去，那就跟没在动似的。他扭过头来见我在笑，一脸狐疑地："你笑啥呢？"我连忙摆手："没笑啥，没笑啥。"我嘴上虽这么说着，但仍忍不住一再笑出声来。"你肯定是在笑话我。"他故意装出生气的样子，遂又自嘲地说："没办法，谁让自己不如人呢！你笑吧！笑死你！"

爬了半个多小时，"蹄子"从后面赶了上来。他让我先往前赶好了，由他来陪着"Q虫"。这正合我意，这样我就可以加快速度了。因为我看见已经有云雾在对面山腰下聚集，有可能会漫散开来，如果走得慢了，可能拍不到三峰并列的美景。

第一章 遥远的峡谷

↑ 攀爬近五十度的恐怖大坡

好在这个坡爬升至近一半高度时，改成了横切，这样就省力了许多。而且，横切的碎石路面已被前面的人踩得有点平实了，故走在上面还算平稳。但是，爬这种坡，还需关注头顶上的落石。覆盖在坡面上的许多石头都是从山顶上滚落下来的，有些大石头上还可看到明显的撞击痕迹。

青藏高原的山体致密度低，登山或徒步，落石也是造成意外伤害的一个原因。真要是被这种落石击中的话，那肯定小命难保。奇怪的是，有几次，我们明明听到有落石滚下来的声音，却始终不见其踪影。估计这落石要么离我们较远，要么是被上面突起的岩石给挡住了。每当有这种恐怖的声音响起，我们都紧张得要命，每个人皆不约而同地抬头张望，以便及时躲避。

走在这样的坡上，最觉得狼狈的是给牦牛让路。因可供我们行走的路（其实是被人硬踩出来的脚印痕迹）宽仅一尺不到，当有驮着货物的牦牛赶上来时，大家须尽快躲到路的上方，让它们先过去。其实，我们如果不让，牦牛也不会把面前的人顶开，它会很顺从地避开我们，从路的下方绕行过去。这样的话，牦牛得多走一个上下坡。只是缘于"驴友"们的及人之心怜悯这些生灵，不忍心让负重的牦牛在乱石堆中多耗费体力。

虽说牦牛是天生的高原大力士，但是，在海拔五千多米的山上负重行走，依然走得十分辛苦。看着它们舌头外露，涎沫长流，喘着沉重的粗气，不免让人心生恻隐。然而咫尺以外全是乱石，人很难立足。所以，为寻妥一个能站稳脚跟的地方，大家还得上蹿下跳地费上一番劲。

用了近两个小时的时间，我们终于走完了"恐怖大坡"，顺利地爬到了垭口顶端。回望下面的几个重装者，身影竟渺小得如同蚂蚁一般。他们尚在缓慢地攀行着，走得十分辛苦。从垭口拐下去，又是一个蜿蜒的下坡，由于距离很长，故并不十分陡峭，走得还算轻松。

待行至四千米左右的海拔高度时，周围山坡上渐次出现了一些草皮和树木，风景又开始变得悦目起来。对面山头的云雾不知什么时候也已经散去，珠穆朗卓那三座银白的山峰又清晰地耸立在面前。现在，我们与对面山峰的距离更近了，连冰川上的一条条沟槽都看得清清楚楚。

说来也怪，当近处有雪山冰峰陪伴的时候，步履竟也会变得轻松起来，内心也更加充盈而自信。这是一种很奇妙的感受。我曾在一本游记中写道：雪山是有灵魂的，行走在途中，只要有雪山与你相伴，你就不会寂寞，你的内心能与她默默地交流……不得不承认，这极致壮美的画面总是能予人以某种启迪和感动。或许，这就是大自然的神秘力量之所在吧！

8. 雪山上的沐浴

今天是抵达营地最早的一天，待我们卸下行囊时，才四点不到，太阳还在头顶上高高地挂着。俄嘎营地所处的山谷比热嘎好像要大了不少，不远处就是熠熠生辉的冰川。这个不知名的冰川海拔高度约在六千米左右，距营地的直线距离大概有三、四千米。其实，我的目测并不准确。这个无名冰川体量很大，非常壮观。第二天，经不住诱惑的我便约人一同前往。但是，攀爬了近三个小时仍未到达冰川脚下。这在后面还会提到。

↑ 俄嘎营地

营帐旁还有一片很厚的草甸子，一牦牛工跟我说，不要进到里面，搞不好会陷进去。在藏区，这种草甸子很多，特别是有水的草甸子较危险。但是，眼前的草甸子基本上是干的。我说我进到里面去踩一踩试试？他摆摆手："还是别踩了，要是陷进去了你连洗都没地方洗。"

一说到洗，仿佛是点到了我某个神经开关，立马觉得身上直痒痒。因为自进山以来一直没洗过澡，每天一身臭汗，都快捂出虱子了。之前，我在阿里、那曲的山上见过好几处水流很大的野温泉，非常适合洗澡。我便试探着问道："这儿有没有什么野温泉？"话一出口，又觉得自己这个问题问得有点傻，因为有地热的地方早就可以见到升腾的水蒸气了，哪还用得着问？

那牦牛工笑了，这里没有温泉，除非去那里，但那儿是从冰川上下来的水，太冷。他抬手指了指不远处从冰川上下来的那条小河。离我四、五十米开外的地方，有一条不宽的冰河在草滩上静静地流淌。望着这清冽的水流，我突然产生了一个很强烈的冲动：干脆洗个澡去！

遂跑回帐篷里取了毛巾、肥皂。几位"驴友"见状都很惊讶："什么？上那儿洗澡？那可是冰水！要是感冒得了肺水肿你就完蛋了！"我说"现在没风，阳光又好，没事的。"我溯流而上，走了约三四百米，发现了一个由垒叠的巨石形成的小水潭子。朝上望去，水流一直延伸至山上的雪线位置。

潭不深，三尺有余，清澈无比，真像个天然的浴池。我试着将手伸进水里，哇！一阵切骨之寒迅速从指尖传递上来。高原的五月，时常雨雪交替，乍暖还寒，这水温估计接近零度。不敢马上淋着洗，我只好先用毛巾蘸湿了在身上反复擦拭，直至觉得有点适应了才跳入水中。

这是我有生以来第一次在雪山上沐浴，这更像是一种仪式。雪山，在我的内心如同神圣的图腾。这让我想起了云南香格里拉每年举行的梅里神山祭祀仪式。承蒙着雪山的恩赐，当地的人们才得以世世代代繁衍生息。就像渔民对大海的情感一样，藏民族对于山的崇拜不仅仅是因为敬畏，更是出于感恩。而我，不是生于斯长于斯，竟与雪山有着非同一般的情愫，任何一座矗立于我面前的雪山，都会让我景仰万分。

真美啊！近处是褐色的山崖和流淌的冰河，远处是雪坡冰川和飘浮在山际线上的白云。俯瞰下方，山谷的草滩上，点缀着五颜六色的帐篷，像是绿丛中的一个个花朵，格外醒目。此时，雪山下仿佛只有我独自一人，周遭静静的，这是如万物归初般的宁静。倏忽间，一股满满的幸福感涌上心头。

这让我想起了几年前在阿里无人区的遭遇，当脱离险境的我们在牧民家中围坐在火炉旁，喝着热腾腾的酥油茶时，也是这样的感觉。是啊！再大的幸福也莫过于此了吧。其实，何为幸福，每个人都有着自己的理解。有多少种追求，就有多少种幸福，并没有固定的答案。但有一点是可以肯定的，欲望越低，幸福的门槛也就越低，反之亦然。

望着雪山顶上悠悠飘忽的云朵，心想，如此美妙的时刻或许不会再有第二次了吧？我知道，今后，自己肯定还会走向雪山。但是，再回到同一座山、同一个营地、同一条河流，应该是不太可能了。

吃过晚饭，天还有点蒙蒙亮，"蹄子"忽然心血来潮，说是要给大家搞个篝火晚会。篝火晚会？我们说："这地方连个柴火都没有，拿啥东西烧呀！""蹄子"指指不远处的山坡："我早就侦察过了，那儿有好多干牛粪呢，你们等着。"说着，他便拿了只蛇皮袋朝坡上走去。不一会儿工夫，"蹄子"便扛着满满一袋干牛粪回来了。见状，大家便也纷纷过去帮着捡。

很快，营帐前就垒起了一堆干牛粪。夜幕初垂，营地上燃起了熊熊篝火。不知是谁又找来了两根很粗的干树枝给添上，火势更旺了，营地的夜空被照得通红。眼前的情景让我想起了几年前穿越贡嘎山时在上日乌且营地的那个中秋之夜，一干人在篝火旁天南海北地瞎吹，讨论着很哲学的关于生活形态的话题，各自发表着独到的见解。在大山里，在皓月下，每个人好像变得坦然了许多，有几位竟然还把很个人、很私密的东西也晾出来让大家评判。

那个夜晚让我难以忘怀，这情景恍若昨日一般。时间过得真快啊！一晃又是几年过去了。当年的这些朋友有的已失去了联系，不知他们现可安好？篝火毕毕剥剥地燃烧着，不停地迸出串串火星，把寂寥的高原之夜点缀得绚丽而神秘。

眼前这一幕，会成为我心中永恒的记忆。不知是谁忽然提议请随行的牦牛工给大家唱首藏族歌曲，好！大家鼓掌相邀，几位牦牛工嘻嘻哈哈地相互推搡着，谁也不肯打头表演。正在这时，突然一阵山风袭来，霎时，密集的雨点骤然而至。继而，雨点又变成了鹅毛大雪，众人顿时抱头乱窜，纷纷躲入了自己的帐篷。

唉！好端端的一场篝火晚会就这样被突如其来的狂风雪雨给打断了。

↑ 气宇轩昂的牦牛，站在高高的雪坡上，挡住了我的去路

9. 俄嘎一日

早晨醒得很早，拉开帘子往外一看，天地间灰白相间，一片朦胧，帐篷上也堆上了一层厚厚的积雪。看来，昨晚的雪下得还挺大。气温骤降，这只不顶用的睡袋可害苦了我，尽管把羽绒服、扎绒衣都盖上，但依然觉得很冷。所以，整个晚上睡得很不踏实。

"Q虫"尽管有高反，但睡眠质量要比我好得多，天虽已蒙蒙亮，他仍鼾声如雷，舒坦地在梦乡里神游。我是横竖睡不着了，干脆起来吧。走至外面，发现近在咫尺的雪山此时已被低垂的云雾裹得严严实实，一点也看不见了。无趣，只好回到帐篷内。"Q虫"还躺着，但已醒来。我开玩笑道："你这呼噜打得不错啊！""我哪里打呼噜了！我其实早就醒了。""Q虫"一本正经地回答道。我被逗笑了："好！好！就算是我在诓你，到时候我录下来给你听。""Q虫"一边嘴里嘟囔着什么，一边起身穿衣，突然，手朝外一指："快看，好像太阳出来了！"我赶紧走到外面。太阳其实并未出来，但天已明显放晴，山脚下的云雾已散去不少。偶尔，会有细细的一缕阳光从云层里射出，映照在高高的冰川上。

我立刻带上相机，朝营地南侧的山岗上跑去。根据经验判断，这种地方雨雪初霁时，时常会出现云海。而且，现又是太阳初升之时，运气好的话或许还能拍到朝霞与云海并现的画面。这可是难得一遇的大景。走至山岗下面，我不经意地抬了下头，猛地见到一头牦牛正站在最高处，它的背后是被薄雾阻隔的晨曦，两者间映成了一幅很美的剪影，我连忙端着相机走过去。

那头牛也很有意思，它似乎知道我正在给它拍照，在我准备摁快门时，竟又气定神闲地朝我上前两步，摆出一副气宇轩昂的架势。我被逗笑了，没想到牛也懂得摆pose呀！拍毕，遂沿坡爬上山岗。哎！奇怪得很，那牦牛依旧站在那儿一动也不动，把路给堵得严严实实的。这是啥意思？我不敢贸然上前，因为谁都知道，牦牛是牛中的二哈，不但愣，而且脾气大，要是不小心惹毛了它，真的会用犄角顶你。此时，脚下是崎岖逼仄之地，它万一要是冲过来，我连躲的地方都没有。

一筹莫展之际，我突然摸到了口袋里的强光手电。这支小手电我是始终放在兜里的，除了用于照明，有时起夜也可用于防兽。我遂取出手电，将之调至频闪位置。天尚未大亮，这强光估计能管用。为了防止它受到惊吓而正面冲过来，我先躲到了一块大石头后面。一摁开关，光一扫过去，那牦牛先是直愣愣地瞪了我好几秒，这家伙肯定在琢磨眼前这刺眼的东西究竟是个啥怪物。突然，只见它猛地一甩屁股，掉头跑开去了。

哈哈！望着它落荒而逃的模样，我笑得差点喘不过气来，赶走了这头呆牛，我便径直走向山岗的最高处。但是，很遗憾，眼前并未出现我所期望的云海奇观。山下的雾气尚未散开，远近皆雾蒙蒙一片。无奈，只好折返。

喜马拉雅之雪

今天，因行程安排各不相同，故队伍分成了三批。一批上午出发，前往珠峰东坡大本营；一批去白当营地；还有一批体能较弱的在俄嘎留守。"一休"，还有北京的老陈等去往珠峰东坡大本营，本来我也打算一同去的，但一算时间不太合适。走到大本营，最早也得下午一点多。而根据这几天的天气情况看，每到下午，这一带多是雾浓云厚，很可能看不到珠峰和洛子峰。于是，我说我不去了，另两位本打算同去的人听我这么一说，也表示不去了。

于是，我与其他几位便决定下午去白当营地，晚上在那儿过夜。去白当营地是为了更好地观赏珠峰、洛子峰和珠穆朗卓。虽说这一路走来，三座山峰一直陪伴着我们，但由于位置关系，山腰以下部分多数时候都被别的山体遮挡着。而从白当营地观赏这几座山则效果要好得多，尤其是珠穆朗卓，拔地而起的巨大山体更具气势，明天早晨如果天气好，肯定能拍到漂亮的日照金山的照片。

进山这么多天，今天在时间上是最为宽松的。因为上午没有任何活动安排，所以，这半天便成了大家难得的慵懒时光。天气也在变好，雾正渐渐散去，阳光开始洒在营地的草滩上。"蹄子"和小蒋把炊事帐里的桌椅都搬到了外面，还在桌上放了一瓶红酒和几只高脚杯。大伙一看都乐了，问"蹄子"怎么还带红酒上来？"蹄子"嘻嘻一笑："这酒不是为了喝的，是给你们当拍照的道具用的。"哦！是这么回事。真是有心人呐！于是一帮人嘻嘻哈哈地手举美酒，面朝雪山摆起了pose。

摆拍完毕，小蒋又拿出了卫星电话："来！都跟家里通个话吧，每人限时一分钟。""蹄子"想得挺周到，这一路基本没有手机信号，现在是该跟家里报个平安了。待大家报完平安，"蹄子"又端来了咖啡、红茶。我笑道："哎呀！'蹄子'，我们这也太奢侈了吧？奢侈得有点不好意思了，这还像雪山徒步吗？""蹄子"也开玩笑道："那你们就当现在不是在喜马拉雅山徒步，而是在某个度假村疗养。"众人乐了！哈哈！跑到海拔五千米的地方来疗养？有病呐！

接下来就是天南海北地侃大山。我们这一群人中，什么角色都有，不说藏龙卧虎吧，至少也够得上藏蛇卧猫的档次。其中有那么两、三位，看上去颇有点卓尔不群、睥睨天下的架势，侃料中也多多少少会带点深邃的文哲味道。所以，凑在一块儿倒是不缺谈资，且也蛮有趣味。

其中一位来自北京的老兄，文才不错，言谈举止很斯文，对道、佛似颇有研究，一开口，总是三句话不离"道法自然"。不过，这老弟不是个空谈家，颇注重知行合一。在徒步过程中，我曾注意到一个细节，即他从不乱丢一丁点的垃圾，哪怕是一张小小的糖果包装纸，他都要认真地揣到兜里。

对他的这一点我颇为欣赏，止于至善，这才是合格的徒步者。我说，"道法自然"并不神秘深奥，其要义皆在我们的日常行为中。譬如，在这大山里徒步，我们只要像你一样，做到不乱扔东西，爱护一草一木，就是真正的"道法自然"。小中有大，大中有小，所谓"道大，天大，地大，人亦大"不过如此是吧！

那老弟听罢大悦，频频点头，向我竖起大拇指："哎呀！老兄，言简意赅，道尽哲理，你真行，知音啊！绝对是难遇的知音！"说完，遂又像演小品似的跑过来夸张地握住我的手，摆出一副极度激动的样子，"此行除却见到美景无数，最大的收获就是认识了您老兄啊！"

↑ 哈哈！面朝雪山，摆起了 pose

旁边几位见我们彼此间如此慷慨地不吝美辞，不由地面面相觑，大笑道："你们俩这是在刻意地互相吹捧吧？这也太王婆做派了吧！"我故作正经道："别介，吹捧这个词多难听呀！你们给留点面子好不好？我们这是在表扬与自我表扬。"

　　不知是谁轻轻说了一句，"瞧瞧，瞧瞧，这俩人巧舌如簧，脸皮又厚，真是天造地设的一对……"于是，又是一阵哄堂大笑……

　　蓝天雪山之下，一个欢快而轻松的上午，就这样悄悄地过去了。

　　下午，未等我们动身，白当方向已出现了很重的云雾。"蹄子"说："看来天气不行了，可能要下雪，你们下午别去了，干脆明天早上再去吧，咱们早一点出发，争取在回热嘎前赶回来。"我们想想也对，还是这样更妥当。

　　如此一来，整个下午便成了完全可供我们随意支配的时间。这半天时间当然是不能浪费，应该干点什么。突然，一个曾在我心里萌动过的念头又冒了出来。昨天到达俄嘎营地时，我即被西北方向的一座冰川给吸引住了。这座冰川不但体量巨大，而且形状也颇为壮观。估摸着冰川与营地的直线距离在三四千米，海拔约五千七八左右。

　　昨天，我问过"蹄子"这座冰川叫什么名称，蹄子说他也不知道，来过好几次了，还从未打听过呢，就管它叫无名冰川吧。我说，要是时间可以的话想上去看看！从既定的行程看，这肯定是不太可能的。我也只是说说而已，根本没指望真能上去。现在，既然有了富余的时间，我当然不能放弃这个机会。于是，我跟"蹄子"要求，下午能不能带我们一块去无名冰川看看？"蹄子"瞧了瞧我："这要上到很高呢！两三个小时也走不到的。"

　　我说累倒不怕，就是没有专用装备，上冰川不知行不行。"蹄子"显得很惊讶："啊？你野心还真不小，竟想进到冰川里面去！我们如果上去的话，可能也只能走到离冰川好几百米远的地方。要想进到冰川里面，几个小时怎么够！"听他这么一说，我忙说："那行！走到哪儿算哪儿吧，只要能近距离观赏一下，拍些照就可以了。"说实话，没有冰雪装备，即便怂恿我上冰川，我也不敢。

吃过午饭，匆匆准备了一下，"蹄子"、我、南京的"如意"及贵州的王毅一起，朝着无名冰川进发。由于我对这一带的地形不甚了解，曾想当然地设定了自以为可行的攀登线路，即从山的东南方向上去。那条路虽然陡峭，但可以横切，距离要近一些。"蹄子"说不行，那条路之前他走过，山上落石很多，太危险。于是，我们只好选择从营地的西北侧上去。

走在这段路上，感觉有点怪，跟这几天的徒步有点不太一样，特别的累，这可能是海拔上升得太快的缘故。没有任何的过渡，离开营地才百把米，就直接上了三四十度的大坡，而且这个大坡的距离至少在一公里以上。在高原上登过山或徒步过的人都知道，长时间的爬坡是极其耗费体力的，体能差的人很容易引发不可逆的体力透支。

走完一个大坡，未得片刻喘息。紧接着又是一个大坡。由于时间太紧，须给返程预留出时间，故而谁也不敢走得太慢。但是，随着海拔越来越高，渐渐地，我们的脚步都不由自主地慢了下来。在这种空气稀薄的地方，拼尽全力可不太明智，时间一长，会因为缺氧而导致心跳急剧加快，这种感觉是非常不舒服的。

眼下的情景让我想起了自己的第一次雪山攀登，在哈巴雪山那个看不到尽头的绝望坡上，心里是一种从未有过的窒息感和崩溃感，实在让人受不了。于是，我跟"如意"和王毅说："我们还是悠着点吧，接下来的路况究竟怎样还不清楚呢，如果现在就把自己累得散架了，别到时候连回来的力气都没了。"

看来，我把这段攀登想象得太简单了，认为翻山越岭走了这么多天了，爬这样的一座山坡应是小菜一碟。显然，自己有点轻狂过度了。在高原上，任何一座山都不能轻视。

约一个小时后，我们终于登上了第一座山头，这里的海拔高度已逾五千。前面是一段不太长的山脊，走过山脊后，右侧是一个下坡。从这儿看过去，冰川以下是非常陡峭的雪坡，上面的雪似乎不是很深，但看不出雪面以下是不是冰层。希望下面不是冰层，这样就不会有裂缝，危险会降低很多。

如果从右侧这个坡横切过去的话，离冰川便不会很远了。但"蹄子"说

喜马拉雅之雪

不能从这儿下去，山崖上的岩石不太致密，会有落石下来，非常危险。我抬头往上一看：只见陡坡的顶端是高近百米的悬崖，悬崖上有许多裂缝和裸露的石头。这种形状的崖壁是最危险的，甚至连大风也会造成碎石的坠落。于是，我们只好从左侧山脊上绕过去。

无名冰川离我们很近了，巨大的阶梯状的冰层已清晰可见。但是，在雪山上目测距离通常误差较大。有时候，感觉很近，实际距离其实还很远。我问"蹄子"："再走一个小时应该差不多了吧？""蹄子"摇摇头："够呛，估计前面那个坡是非常难走的，雪厚的话肯定走不快……"

我们都没带雪套，雪要是厚的话，会把靴子彻底湿透，我有点发愁。这时，只见对面的无名冰川上突然腾起了一团团淡淡的云雾，并快速地向一侧翻卷着飘去。"蹄子"连忙说："你们瞧见没？起风了，看来那上面马上要下雪了，不知道我们还能走多远？"

刮风下雪是雪山上常见的气候特征，但现在才两点多，今天这风雪来得似乎早了些。一般而言，在雪山地带，上午的天气相对较好，而下午则往往会刮风下雪。望着远处渐渐形成的雪幕，我心有不甘：还是继续走吧，走到哪里算哪里。要是风雪来了，我们就下撤。"蹄子"点点头："行！不预设目标了，走到哪儿算哪儿吧。"

又走了大概十几分钟，一阵狂风夹带着雪花扑面而来。完了，这下肯定不行了。蹄子停下脚步，朝冰川方向察看着：现在那边雪大起来了，我们得准备下撤。这时，走在最前面的王毅折返回来，他一边冲着我们摆手，一边喊道："赶紧下撤吧！拐口那边风大得不得了，人站都站不稳。""蹄子"见状急忙说："那就撤吧！风雪如果再大起来，回去的路就不好走了，这么陡的坡要是积了雪走起来太危险。"

无奈，一睹无名冰川的芳容的愿望是注定实现不了了。遂取出相机，给风雪中的无名冰川拍了几张照片，算是给自己留个念想吧。因为我知道，此生是不可能再有机会去亲近它了。

↑ 晦暗的天幕下，忽见珠穆朗卓的三座雪峰上披上了一层令人惊异的青紫色的光泽

10. 重回热嘎

昨夜，为了拍摄雪山星空的照片，一直折腾到十二点多才睡。但由于拍摄星空的经验不足，拍出的照片并不令我满意。问题是出在对焦上，因为子夜之前的星星不够密，也不够亮，没有合适的对焦物，使对焦的难度陡增。五月的喜马拉雅之夜，寒气逼人，调焦的手指早被冻得麻木了。考虑到明天要早起，便不敢再熬下去了，只好草草收场，逃入帐内。

钻入睡袋许久，被冻僵的身子一直没暖和过来，翻来覆去睡不着。凌晨五点不到，迷迷糊糊中被闹钟惊醒，遂匆匆起床。帐外仍繁星高挂，漆黑一片。稍事准备，啃了几口干粮，便背起背包与如意等人一同向白当开拔。

没料到今天的行程并不顺利，这似乎从一开始就有了征兆。启程之时，霞光未现，天上似蒙上了一层薄纱，明亮的星光也骤然褪去。晦暗的天幕下，忽见珠穆朗卓的三座雪峰上披上了一层青紫色的光泽，且时间极短。进了这么多次的雪山，这样的天象还是头一次见到。诧异之余，我立刻有了一种不太好的预感：今天可能会起风或下雪。如果光是起风那还好，无非是冷一些，还可忍受。但如果是下雪，尤其是下大雪那就麻烦了，迷路、滑坠更容易发生。

俄嘎至白当并不远，来回行程不到十公里，但一路上升较快，海拔增高有近三百米，上下起伏也大。可能是连续几晚未睡好，及昨日去无名冰川消耗了过多的体力，今天的状态远不如昨，走得又累又慢。过了半个多小时之后，珠穆朗卓被突然涌起的云雾遮住了大半。这让我对既定的目标产生了疑虑，因为云雾再继续加重的话，即便我到达了白当也变得没有意义了。而去白当只是为了近距离观赏马卡鲁、珠穆朗卓和洛子峰，若这些山峰皆被云雾遮裹，那起了个大早，费了这么老大的劲，全白搭了！

犹疑不定中，我行走的速度也不由地放慢了。"如意"从后面渐渐超了上来，她的意志似乎没有受到天气的影响，仍坚持如初。我说："如果过会儿云雾再不散开的话，我们就回去吧。"她有些不以为然，说："没事的，反正时间还早。"她的脚步显得毫不迟疑。大概又过了十几分钟，天气仍未见好转。风越来越大，云雾也更加浓重了，珠穆朗卓的几座冰峰已被裹了个严严实实。可以确定，现在的白当也是雾蒙蒙一片，再往前走就没有任何意义了，我决计下撤。

"如意"还在离我几十米远的前方，她已经上了一个山脊。我朝她大声呼喊，劝她不要往前走了。可能是逆风的原因，她并未听清我在喊什么。我只好举起登山杖向她打着手势，示意我要下撤了。她朝我挥挥手，却并未停下脚步，我猜不出她是什么意思。心想，咋这么固执！明摆着是做无用功，干嘛还非做不可呢！

回到俄嘎营地，碰到"蹄子"，他问道："怎么就你一人回来？他们人呢？"我说他们还在往白当走呢。"蹄子"说："还上去干嘛呀？该回来了！现在就是到了那儿也啥都见不到，等会儿搞不好还要下雪呢！"

东坡之行结束后的几年时间里，我陆续接触了一些去过东坡的"驴友"，让我感到奇怪的是，几乎所有人在去白当的时候，都未遇上过好天气，基本上是以失败而告终。这也说明，白当这片区域的小气候是很复杂的。可见，我们遇上坏天气应该不是什么偶然。

对于失败的白当之行,我一直耿耿于怀。曾好几次动过再走一回东坡的念头,这既是缘于嘎玛沟漂亮的风景,也是为着未曾去成的白当。不过,想归想,能否付诸行动则是另一回事了。毕竟,要下决心再走一趟喜马拉雅山脉也不是那么容易的。唉!真不知道自己以后还会不会重来此地。

过了一个多小时,如意等人回来了,其中一位"驴友"冻得脸色煞白,他双唇颤抖着说:"没想到拐下山脊后风那么大,太冷了,实在是受不了,只好折返。"我不由地暗暗发笑,干嘛不早些下撤呢?唉!徒耗体力,今天还有那么多的路要走呢!本来我打算问一下"如意",既然天气已明摆着变坏了,可为什么还要往上走呢?对此,我一直觉得无法理解,可后来竟也一直没逮着机会问问她。

对我们这些一大早就起来去白当的人而言,今天将是特别辛苦的一天。因为接下来还有十一二公里的崎岖山道正等着我们。昨晚未休息好,再加上早上去白当来回走了这么多的冤枉路,有点担心自己的体能是否扛得住。

今天要返回热嘎营地,仍需走那个滑坡地带和陡峭的"恐怖大坡",这无疑让人有些犯怵。虽说回去是走下坡,但坡度太陡,再加上碎石的滑性太大,往下走并不轻松。幸亏,当我们快接近"恐怖大坡"的顶端时,天气已好了许多,清澈湛蓝的空中挂着片片絮丝一般的白云。拐至一处山腰处,在耳畔呼啸了一上午的风忽然也停息了,这让后来的行走感觉好了不少。

"恐怖大坡"的下行是在小心翼翼中进行的,每个人都把步幅放得很小很慢,生怕脚下一滑,滚到坡底下去。今天"Q虫"的状态比前几天好了不少,那只登山包也全程由他自己背着。我跟他开玩笑:"你现在挺不错的呀,再走几天登珠峰都没问题了。"他听了直摇头:"哪里哟,今天下坡多一些嘛,当然会走得快一点。"不过,"Q虫"的状态虽然还不能和其他人比,但的确在慢慢地好起来,不但速度比从前快了,而且人也显得活跃了许多。此后,我再也没帮他背过包,这对我而言也轻松了不少。

从俄嘎至热嘎营地,海拔大概下降了七百多米,故除却"恐怖大坡"外,

喜马拉雅之雪

在别的地段也形成了具有一定落差的下坡。虽说这条路前天刚刚走过，但由于好多路段原始森林茂密，景物转换频繁，风格多样，并未让人产生枯燥单调的感觉。

最让人兴奋的是，在一个山坡上，我们居然见到了好几片高山杜鹃林。这些高山杜鹃与在几个营地周围见到的品种不太一样，树长得更高，花朵好像也更大一些，且花的颜色也呈多样，粉红、淡粉、纯白皆有。于是，大家都停了下来，以雪山为背景，拍下了一张张艳丽的杜鹃花。有一位"驴友"夸张地躺在花丛里，故作陶醉状："哇！这么漂亮的地方，躺在花丛中，做鬼也风流！不走了！不走了！"

↑ 雪山上盛开的杜鹃

话音刚落，一根登山杖便嗖地朝他的屁股扫了过来："让你风流！让你风流！"定睛一看，原来是他的女朋友在假装教训他。一旁的人顿时附和道："对！打他，狠狠地打！"大家笑得前俯后仰。

这时，不知是谁突然大声问了一句："哎？我们前天走的是这条路吗？那天为什么没看到这些花呢？这么明显的地标物，不可能没看到呀！"大家立时愣住了，面面相觑。

"哎？是呀！既然是同一条路，那我们前天怎么会没见到这些花呢？"

"会不会是我们前天来的时候走得太急了，没注意到？"

"不可能！这么一大片杜鹃花长在路边我们咋会没看见！"众人皆予否定。

"完了！肯定是走错路了。"

一说走错路了，大家便紧张起来。因为大家对几天前"一休"的遇险仍心有余悸。大雪山里迷路可不是闹着玩的。我开始仔细观察周边的地貌，这片区域还算平坦，无须担心遭遇悬崖峭壁之类的险境，顶多就是走点冤枉路而已。我走到山脊边缘朝下仔细察看，只见谷底的那条冰河正朝着东方浩荡而去，水面在阳光下粼光闪闪。我心里一下子踏实了。我说："问题不大，我们的大方向没错，来的时候是逆河而上，现在是顺河而下，只不过现在我们没走在来时的路线上而已。"

于是，我用对讲机跟后面的小蒋取得了联系。此时的小蒋离我们大概还有一里多远的地方。他说没关系的，你们现在都别走了，就在前面等着吧。他说他知道我们现在所在的位置。末了他还加了一句，放心吧！这儿迷不了路的。过了约莫二十来分钟，小蒋他们上来了。他笑道："其实你们也没走错，只是偏了一点点。这儿与我们前天走的路是并行的，相隔也就几十米左右。喏，那天来时的路就在那下面。"他用手指了指杜鹃林外侧那个方向，你们肯定是在后面那个岔道上走偏了。

大家都乐了，对呀！按理我们能看到路的，那怎么会拐到这儿来呢？一"驴友"大笑道："我们今天肯定是被雪山上的花神给引到这儿来的，不错！不错！歪打正着，难得见到这么漂亮的高山杜鹃，挺好！挺好！"

白云如练，恬淡高远，最辛苦的路段快结束了。海拔稍稍降低了一些，人也觉得舒服了不少。在一道山脊上，我们一干人等正慢吞吞地攀爬着，"蹄子"突然大喊道："大家站那儿别动，我给你们拍张照。"原来，"蹄子"此时正处离我们二三十米远的坡下，从他那儿看过来，我们正呈剪影状站于天际线上，背景则是皑皑雪山。"蹄子"快速按下快门，哦！这照片果然漂亮，可算得上是此行拍下的所有照片中最具诗意的一张。

下午，在我们抵达热嘎不久，昨日去珠峰东坡大本营的几位也赶回来了。经问，才知他们这趟去运气也很不好，啥都没见着。连续两天，珠峰一直被裹在云雾之中。而更倒霉的是，来自上海的一位"驴友"不慎从马上摔了下来，竟把腰给摔伤了。他似乎摔得蛮重，走不了路，后来一直靠骑马才走完余程。我们都替他担心，因为在这种陡高陡低的山道上骑马可是相当累人的。但事已至此，再难受也没法子，旁人一点忙也帮不上。在其后的几天里，这位老兄像是唐僧取经一般，骑着那匹小白马，晃晃悠悠地走在险峻的山道上，那模样不免让人觉得有点滑稽。

↑ 在珠穆朗卓峰下合个影

11. 风雪之途

昨夜，天气突变，睡时还繁星满天，下半夜起却一直大雪纷飞。清晨醒来时，发觉帐篷竟被压得几近塌下，连忙起身打雪。匆匆穿戴完毕，走出帐外一看，天呐！雪已积得很厚，一脚下去深可没至靴面，可天上的雪花依旧嚣张地飞舞着。按照既定的安排，今天是要出山的。可是，漫山遍野都已被大雪覆盖，还能走得出去吗？

遂向"蹄子"、小蒋问询，但他们也一时难以定夺，只是说，再等等吧，看雪会不会停。吃完早饭，走或留的问题依旧未定，而雪却仍不停地下着。看这阵势，大家都认为今天走的可能性不大了。但是，一个意外情况的出现，致使我们不得不立即动身。牦牛工跑过来说，带的草料已吃光，而雪又太厚，牦牛吃不到鲜草会挨饿。这下子完了，不走也得走。于是，大伙便匆匆开始整理行装。

这时，有牦牛工过来跟我们商量，说能不能匀出点食物给牦牛吃，因为今天路程远，牦牛若饿急了会不好使唤。我们说，这事还用商量吗！当然可以。于是，大家纷纷慷慨解囊，面包、饼干、水果，连同厨房里的剩菜剩饭，凑了一大堆送给牛祖宗享用。谁都明白，这个时候牛的重要性已远远超过我们自己。

上午十点左右，我们正式出发。幸好，此时的雪也稍稍小了一些，周围的视野渐渐清晰，这也给我们减轻了些许心理压力。因为在大雪迷漫的雪山上行走，若视线不佳，心里会很不踏实，也极易遭遇危险。但是，由于雪厚地滑，再加上起始路段是一截乱石嶙峋的陡坡，还是不断有人摔得七仰八叉。

待大家即将行至山顶时，周遭忽然泛起了大雾。这是最让人担心的，因为这个路段的上方就是高达百米以上的垂直崖壁，而峭壁上又结满了无数的冰挂，这些冰挂像一把把铮亮的刀刃悬在我们头顶，随时都会坠落下来。如果天气好的话，我们尚能躲避这种危险，而在浓雾之下，冰挂如果坠落下来则根本看不见。想象着头顶上悬着随时可能坠落的夺命之物，这该有何等的恐怖！

一位年轻的牦牛工走着走着突然兴奋起来，竟扯着嗓子唱起了山歌，刚唱了一两句，便被身边的同伴给厉声喝阻了："你别唱啦！再唱就要崩（指冰崩）啦！"高亢的歌声戛然而止，周围霎时安静下来。众人战战兢兢步入危险地带，脚步匆匆间，每个人都将头抬得高高的，视线始终不曾离开过悬崖上方。但这完全是徒劳的，因为我们只能见到头顶以上十来米高的地方。这么短的距离根本不足以让我们躲避坠物。"蹄子"则在一旁不停地催促我们快些躲到悬崖内侧去，这样，即便有冰坠落也不至砸到人身上。

忙乱之间，忽听得几声巨响在身旁炸起，只见几块冰坨从天而降，在地上砸得粉碎，这让众人吃惊不小。"蹄子"连声疾呼："大家别停，快些走！快些走！"此时的情景让每一个人都紧张万分，因为哪怕是被一截手指粗的冰柱砸中头部，也是非死即伤。每个人跑得飞快，生怕遭遇不测。总算还好，后来再无冰坨掉下。尽管无人受伤，但这场小小的冰崩还是把大家吓得不轻。

就在大家跑到安全区域时，我却成为此次冰崩事故中唯一的倒霉者。由于跑得太快，在一片被雪覆盖着的乱石上狠狠地滑了一跤，突起的石块正好硌在左胸口上，致使自己在此后的七、八天里，连深呼吸都会感到疼痛。但是，在这种环境下，即便伤得再重，也不可能得到任何治疗的，现在也只有硬扛了。

回到拉萨后，我立即去寻医，医生摁了摁我的胸口说道，可能是肋骨骨裂，不放心的话去拍个片子。但我知道，即便是骨裂也没啥好的治疗手段，顶多是用弹力绷带绑一下。像这种伤痛如果是在内地根本没啥关系，只是现在高原，呼吸时胸腔的扩展幅度要大一些，所以会有痛感。听完医生的诊断，我反而释然了，就再也没去管它。

至山顶，浓雾忽开始散去，众人遂坐下休息。这时，忽闻得山下有阵阵牛铃声传来，循声望去，只见山下有一长溜队伍正在慢慢地上行。原来，这是蔓峰组织的另一支队伍，昨天曾在营地遇见过他们。这支队伍由清一色的日本老人组成，其中年纪最大的两位已是八十多岁，其余的也都是七十多岁，这很是让我们钦佩。由于这支老年队伍中全是骑马者，要比我们走得快，为了不妨碍其行进速度，我们便让开道路让他们先行。老人们显然看出了我们的意思，待路过我们身边时不停地向我们作揖致谢。

望着这些老人渐渐远去的背影，队伍中有人不禁感慨："日本老人这么大的年纪居然还有这样的冒险精神，实在是了不起。"旁边不知是谁说了一句很有概括性的话："这实际上涉及生命观的问题。有什么样的生命观，就有什么样的生活态度。"我很赞同这个观点，作家史铁生说过，生命的意义在于你能创造这过程的美好与精彩。而这过程并不仅仅指青春年少之时，即便到了暮年也是一样。而这些老人到了这个年纪却依然能够以付出如此的代价去寻找美好与精彩，这真的非常令人敬佩。

再度启程。接下来的很长一段距离全是下坡。若在平时，这种持续的下坡只要路况不是太差，走起来并不累。但是，现在厚厚的积雪成了最大的困扰。坡度不大不小，约三十度左右，恰好能破坏站立的平衡，稍不留神便会向下滑倒。这个时候，每个人的平衡全靠手中的两根登山杖支撑着。有人开玩笑，四条腿就是比两条腿稳当呀！尽管大家小心翼翼，如履薄冰，但依旧不断有人摔倒。好在我们都背着登山包，往后摔倒时，隆起的背包起到了缓冲垫的作用。不然，后背若直接磕到乱石上，那也是够我们受的。

而此时的我需要比别人更加小心谨慎，因为刚才胸口上那下已经被撞得不轻，若再摔伤那就更麻烦了。我正专心致志地在雪坡上控制自己的重心，突听得身后有陌生的说话声传来，回头一看，是两位中年男子。一问才知道他们是与前面那支日本老年团一起的，但他们都是地道的中国人。

大约在半个小时左右的时间里，队伍都保持着同速，于是我们就边走边攀谈起来。起初，我以为他们只是普通的"驴友"，但在交谈中得知，他们已是第二次走这条线了。因时间短促，我也未问他们今天为什么会重走这条线。而他们所谈到的第一次走这条线的故事中，竟有着令我们深感惊讶的人物。原来，这两位是2013年在境外登山时遇恐袭身亡的著名民间登山家杨春风、饶剑峰的生前好友。几年前的东坡之行，杨春风、饶剑峰也在其中。他们说，当年，杨、饶所有的登山装备都是由他们帮助提供的。

而今，山路迢迢，春风依旧，挚友之间却是阴阳永隔了。

无疑是这段往事勾起了心中的悲痛，末了，他们便是几声低沉的长叹。我一时不知该怎么宽慰他们，沉默良久，劝道：别难过了，亲人也好，朋友也罢，都不可能永远与我们相伴的。

"是啊！是啊！也不是不知道这个道理，如果他们是死于登山事故，我们心理上有准备，也不会这么纠结，而现在竟然是以这种方式死去，太突然，太没有道理，情感上接受不了……"

他们两位的行进速度颇快，我们似有点跟不上。聊了一阵后，他们说要去追赶前面的队伍，与我们告别后遂疾速而去。他俩似一阵风来，一阵风去，在极短的时间片段里，给我们留下了一番惊愕与思索。唉！世事太过无常，灾祸来时，又有谁人能够预料！杨春风、饶剑锋之死，的确令人扼腕痛息。

时至下午，海拔明显变低，气温却随之升高，积雪也开始融化，道路变得泥泞不堪，十几个人的队伍拉得越来越长。行至一个岔路口，突然不见了随行的向导。我们这一拨共五个人，那天谁都没带对讲机，问也没法问，走又不敢走，众人面面相觑，只好暂时停下商议接下来怎么走。此时每个人的体能几乎已消耗殆尽，如果再走冤枉路那真会把人累垮的。

前面的路有些诡异，一个是上坡，一个是下坡，但这两条路哪个都错不起。上坡那条路坡陡且长，看着极其累人，我们本能地排斥。而下坡那条路看着要舒服得多，一溜全是下坡，走起来显然要轻松得多，我们也更乐于接受。但是，如果这条路选错的话，届时必定更累人，因为一旦往回走，之前的下坡则变成了上坡。

受本能的驱使，也带着赌一把的心理，我们毅然选择了下坡那条路。遗憾的是，我们的选择是错误的。这条下坡路走着走着就让人没了底气，因为，路面上没有一点踩踏的痕迹，这显然不像是刚刚有人走过的样子。于是，走了约十几分钟后，我们只好停下脚步。

正在此时，忽听得"蹄子"在身后向我们大声招呼。原来，他见我们久久未能上来，便回来寻找。一见到"蹄子"，我突然感到非常生气，不由地斥责起他来："你作为领队、向导，自己跑那么快干什么！现在大家已经精疲力尽，却还要白花力气走回头路，太不像话了！""蹄子"这时也未做任何解释，只是一个劲地赔不是。这段冤枉路实在是走得又累又憋屈，前前后后差不多浪费了将近一个小时。

终于蹒跚着回到了原处，紧接着，又是一段漫长的上坡等着我们。这个时候，我感觉两条腿似乎已失去了自主意识，每一次迈步纯粹是机械性的动作。在高原上徒步，由于缺氧和大强度的体力消耗，产生这种极度的疲惫感是很常见的，但今天这种疲惫感似乎来得特别强烈，而大口地喘气又会加剧胸口的疼痛，实在太让人崩溃了。望着遥远的前方，我真的怀疑自己能不能坚持到最后。

这时，一"驴友"赌气地往路边的一块石头上一坐："我不走了，走不动了！""蹄子"回过身来，略显无奈地笑了笑，劝慰道："再坚持一下吧，顶多再一个半小时就可以到了，上完这坡，接下来的路就好走多了。"

望着"蹄子"有些无措的样子，我心里忽觉恻然。其实，像蔓峰这类搞高原户外的人，挣的是地地道道的辛苦钱，很不容易。领队和向导在付出巨大的体力的同时，还须事无巨细地忙前忙后，这的确不是一般人能干得了的。想到这里，我忽然觉得刚才批评"蹄子"的话是不是说得太重了？显然，在疲惫、伤痛、懊恼的多重压力下，自己的情绪有点失控。我决计等到合适的时候向他道个歉。但遗憾的是，直至活动结束，我始终未有机会向"蹄子"表达自己的歉意。现在，我只有在此书中向他表示歉意了。

我走到那位还"赖"着不动的"驴友"身边，拍了拍他的肩膀劝道："走吧！走吧！不可能有人抬你下去的，横竖都得靠自己走！"这位老兄抬头看看我，轻声说道："我哪能真的不走啊？我不过是想让他着急着急罢了。"我不由笑了起来："算啦！算啦！谁没有犯错的时候，大家都体谅一下吧！他们也不容易。"说罢，我扯着他的衣袖，狠狠地拉了一把："来！起身，走！"

余下的路程并不短，"蹄子"说的一个半小时不过是宽慰我们而已。最终到达目的地，差不多用了两个半小时。快到曲当优帕村的那段路是个很陡的下坡，精疲力竭之时，走在这种山路上两腿直打颤。好几次，走着走着，腿竟然会不由自主地跪下去。行进的速度也越来越慢，这时即便有力气，我们也不敢放开了走，因为步子稍一加快就很难把持住重心。好在西藏白昼长，现虽已是傍晚七点多，但天色依旧敞亮，所以，哪怕我们再慢，倒不用担心走夜路，否则，会更加难走。

终于，我们来到了山脚下的简易公路上，胜利在望了！我正一瘸一拐地走着，突然，前面开过来一辆摩托车，嘎吱一下在我前面停了下来："老陈，来！上车！"

定睛一看，哎？怎么是达瓦？我都没注意到他什么时候下的公路，现在怎么竟开着摩托车过来了？一问，才知道刚才达瓦是从我们右侧的一条小道上穿过去的。他是本地人，对这儿的地形熟悉得很。达瓦到家后，又特地开着摩托车来接我。他说，这段路也得走不少时间，你快坐上来吧！

那年达瓦他刚满十八岁，他与他父亲一同担任随行的牦牛工。不过，达瓦赶的不是牦牛，而是一匹温顺的枣红马。队伍开拔的头几天，我与达瓦并没有什么接触，只是在前几天的一个晚上，我见达瓦正在向一位"驴友"讨要袜子，他说袜子已破得不成样了。这时我注意到他脚上竟然没穿袜子，五月的喜马拉雅山脉仍寒意料峭，尤其是到了夜里，温度更低，不穿袜子是无法想象的。见状，我连忙去帐篷里取了两双新袜子送给他。

达瓦是个敦厚实在、重情义的人，我不过是送了他两双并不值钱的袜子而已，他却非要表达一下对我的谢意。我说："达瓦，你看别人都在步行，我怎么好意思坐你的车走呢！要不你先回去吧，我还是跟大家一起慢慢走吧！"

我说的是心里话，风雪同行，一路相伴，行程都快结束了，我哪能撇下大家顾自而去呢！当然，还有一个原因也促使我不敢坐达瓦的车——因为此时我的两条腿已完全僵硬了，膝盖打不了弯，怕跨不上去。而达瓦一再坚持让我上，盛情之下，搞得我有点左右为难。旁边的几位"驴友"大概看出了我的心思，便劝道，"老陈你赶紧上车吧，没事的，我们反正再一会儿就到了。"于是，我只好用两只手使劲地抬着右腿，勉强跨到了摩托车上。

在我执笔写这段经历的时候，与达瓦分别已快四年时间了，我常常会想起这位居住在喜马拉雅山麓的藏族小伙子。得益于当下发达的通信手段，使我们可以随时保持联系。达瓦多次向我表示，很希望我什么时候能来他家做客。说实话，我的确很想去，但从日喀则到曲当这段路交通太不方便，没有固定的班车。要去，只有搭便车，而这段路距离又那么长，搭车也是很困难的。我甚至还想过，干脆，为此再走一趟珠峰东坡！唉！我一直没想好，究竟怎么解决这个看似简单却又不简单的问题。

↑ 风雪中的攀行

12. 归途絮事

终于平平安安地回到了优帕村，每个人都如释重负。晚上，北京的老陈说要去路边的小饭馆里喝个酒，犒劳一下自己，邀我也去。我倒是挺想去，大家这些天在一起都相处得挺愉快，艰苦的穿越也结束了，是该放松一下自己。但转念一想，还是甭去了。一是自己酒桌上的战斗力实在太差，而他们一个个都是不醉不归的主儿，喝酒都够得上酒鬼、酒仙的级别，我去了搞不好会被灌醉；二是胸口摔伤的地方总是隐隐作痛，怕时间坐长了受不了；三则身体太疲劳，还是早些休息为妥。于是，我就谢绝了。

　　酒对于喜爱者来说，吸引力的确大得出奇，这一点我总是很难理解。那天晚上，包括北京的老陈、"Q虫""一休"在内的七、八个人，竟然喝了差不多一个通宵。我半夜醒来，只见"Q虫"的床铺还是空的。到了下半夜，楼下传来了阵阵哼唧声。我被吓坏了，以为出了什么事。赶紧披衣趿鞋出去察看。

　　到了楼梯口往下一看，好家伙，楼下大厅里已乱成一团。一休正躺在沙发上不停地扭动着身子，脸色煞白，表情很痛苦。老陈、"Q虫"等几位则歪七扭八地瘫在沙发和椅子上，嘴里还不住地在说着不着调的胡话。真是叫人哭笑不得，喝酒怎么会喝成这个样子！我赶紧招呼大家帮忙，想把他们扶到楼上的房间里去。可是，楼梯又陡又高，这些人烂醉如泥，根本扶不动。又怕他们受凉，只好把毯子等拿下来给他们盖上。没别的法子，也只能这样子熬到天亮了。唉！活脱脱是自作自受哟！

　　第二天一早，我们就赶往日喀则。那几位尽管昨晚醉得一塌糊涂，可是，一上了车，竟然又满血复活了，有说有笑，跟没事人一样，真是服了他们。唯独"一休"的状态最差，依旧脸色煞白，躺在座椅上眉头紧蹙，闭目不语，隔一会儿他就要起身呕吐，但吐出来的只有黄水。其实，昨晚他不间断地呕吐早已把所吃的东西都吐光了，现在只是胃在不停地痉挛。看着一休这痛苦的模样，真是让人心里不好受。我忍不住责备老陈："这几位中你是最年长的，你应该给他们把着点分寸才是，怎么能喝成这样呢！"

　　其实我知道，老陈是最嗜酒的，他才不会替人去拿捏分寸呢！我这话其实是说给其他几位听的，因为我看他们每次喝酒都蛮拼的。老陈待人随和，很好相处，就是太好杯中之物。听我这一番埋怨，只是嘿嘿傻笑着："嗯！嗯！是喝得多了点，没想到他那么不能喝，那么不能喝……"

　　车开了一个来小时，车厢里渐渐平静了下来，连日的艰苦跋涉，再加上下半夜这么一折腾，每个人都有了睡意。正迷迷糊糊间，忽听得"咣"的一声巨响，把我们全给惊醒了。只见此时一个大黑影贴到了我们身旁——一辆从后面超上来的货车与我们发生了严重的剐蹭。面包车左侧的两块车窗玻璃被撞得粉碎，车体也陷进去一块。那一段路有流沙，司机的猛然刹车，致使面包车的轮子也深深地陷了进去，万幸的是，人都没受伤。

我们连忙下车察看。好悬哪！两辆车已紧紧贴在了一起。这场车祸来得太突然，大家连一点心理防备都没有。若不是两辆车都做了紧急制动，我们肯定要被顶翻。藏区的司机开车都很猛，胆子也大，什么路都敢开，不过，他们的开车技术也确实是高。但是，技术再高，也有马失前蹄的时候。眼下这位司机明显犯了个低级错误，这么窄的路面怎么可以强行超车呢！或许，他可能没预料到这种流沙路会使车轮偏转。他自信过头了！

当务之急是必须尽快把车弄出来，不然，会越陷越深。身边没有任何工具，大家只能徒手扒沙，再搬来石头往里填塞，但收效甚微，任凭油门猛轰，车轮飞转，车子不但趴在那儿出不来，反而陷得更深。必须尽快找到铁锹之类的工具，否则，今天就麻烦了。环顾四处，杳无人烟，只在很远的地方见到一个村庄的轮廓，但实在太远，走到那儿至少得一个多小时。

突然，我发现几百米之外的水渠边上搭着一个帆布帐篷，估计这是在搞小型农田水利工程，或许那儿会有铁锹。于是，我便径直朝那儿走去。走近了一看，果然，那儿有三四个藏族村民正在蹲在田埂上商量着什么，原来他们是在整修一条田间道路。还好，有两个听得懂汉语，我向他们说明情况后，对方很痛快地摆摆手说，没事，你拿去用吧！

当我扛着铁锹回来时，大家都显得很惊讶："哎！老陈行啊！从哪儿搞来的？你这可是帮大忙了。有了这把锹，活儿就好干了许多。于是众人挖沙的挖沙，搬石的搬石，折腾了一个多小时，终于把车弄了出来。"

趁着司机还在与肇事方交涉，我赶紧去归还铁锹，其间发生的一段邂逅让我颇感温馨。当我走进帐篷时，发现刚才借我铁锹的那位村民已不在了，只有一老一少两位坐在小凳子上喝着酥油茶。那小伙子看上去稚气未脱，像个高中生。他笑着跟我说，不着急的，你慢慢用好了。我听罢大笑："哪能慢慢用呀？我是路过这儿，马上就要走的，刚才车陷进去了……"

听我这么一说，那小伙子也嘿嘿地笑了起来："哦！哦！是这样的啊，我以为……"当我转身准备离开时，他突然说道："叔，您喝碗茶再走吧！"我回过头来，我们的目光交集在一起。小伙子的眼神像雪山上的潭水一样清澈见底，看得出，他绝无丝毫客套。我被他的真诚打动，便说："好呀！那太谢谢你啦！"

酥油茶是装在暖瓶里的，一倒入碗里，立时香飘四溢。我说："哇！你这酥油茶真香啊！是用鲜奶做的吧？"小伙子听了显得很开心，说这是他妹妹早上刚做的，鲜奶也是早上刚挤下来的。我说，那该谢谢你妹妹，你回头告诉她，一个从遥远的地方来的伯伯夸赞你的好手艺呢！小伙子憨憨地笑着："我妹妹手巧，做啥都很好吃……哎！对了，叔，您是从哪儿来的？"我说我从浙江过来的，是从海拔最低的海边来到你们这海拔最高的地方。噢！他说他知道浙江，浙江有义乌，有杭州。几句交谈下来，我发现这小伙子的汉语说得十分流利，几乎没什么口音。虽然藏区能说普通话的人很多，但能达到这水准的还是很少。

我问："你是在外面读的书吧？普通话讲得挺标准的！"他说自己是中专生，在日喀则读书，明年就要毕业了。他说自己高小和初中也都是在外面读的。难怪，从小就与汉文化接触，语言的表达能力就是不一样。他又问我现在这是从哪里过来，去往哪里？我说我们刚从珠峰东坡下来，现在回日喀则。他一听咯咯笑了起来："哎呀！真是有点惭愧，我是在这儿长大的，到现在还从未进过珠峰里面呢！还是您幸运啊！"

我们聊得正投机，却听到汽车鸣了一下笛，我以为是他们在催我回去，故只好向小伙子匆匆话别。走出老远，小伙子仍站在帐外。我向他挥挥手，他也举起手向我挥动着……这段邂逅，虽然时间很短暂，却会让我时时忆起。人际关系有时真的很奇怪，有些人相处多少年也不会叫你心心念念，而有些人相处仅以分、时来计，却可让你念兹在兹。

待我回到车祸现场才发觉，离出发还着早呢，两位司机还在商议赔偿事宜。他们坐在路边的大石头上，不知道的还以为是熟人相遇在唠家常呢！这也是藏区较为独特的"公路文化"。两车若发生了碰撞等事故，只要车损不是太严重，且未伤及人，一般双方都能即时在现场协商解决赔付问题，这种情况我已见过好多次。或许，这是因为藏区地广人稀，交通的时间成本太高，跑到城里通过交警和保险公司处理这种小事故太过繁锁，故还不如自己商量着解决算了。

那天，我们的司机提出的赔偿额是一千二百元，对方说给八百元。好吧！八百就八百！我们的司机也挺痛快。他跟对方说，八百元其实刚够配装那两块玻璃，本来另外那四百元是考虑到其他地方的修补和误工费等。唉！现在遇上这种事，也就认倒霉吧！完了嘿嘿一笑，接过钱，跟对方握握手，就上了车。大家都说，这样处理蛮好，基本满足要求，大家也不伤和气。那司机摊着手说道："唉！也只能这样啦，遇上事故都是十赔九不足，你要是照章理赔，按程序走，钱也多不了几个，既麻烦又耽误工夫。"

↑ 两辆车蹭在了一起，耽误了不少时间

车启动了，顿时，滚滚尘土从破损的车窗涌入，把人呛得透不过气来。

赶紧停车！大家纷纷从包里取出塑料布等物，将车窗封住。但塑料布不够结实，开了没一会儿就让风给鼓破了，车里依然尘土飞扬。不一会儿，终于在路边见到一家小百货店，于是，司机便向店主要来一些旧纸壳箱，将窗户堵了个严严实实。

　　路况太差，剧烈的颠簸让人觉得很不舒服，距离也变得更加漫长。此时，并不繁华的日喀则已然成为每个人最最热切的向往之地，久违的美食和热水澡在等着我们。在呛鼻的尘埃中，不知是谁轻轻哼起了《相逢是首歌》，歌声引起了大家的共鸣。渐渐地，由独唱变成了十几个人的合唱：相逢是首歌，同行是你和我……是啊！每一次旅行，都是聚与分的过程。由陌生到熟识，匆匆相聚，又匆匆离散，只期望在下次的旅程中，再见彼此……

第二章
重走318

我一直鼓励妻子去趟西藏,也常以一句"没去过西藏的人生是不完美的"自创版理论去说服她。终于,她动心了,决定跟着我冒一次险。当然,说冒险可能有些言过其实了。但对于第一次进藏的人而言,在心理上多多少少会有点冒险的感觉。就像我的一些朋友、同事,一说起西藏,总是既热切向往又极度畏惧,唠叨了多少年,到现在也不敢去。

此次同去的还有妻子的大学同学爱华和我在工厂时的好友海星。此次进藏在时间上分为两段,第一段就是陪妻子他们游玩,第二段是我参队去攀登珠峰北坳。为了不耽误攀登珠峰北坳的活动,我将进藏的时间提前了半个月,打算陪侍完了之后,再继续我的珠峰之行。为了省心省力,也为了提高时间效率,前面这段行程我们选择了当地一家可以自由拼车,且行程相对宽松的旅行社。

拉萨,于我而言已然是一座很熟悉的城市了,也曾专门写过几篇文章,故无须再续赘墨了。真正让我感兴趣的还是西藏境内的318段,虽曾经走过,但有些地方,譬如曾给我留下美好印象的林芝地区,已有多年没去了,很想再去走一走，看一看。当然，这也不排除自己根深蒂固的怀旧情绪在作祟。

走过的路，见过的人，经历的事，都是令人难忘的。还有更重要的一点，几年前第一次途经林芝时，由于时间局促，游兴未尽，一直想着再好好地重走一次。其实，我也知道，跟着旅行社走，旅行的品质就只能退至旅游的层次了，肯定会与自己的期望值不相符。

旅游与旅行，仅一字之差，感觉却是天壤之别。旅游是带着身体上路，而旅行则需带着灵魂。但这也是无奈之举，我只能在身体与灵魂这两者之间稍作兼顾。

此行对于我而言，除了旧地重游之外，更主要的任务还是陪侍，他们都是头一次上高原，适应能力如何还是个未知数，我一直有些不放心，故须尽力照应好。不过，好在他们并没有如我初始时所担忧的那么不堪，高反症状都不算严重，这让我省心了不少。

1. 在色季拉山口

掐指算来，距我上一次去林芝差不多已过去了六年时间。走在这条曾留下许多美好回忆的路上，最直接的感觉就是路况比当年要好了许多，全是一溜光滑平整的柏油路，记忆中的坑坑洼洼与泥泞不堪早已看不到了。奇怪的是，走在如此良好的路面上，心里却反而觉着少了些什么。

是的，西藏留在心中的记忆是多种多样的，既有情感层面的，也有物化层面的。而在坑洼不平的路面上的剧烈颠簸，似乎是一种永远也改变不了的现实。因为很难想象，仅仅几年时间，这烂路竟会变得如此完美。

也许，是因为自己的这种记忆太过固化了，对眼前发生的这些变化已不太适应。当然，我也很难说包括路况在内的318沿线所发生的各种变化究竟是好还是不好？个中疑惑在后面还会提到。

令人欣慰的是，沿途的风景依然那么美丽。几乎所有的高山顶端都覆盖着皑皑冰雪。雪山是百看不厌的，每接近一座山，其总是会让我浮想联翩：海拔高度是多少？它的冰川厚度是多少？它的攀登线路应在哪个位置，等等。离林芝越近，大自然的色彩越是丰富多彩，也越会让人兴奋和激动。

在川、滇、新、藏、青，凡是想见的著名雪山基本都见着了，但唯独南迦巴瓦峰至今未能看到。第一次进藏时，我曾在林芝住下，因正值雨季，山上始终云裹雾罩，直至离开，也未能见其芳容。而现在是初春，我想，或许能够看得到吧！

昨天，我们在米拉山口，天气好得出奇，蓝天白云，艳阳高照，远山近峦，尽收眼底。当时，我还有点自鸣得意，觉得挑了个好时辰，认为明天看到南迦巴瓦应是大概率的事。但是，人算不如天算，期望越高，失望越大。

色季拉山是西藏林芝县东部与中西部的分界带，山口的海拔高度达4728米。如果天气好的话，站在色季拉山口可以远眺南迦巴瓦的雄姿。没想到，今天待到了色季拉山口，虽不是云雾弥漫，但远处的南迦巴瓦峰却根本不见踪影。或许，是南迦巴瓦特意为我日后的西藏之行留了一个伏笔。是挽留？或是邀请？但不管如何，以后我肯定还会再来的。

今天最"出彩"的是"海星"，他因为是头一次上高原，显得有点莫名的兴奋。我感觉他走路似乎飘得很，大步流星，洋洋自得，轻松中带着点不以为然，颇有潇洒走一回的气势。他肯定在想，这海拔四千七百多米也不过如此嘛！哈哈！什么高原反应，啥感觉也没有！

四月的色季拉山口，好些地方都覆盖着厚雪，踩的人多了，雪便被踩成了厚实的冰。海星踩在冰面上，好似在自家的地板上踱步一般，脚后跟带着满满的自信，一会儿嘻嘻哈哈地抛着雪球，一会儿登高望远，指点江山。他两只脚飞快地倒腾着，待倒腾至一处背阴处去方便时，在冰面上摔了个四脚朝天。这下完了！这一跤把他摔得见血了。

他是伤在手上，当他狼狈万分地举着鲜血淋漓的右手走过来时，我被吓坏了。他说他也不知道自己是怎么摔的，反正是滑倒的。我猜他这伤口肯定是在双手撑地时被石头或冰碴之类的尖物给割破了。只见两个手指都豁着大口子，整个手掌差不多都染红了，血还在汩汩地流着，挺瘆人的。

唉！看来，南迦巴瓦今天是不太高兴了，不仅没让我们看到她的容颜，还

喜马拉雅之雪

对我们使出了血祭的狠招。得！惹不起，躲得起！走吧，上车！上车！幸好，团里有一位是来自昆明的年轻女医生，或是出于职业习惯，她随身竟带着许多应急用的药物。她立即对"海星"进行了颇为专业的敷药、包扎。有这么一位"随团医生"在，的确让大家放心了不少。此后的几天，在给"海星"拍下的所有照片里，都可见到他的那两根缠满纱布的手指，像连体白萝卜一样突兀地翘着，但脸上依旧洋溢着欢快的笑容。对了，写到这儿，才突然想起，那天还是他的生日呢！瞧这生日过的，也太悲催了点！

→ 从色季拉山口遥望远方

2. 一个悲痛的故事

接下来，我们将驱车前往然乌湖和米堆冰川。我们的司机姓寥，是个三十出头的四川籍年轻人，热情、健谈，一路上，他总会主动地向我们讲解一些关于西藏的轶闻趣事，大家都相处得很开心。离开色季拉山口，就一直是下坡，海拔开始逐渐下降。没多久，车驶近一个小村落旁。这里水汽充沛，植被茂盛，山坡上郁郁葱葱，生机盎然。

在没去过西藏的人的想象中，总会认为西藏尽是狂野荒蛮。其实不然，西藏还有很多犹如江南一般的婉约之地。有些地方甚至比江南还像江南。看到这儿，有人可能会说，你指的是林芝吧！对，林芝是西藏的江南不假，但

林芝以外还有胜过江南的地方，这在以后的篇幅中还会讲到。

随着海拔的降低，再加上漫山的植被，空气中的含氧量也明显增加。车上的人也变得有点亢奋起来，都端着相机不停地朝窗外啪啪地摁个不停。此时，或远或近地出现了许多被重重绿色遮掩、切割的田野和村落，这情景让我想起了秀美无比的鲁朗。

2011年，第一次进藏时留予我的最深刻的印象中，除了雪山冰川，就是包括鲁朗在内的那些恬静的村落。一直到现在，每当有人向我了解西藏的景色，我都会讲到鲁朗。我曾在《遥远的风——天涯八万里》一书中这样写道："若要评选中国最美乡村，那鲁朗一定是当之无愧的。"但遗憾的是，此次再至鲁朗，却给了我一个大大的失望，其中的细节容我留待后面再叙述吧。

前面有两位骑车进藏的年轻人站在路旁向我们招手，他们显然是想搭车，这种情况在藏区很常见。一般而言，驾驶员不太会拒绝求搭者的要求，这似乎已是一种约定俗成的默契。小寥停下车，探出脑袋向他们解释道："真对不起，这车上已坐满了人，没法带你们了。你们要么再等等，看后面有没有空一点的车。"于是，彼此很友好地挥手告别。

小寥说道："凡是遇见要搭车的'驴友'，我会尽量满足他们的要求，今天是没办法了，他们还有两辆自行车呢，实在是挤不下……"

我接着他的话茬道："这倒是，只要帮得上是应该帮帮人家。"

小寥应道："不是的，叔，不是应不应该的问题，而是能帮就必须帮，因为我有过一次教训，这件事现在想起来我仍会觉得心痛，这是我一生中最感到后悔的事情。唉！这女孩子！……"小寥一边摇着头，一边长吁短叹着。

接着，他向我们讲述了这个让他深感哀恸的故事。

2008年8月的一天，小寥载着三、四位客人，从理塘开往巴塘。时近黄昏，他们在路上遇到一位骑行的女孩子拦车。她说自行车轮胎被扎了，现在天快黑了，希望小寥能捎她一程。她说，只要载到有人的地方就行。因为这个地段偏僻荒凉，杳无人烟，她只想快点离开。

小寥很想帮她一下。但小寥开的是公司的旅游车，上面规定不可随便捎客，如果要捎也须征得车上乘客的同意。小寥便向那几位游客征询意见，岂料这几位游客竟然都不同意。小寥说，天很快就要黑了，不让搭车，一个女孩子会不太安全。但这拨客人依旧心如铁石，不肯松口。小寥无奈，只得遗憾离去。小寥说，当时他并未意识到事态的严重性，认为毕竟天还未黑，后面总还会有别的车过来。

第二天，腾讯网上发布了一条消息：昨晚，理塘至巴塘段，一骑行女孩被人劫杀……小寥说，当他看到这条消息时，犹如晴天霹雳一般，惊得他半天没缓过神来。天哪！不就是那个女孩子吗！他说："我真的伤心极了，觉得是自己害死了她。"第二天，我甚至连开车的劲头都提不起来。待这批客人都上来后，我几乎是咬牙切齿般地告知他们："被你们拒载的那个女孩昨晚在路上被人杀死了！"

我问小寥："那他们当时什么反应？"

小寥说："他们都没吭声，或许是内疚，或许是他们感觉到我的愤怒。总之，他们一路上没就此说过一句话。唉！说到底我还是要怪自己。如果那天我坚持让那女孩子上车，他们又能咋样？！无非是投诉我。可是，被投诉和一个人的生命的相比，又算得了什么！唉……"

小寥又说："实际上，西藏的社会治安是非常好的，民风也淳朴，旅行的安全系数极高，可这事却偏让我给遇上了。"

听完这个真实的故事，我们都觉得心里直堵得慌。说不出究竟是悲哀还是惋惜，抑或是愤怒？小寥末了还补充了一句："当时我开的是辆小面包，车上明明还有两个座位空着，为什么不让她上？这帮人真他妈王八蛋！他们看上去都像是有钱有身份的人，可都不是善良之辈……"

不知为何？我总会时不时地想起这个令人悲痛的故事，我也始终无法理解，人性怎可冷漠至此等地步！实在找不出用什么恰当的语言去谴责这种冷漠。一路上，心里那股子悲愤的情绪一直无法消弭。

藏区去得次数多了，我强烈地意识到，在他人需要帮助的时候及时施以援手，既是必须，也是道义与品德的要求。因为，你的一个小小的善举可能会拯救一个人的生命。这么些年来，在那片辽远广袤的土地上，我们曾帮助过别人，别人也同样帮助过我们。我清楚地知道，在我所受到的帮助中，有几次甚至是生死攸关的拯救。写到这里，我自然又会想起当年在阿里无人区，藏民们为我们奋力挖土，对深陷泥沼的越野车施救的场景。还有，在我们迷途藏北荒野时，远处放牧点那间小屋里透出的温暖的灯光……人世间，施惠与受惠，是一种善良的默契。在我们信奉的主流宗教里，千言万语，归结至一个字，那就是善。善良，永远是人类最高贵、最伟大的品质！同理，如果失去了它，我们的生命就会失去全部意义。

3. 通麦，那个已成为传说的天险

一说起318线林芝段，我首先会想到通麦、米堆、鲁朗这些地方。在任何时候，只要闭上眼睛，静静地默想一阵，这些景致的原貌都会活灵活现地出现于我的脑海中。记忆真是奇异得很，有些过往转瞬即忘，而有些则是终生难忘。以上那些地方，当属后者。但这次来到通麦，完全是在不经意间。

本来，听说要去通麦，我心里高兴得不得了。因为，通麦留与我的印象实在太深刻了，其一是险，这条从帕隆藏布江边悬崖上开凿出来的山道极其狭窄，内侧是呈九十度，甚至一百多度的山崖，山崖之上常有落石坠下，造成伤亡。而外侧没有护栏，稍有闪失，车辆便会坠落江中；其二是美，通麦天险实际上就是一个蜿蜒的峡谷，因海拔不足两千，故气候十分湿润，陡峭的两岸尽是参天大树，异常秀丽壮观，真可谓是：两山夹一江，白云山间绕，银蛇穿林莽，细瀑落树梢。

但是，今天，车窗外的景色似与记忆中的画面不太相符，心里正犯着嘀咕，却见汽车已快速穿过几个隧道，然后，小寥将车往边上一靠，说："通麦到了！"啊？通麦这么快就到了？还不到半个小时呢！

我感到极度意外。我清楚地记得，头一次进藏走通麦天险，十几千米的路程，除却因塌方造成的滞留时间，差不多也走了两个多小时。小寥笑道："现在只有通麦却没有天险啦！现在隧道都打通了，快捷多啦！"不知为何，我心里顿时冒出了一种失落感。

因为，天险没了，从前印在脑子里的帕隆藏布江两岸那云雾缭绕，满目苍翠的美景也看不到了。之前，我还向同行的三位大肆渲染过通麦的险与美。现在，我只好说，很遗憾，你们永远也看不到了。实际上，不仅仅是通麦一个地方，现在，整条川藏南线都面临着这种现实。路况在变好，安全与便捷性也大大提高，但是，观赏性却大不如前了。

所以，我常跟朋友们讲，若想走318线进藏须趁早，等以后所有的隧道桥梁都建成了再走的话，观赏指数肯定会大大降。只是我没想到，这一天

竟会来得这么快。当然，若将观赏性与安全风险相比较，无疑安全是第一位的。据了解，自318线建成通车以来，在这段人称"通麦坟场"的地方就已发生过两千多起车毁人亡的重大事故。这是一个很恐怖的数字。而今，走在这条路上，性命之虞终于不再有了。如此想来，那点遗憾也就无足挂齿了。

通麦大桥也早已不是我六年前走过的那座桥了。新建的通麦大桥十分壮观，看上去极为牢固。之所以特意提到牢固这个问题，是因为之前的通麦大桥（悬索吊桥和后来修建的便桥）曾多次因高度和牢固度不够而被泥石流冲坏。

新桥为双塔双跨斜悬索桥，双车道，主桥塔高度约有五十米，跨度也比旧桥增加了许多。由于桥的高度和跨度大大增加，想必今后抵御泥石流等地质灾害的能力也会明显增强。

怀旧的情愫促使着我固执地去还原许多记忆中的场景，搜寻当年走过的那条危险却又美景遍布的路。我站在大桥的最高处向远处眺望，只见那条旧路已变得残缺不全了，但痕迹仍依稀可辨。只是由于长久不通车，路面上已长满了灌木和野草。只有一段与江面高差达二十多米、嵌在崖壁上的蜿蜒的旧路还算完整，土色的路面上竟未被植被遮掩。

这是一段过桥后的上坡，当年，在这段狭窄的路上，各种车辆前后相衔，浩浩荡荡，一眼望不到头。一旦堵车，便会半天动弹不得。由此而来的宽裕而无聊的时间足以使天南地北的人们由陌生变得相识、相熟。

曾有这么一则故事：一对青年男女因在通麦堵车而偶然相识，俩人志趣甚合，遂在余下的时间里一同游遍了西藏。都说旅行是了解一个人的最佳途径，没错，这两人就是选择了这么一个好途径。待走尽天涯路，彼此感觉蛮好，结局自然很完美。更重要的是，女方还提前完成了她妈妈下达的任务——必须在28岁前找妥男朋友——那年她刚满27岁。

这个故事是一位"驴友"告诉我的，他还将此事上升到哲学层面，他说："堵车是坏事，却因找到了男朋友而变成了好事，你看，这就是辩证法。"哈哈！我听完不由地大笑。

当然，我也更忘不了那次路基塌方后的抢修过程，因不忍当袖手旁观，我自告奋勇地加入了抢险队伍，与筑路工人们一同挥汗大干。在短短一个多小时里，我们几个人竟卸下了好几卡车的石料。时间已过去了六七年，但一切犹如昨日，历历在目……

我走至一高处，用长焦镜头瞭望着，发现当年在塌方路段下铺垫的十几米高的圆木依然可见。而今，一切都归于沉寂。估计用不了多少年，残存的老路都会被疯长的植被所覆盖，直至消失得无影无踪。到那时，通麦天险就真的成为一个遥远的传说了。

↑ 曾经的通麦天险，现已架起了壮观的大桥，天险也已成为遥远的传说

4. 又见然乌湖

一说到然乌湖，我就会想起多年前一位朋友在我首次进藏时对这个湖所做的夸张的描述。他说，然乌湖是他迄今为止见过的最漂亮的湖泊，没有之一。他貌似目光不凡，一直自诩为审美达人，故我对他的结论也深信不疑，并对即将见到的景致充满幻想和期盼。

但是，待我和同伴们走到然乌湖岸边时，仍浑然不觉面前这一汪浑水竟然就是然乌湖。很不愿意相信眼前的事实，遂又找来当地人询问。很失望，没错，这真的是然乌湖。原来，我们很不凑巧，赶上了雨季，而且那年雨季的降水量特别大，山洪顺势而下，裹挟的泥沙把湖水搅得混浊不堪，当然，也将我的朋友所夸耀的那个美丽的感觉冲得无影无踪。

然乌湖是一个由于山体崩塌而形成的堰塞湖，湖泊呈狭长形，长度约有二十多千米，宽度相差悬殊，靠近村庄附近的水面较宽，约有四、五千米，而上游端则较窄，仅有千把米。若俯瞰然乌湖，就会发现，它并不是一个完整的湖泊，从上游至下游，可明显看出其被切割为上、中、下三段，每段之间还间隔着大片的农田、村庄、阡陌，有些地方甚至完全消失了水面，仅由蜿蜒而零乱的河道相连着。

曾有资深"驴友"告诉我，枯水季节的然乌湖最漂亮，那时没有山水注入，湖面特别平静，水色十分清澈迷人。所以，我想现在不是雨季，应该可以看到想象中的然乌湖了吧！呵呵！真是人算不如天算，待我们赶到然乌湖时，约为下午五点半，这个时间相当于内地的三点左右，天色还很亮。但遗憾的是，四月的藏东南，气温太低，湖面上大部分冰层还没融化，这是我未曾预料到的。显然，这也使美景指数打了个小小的折扣，尤其是湖水的色彩和雪山的倒影肯定是拍不出来了。本来，我还想得挺美，觉得这回总可以让我拍上几张大片了吧！唉！又是一次不大不小的遗憾。

不过，退而求其次，如果与第一次见到的然乌湖相比，效果还是要好了不少。至少，让我欣赏到了其容貌的基本面。小寥告诉说，看然乌湖，最好的季节是在五月中下旬。那时候，冰都化掉了，只要天气好，拍出的照片都非常漂亮。我暗暗打定主意，今后力争选个好时辰再来然乌湖一趟，而且，一定要在湖畔的村子里住上两天，从从容容地拍些大片。

但我也做过一些了解，要在然乌湖拍出好照片也不是一件唾手可得的容易事，除了要有良好的天气条件，还需寻找到合适的拍摄位置。后听朋友向我介绍，发布在网上的那些然乌湖的片子都是在湖对面的村庄或村后的山脚

喜马拉雅之雪

下拍的，徒步进去得走上一段时间。而且，若要追求好的光影效果，还需长时间的守候与等待。所以，想拍到好照片，需要具备技术、时间、体力等诸多条件，当然还要有足够好的运气。尤其是在高原上，要想拍到满意的大作那更会艰辛得多。这一点，从去年穿越珠峰东坡时，与我们同行的中国著名高山摄影家李国平达成作品时的那番付出便可得到证实。他为了拍得一张满意的照片，常常是冒着风险，独自攀行于常人到不了的地方。

当然，然乌湖不是一个孤立的点，其周边的来古冰川、仁龙巴冰川等都是相当不错的自然景观，绝对值得去观赏。照此看来，如果想真正玩转然乌，恐怕没有五六天时间是不够的。有人说，永远不会有完美无憾的旅行。是的，真正的旅行就是一个不断弥补缺憾的过程。在西藏这种环境复杂、自然因素变化多端的地方更是如此。不过，也不能说此次来然乌有多大的遗憾，因为，冰层覆盖着的然乌湖也有着不一样的美。

此时，与湖泊相依相偎的高山上的积雪尚未融化，坡上的白雪与褐青色的冷杉混搭着延伸至岸边。微风如羽的山峡里，高高的树梢几无颤动，一切仿佛都被凝固了。与水面平静如镜的场景不同，虽少了些妩媚与婉约，却多了些冷艳与神秘。而这，或许就是然乌湖的另一种风格吧。

↑ 静谧的然乌湖

5. 梦中的米堆

我一直觉得，米堆这个名词真好听。从字面上去想象，这儿定是白米成堆的地方。以稻谷作为地名，不但有着某种温馨感，还让人觉得非常亲切。

喜马拉雅之雪

离天黑还有约三个小时，我们须尽快赶往米堆冰川。米堆，于我而言，一直留有梦境般的回忆。冥冥之中，那里简直就是神仙居住的地方。米堆冰川距离然乌湖并不远，大概只有四十千米。但现在天气有点阴沉下来，要是到得晚了，拍照的效果会受到影响。所以，我们须尽快赶过去。

米堆冰川是典型的海洋性冰川，也是世界上海拔最低的冰川。冰川主峰虽达海拔6800米，但雪线海拔却只有4600米。如果将时间前推十年、二十年，米堆冰川定然更具气势、更为壮观。当下的米堆冰川因全球气候变暖的缘故，已消融得十分严重，冰川底部出现了大量的冰溶洞和冰碛。再下延一段距离，冰川融水已淹没了一大块低洼地，形成了一个小冰湖。可以想象，在冰川原貌未受气候影响之前，这一带无疑都像上端的冰川一样，全是银光闪闪的冰雪世界。

距上次来米堆已有近六年的时间了，从318国道拐向米堆的那条著名的搓板路早已修成了平坦的柏油路。所以，抵达米堆，比我预料的时间要早些。由于米堆冰川名声日盛，游人渐增，使得这个小村庄也发生了很大的变化，景区的软硬件比从前完善了许多，村子的外围盖起了很多新房子。

以生态视角看，像这样的地方是不可有太多的建筑物的，一旦视觉中的自然元素与人工痕迹的比例失调，那么，这个景区的质量与档次就会下降，甚至彻底毁掉。不过，好在这些建筑都很好地体现了藏文化的特色，且体量并不太大，故还不显得太过刺眼。

我很想进入村子里面走走，去寻找一下当年住过的那个小客栈和客栈的主人久美。但是，从景区门口到冰川的观景台还需走上大半个小时，时间不够。于是，我们只好先直奔主题，沿着新修的小路朝观景台走去。这条不宽的水泥路很好走，已然与从前需蹚水越沟的野径大不一样了。路修在村子左侧的山坡上，位置较高，透过疏密不一的树荫可以俯视到部分村貌。村子的格局无任何变化，但好些村民的房子已做了翻新，看来这里的经济状况已经大有改善。我渴望能看到当年住过的久美家的客栈，但是林子太密，寻找了半天仍难辨东西。

为了能拍到尽可能好些的照片，我们必须在太阳下山前赶到观景台，故走得有点急。幸亏米堆的海拔只有两千多米，再加上植被茂盛，并未感到气喘。待赶到观景台，残余的阳光仍照耀在米堆冰川上。咱们赶紧先拍照吧！怕来不及，我催促着。接下来的选择位置、光圈速度设定、构图，一切都是在急急忙忙的状态下进行。哈哈！显然是把自己搞得太紧张了，待拍够了照片，阳光并未消失，依旧慷慨地洒在冰川上。

上次来米堆未能拍到冰川的全貌，整座雪山的三分之二都被云层给遮挡了。而且，因正值雨季，冲下来的山水将冰川下面的小冰湖搅得很浑浊，拍出来的画面观感很差。此次来米堆运气算是不错，终于看到了完整的冰川。但美中不足的是天空还不够明净，淡淡的薄云让雪山的背景有点模糊，对比度较差。

来青藏高原的次数多了之后，便知雪山一般在下午都会下雪泛雾，这是小气候环境的特点，没有办法。但再想想，也该知足了，还有更多的人，来了好几次，却连近在眼前的冰川都没见着。是的，我们不能对大自然太过挑剔。

两次来米堆冰川，心境已然大不一样。上次来米堆时，因是第一次近距离接触冰川，兴奋得不得了。或许是这些年冰川见得多了，此刻的我已全然没有了从前的那种激动。其实，此时的米堆对我而言，观赏的重点已经不是冰川了，而是山下那个古木参天、蓊郁幽深的小村子，它给我留下了非常美好的回忆。

那年入住米堆，只是一次偶尔的早起，让我见识了像神秘园一样的米堆村，我曾在一篇文章中做了如下的描述：云雾笼罩下的米堆却也是风姿绰约，轻纱淡絮之间，山、树、阡陌、田野、林中的木屋和飞过的鸟儿都若隐若现。或许，是我起得太早，大山里的生灵们都还在安睡。偶尔，森林深处传来几声鸟儿婉转的啼鸣，不远处的溪流在淙淙流淌，一切都静得让人难以置信……

而今，一想起米堆，脑海中便立时会出现那些晶莹的露珠、摇曳的花草、树旁的蘑菇、飘逸的晨雾、游荡的马儿等，那都是诗的元素，对！雪山下的这个小村庄，她就是一首诗。米堆，我一定会再来……

↑ 米堆冰川

6. 鲁朗，我的鲁朗

鲁朗的海拔略高于拉萨，位于距八一镇市区以东 80 千米左右的位置。从地理形态上看，应属于山坡林草地带。其海拔虽然不低，但由于鲁朗水气丰沛，原始森林遍布，故而在此很少有人会有高反。对我而言，对鲁朗的观感之好甚至要超越米堆，尽管两地的可比性不是很对称，但鲁朗更让我心心念念。

所以，一想起今天要去鲁朗，心里就特别兴奋。可惜昨夜睡得很不好，早晨起来觉得有点头痛。未睡好倒不是因为太兴奋的缘故，而是不知为何，昨晚躺下后稀里糊涂地将被子横过来盖了，害得我半截腿总是露在外面，奇冷无比，只好拼命地蜷缩着身子。心里还直骂人家：这家客栈怎么回事？咋把被子做得这么短，连我这个子的人都盖不住，明天一定要去跟老板好好说道说道。待天亮起身一瞧，顿时傻眼了，怎么会犯了一夜的浑？真恨不得扇自己一巴掌。待我将昨晚的遭遇与那三位一说，差点没把他们给笑死。

欣赏鲁朗很容易，因为它就在318国道边上。当年，发现它的美，纯属偶然。因为，那天我们到达鲁朗已是傍晚时分，吃完晚饭，天便擦黑了。于是，就早早地进了客栈休息。第二天早晨，出发往拉萨方向行驶，不经意间望见车窗外竟然是一派惊世骇俗般的世外桃源风光。我们一下子看呆了，便立马下车，又重新逛了一遍。

鲁朗的特点与西藏抑或林芝地区的其他地方一样，没有丝毫的人工雕琢的痕迹，属于百分百的原生态。前面写到的米堆也是如此。但米堆的美是一种画面细腻的精美，而鲁朗的美则是天朗地阔的大美。如果说米堆是一幅细腻的工笔画的话，那鲁朗则完全是泼墨山水巨作。

我在向人们介绍林芝时曾说，林芝之所以美，是因为其集雪山、森林、湖泊、河流、草滩于一身，它的美是多种元素的融合。鲁朗更是如此，连绵的雪山下是茂密的原始森林，从森林往下延伸是碧绿的草坡，草坡以下则是村落、田野、牧场、灌木林、河流等。鲁朗的早晨多雾，在无风的状态下，这些云雾常会呈飘带状，平整地悬浮在山腰间，久久不散，更让鲁朗的晨色平添了几分诗情画意……这一直是鲁朗留给我的印象。

但是，此次见到的鲁朗，却让我心里感到了深深的惋惜，像是看到心仪的美人脸上被刻上了一道深深的疤痕——这是我最直接的感受。

车抵达鲁朗，小寥说："下车吧，到了！"啊？鲁朗到了？我感到很奇怪。那些熟悉的田野、村落、河流、灌木林在哪儿呢？我走下车来四处张望，拼命地寻找着记忆中的景物。但遗憾的是，记忆中的景物只能成为我的记忆了。当年我留下过美好影像的地方竟然矗立起了好多大体量的现代建筑，它们是一家家豪华的酒店、宾馆。原先318国道北侧的大片田园已不复存在了。这曾是多么曼妙的地方啊！如今怎么成了这模样？

后经打听才知道，这些超大酒店都是由外省投资建造的。望着这些与环境极不协调的现代建筑，心里真的非常不舒服。因过度追逐经济利益而导致人们的认知出现偏差，这已是很普遍的现象了。在这种利益的驱使之下，物质和非物质的文化遗产被大量毁灭，自然生态遭受着不可逆转的破坏。尽管这种状况在内地也并不少见，但是，在鲁朗发生此类事，却是让我格外惋惜。

发展经济对偏远落后地区来讲的确十分重要，本无可厚非。关键是要找对路子，找对方法。像鲁朗这类风景极富特色的地方要想发展，必须留住特色，没有了特色，就会步入同质化的歧途。如此一来，区域的比较优势也就丧失了。如果能借助既有的村落和地貌特点，以藏家客栈的方式去做分散式的增点扩容，效果肯定会好得多。这样，不但原有的景观和风格不会受到影响，也会给当地百姓带来更多的实惠。

或许，当地的决策者们认为鲁朗地方很大，占用点土地，搞些大型接待设施，没什么大不了的。但是，他们不知道，在整个鲁朗，最富诗情画意的地方恰恰就是这片区域。文章落笔至此，我又忍不住从电脑中找出当年在鲁朗拍摄的照片，凝视良久，不觉有些黯然。这不是情结上的固执，而是一种真真切切的怀念。

是的，鲁朗这个地方还在，其美丽的基本面还保存着，她还有别处的好山好水。但是，至少，鲁朗某个点已被钢筋水泥覆盖了，它已永远地消失。

我曾为鲁朗写过一篇文章，其中的一段文字是这样描写的：无须刻意地选择下榻之处，就住在公路北侧田野里的藏家客栈里，或拍拍照，或发发呆，观晨光五彩斑斓，赏雪山云聚云散。或者，端上一杯醇香的酥油茶，倚在廊前的原木窗沿上，默默地看着牛羊在草地上自由自在地游荡，让我的灵魂在纯净的天地里做做美妙的白日梦，宛如时光凝滞、身处世外。再嘛，对了，再吃上几顿地道的藏餐，来几盅地地道道的青稞酒……

唉！而今，这些看似简单的愿望或许难以实现了。不过，我想，保持既有风貌的藏家客栈在鲁朗别处应该还是有的，只是此行时间有些紧，难以细寻。

在我关于鲁朗的记忆中，不能不提到石锅鸡，这似乎也是我们此次在鲁朗唯一得以遂愿的事情了。第一次来鲁朗时，留予我最深刻的记忆除了风景，便是石锅鸡了。严格地讲，石锅鸡这道菜并不是鲁朗本地的发明，真正的发明者应是在鲁朗开饭馆的四川厨师。炖鸡的石锅是用产自墨脱的皂石镂凿而成，厚而沉重，煮炖时，锅即便离开火源很久，锅内的汤依旧会持续沸腾好长一段时间。我跟那三位说，时间还来得及，咱们就来个石锅鸡吧。其实，对我而言，吃石锅鸡，更多的是追求一种仪式感。说得再白一点，就像是在跟往事干杯，是一种怀旧的情愫在作祟，回味一下从前的味道而已。

由于鲁朗新镇的基础设施变化很大，做石锅鸡的饭店已不像从前那样自然地分散于318公路旁边，而是都集中到镇子的中心地带了。饭店的房子全是新的，连桌椅板凳等用具也是新的，但我总觉得这高大敞亮的餐厅似乎少了一点以往那种浓浓的乡土气息，只是服务员那一口地道的四川腔让我感受到了一点点从前的味道。

觉得老板面熟，好像就是当年我们光顾过的那家餐馆，只不过现在挪了地方。我便问老板："六年前我可能就是在您的店里吃的石锅鸡，那时，您的店就开在路的南面。"他连连点头，说："是呀！是呀！是开在那儿。"我又问，"您还记得吗？那年我们也是四个人，你还特地跑到隔壁的店里去给我们买馒头。"他摇摇头，不好意思地笑了起来："哎呀！太久了，记不起来了。"

想想也是，人家开饭店每天迎来送往，这么多的客人，哪会记得住呀。约个把小时之后，沸腾的石锅鸡端了上来。乳白色的汤汁上飘着枸杞、蘑菇、党参、红枣等辅料。闻香识佳肴，这诱人的味道实在太熟悉了。六年了，终于又尝到了石锅鸡。遂又要了一瓶啤酒，是的，我应该郑重地跟往事干上一杯……

对了，说到林芝，人们自然都会想到那儿漫野的桃花，但由于桃花最盛的时节已过，我们未能欣赏到最棒的花景。不过，运气还算不错，在巴河镇的拉如村，却看到了成片的桃树林。花儿开得很茂盛，显然，这儿的气温比八一镇那一带要稍低些，故花开得晚，谢得也晚。

那是一个坐落在雪山脚下的小村庄，粗略望去，偌大的山谷里仅有十几座民居。但有意思的是，那些房屋的顶部都是用蓝色或灰白的玻璃钢盖的，不像林芝其他地方的民宅，用的多是红颜色的玻璃钢。但这可能是一种巧合，也可能是出于审美上的选择。否则，在密密匝匝的桃花林中，两种相近的色彩叠加在一起，视觉效果定会打折扣。

因雪山与村庄靠得非常近，故山势看过去显得特别的高。这儿气候温润，最靠湖面的高山雪线以下部分都被茂密的植被覆盖着，只在接近山巅的地方才见到冰雪。而有意思的是，靠后些的雪山山腰处却可看到十分发达的冰川。西藏真的是个很奇妙的地方，地理与气候的差异性常常会以意想不到的方式出现。

在路旁遇到一位藏族少年，我问他："你们这么多的桃树，怎么处理果子呢？是本地加工还是运到外面去卖？"不想那少年听了大笑起来，他说这树只以开花为主的，果子只有一点点大，很酸，不好吃。

啊？！是吗？这答案实在出乎我的意料。两年后，我在南迦巴瓦下的索松村小住，尝到了这种小桃子，果然，那味儿真的是奇酸无比。

在拉如村待的时间很短，但这个偏僻的村子却给我留下了深刻的印象。而今，只要一说起林芝的桃花，我总会首先想起拉如村，想起雪山下的那片淡淡的粉红色……

↑ 鲁朗晨色，可惜这是我十年前拍的照片，现在那儿已见不到这样的景致了

↑ 拉如村的桃花林

7. 宁金抗沙下的那抹蓝色

那抹蓝色就是宁金抗沙雪山下的羊卓雍措。我已记不得自己究竟是第几次来羊湖了，但这一次见到的却是感观上最棒的羊湖。或许是地理位置的原因，除了岸边还有少许的冰层，整个湖面已是一片荡漾的湛蓝色。一直以来，我认为羊湖最漂亮的就是水的颜色。之前来羊湖多是夏秋季，湖对面的雪山除了宁金抗沙依旧是银光闪耀，其他低矮些的山则已冰雪无存。而这次却大不一样，连离岸很近的山脚也可见到少量的残雪。

此时，天空异常的纯净，净得连一丝云彩都没有。宁金抗沙雪山之上是一片清澈的淡蓝，雪山是浑身闪烁的银白，雪山以下是一抹蜿蜒的深蓝，三层不同的颜色构成了一道独特的风景。我曾在那本游记中将羊湖比喻成大地的玉镯，而将之想象成玉镯，完全是因为其色彩和地理形状的特征。西藏的湖泊成百上千，大的像海面，例如色林措、那木措、玛旁雍措等；小的如水潭，例如好些冰川下面的低洼处多会形成这样的微型湖泊。而像羊湖这样呈环带状的，至今还未见到第二个。

喜马拉雅之雪

站在我身旁的两位游客请我给他们拍张以羊湖为背景的合照，我欣然答应。照毕，他们问我需不需要由他们帮我拍一张。

↑ 宁金抗沙下的那抹蓝色——羊卓雍措

我笑道："不用了，我已来过这儿好多次了。"

他们一听觉得有点新奇："啊！您是干什么的？是搞勘探的？"

我大笑："就是来玩呀！西藏是个走不遍，玩不够的地方。光这羊湖就值得你来好多趟，每个季节的风景都是不一样的。你们如再过两三个月来，湖边种植的大片油菜都开花了，金黄的色块像涂抹着油画颜料一样，别提有多漂亮了。"

听我这么一说，那两位竟显得有些遗憾："啊！是真的吗？早知道那我们再晚一点来就好了。我又被逗笑了。我说："现在不是也很漂亮吗！如果六、七月份来，油菜花是开了，但山上的雪就没现在多了，各有所美嘛。"听我这么一说，他们都显得释然了，频频点头："对！以后抽时间再来看看，油菜花田旁的湖色拍出来一定会很漂亮的。"

若与没去过西藏的人聊西藏，他们有一个共同的特点：以为玩西藏与在内地游玩相似，去了标志性的景区，就算是玩过了。其实，西藏的风景是多维的，不会固定在某一个点或某一个面。譬如，在去往珠峰大本营的路上，自珠峰出现在视野之后，便会由远及近地以不同的角度展示她的魅力，不管你的位置如何移动，出现在视野里的始终是一幅宏大壮丽的画面。而到了大本营这个固定的点眺望珠峰，由于距离拉近，山的细节就看得更真切了，此时的珠峰则又是另一种风格。

再譬如，前面提到的318线的波密段也是很好的例证。一路上，雪峰林立，莽野如海，抬眼俯首间到处都是风景。这段路距离虽然不太长，两天左右就可走完，但如果真要玩遍的话，恐怕十天半月都不够。因为路上随时随地会出现令人流连忘返的画面。

今天天气非常好，水面上也没有蒸发的青霭，羊湖对面的宁金抗沙雪山看得十分清楚，它们对我的诱惑力虽不似珠峰、雀儿山那样强烈，但一直也是我不能忘怀的，因为那也曾经是我要去攀登的一座雪山。之前我从网上了解到，宁金抗沙是被列入允许攀登的雪山名单中的，但不知为何，始终未找到有去这座山的登山公司，故也只好将计划搁置下来。当然，根据现有情况看，今后也不太可能再去攀登了。

能清晰地欣赏到宁金抗沙也是不易，今天，老天爷能将好天气眷顾于自己，或许是想宽慰一下我吧。感谢苍天的美意，其实，我早已想明白了，令人心仪的雪山有很多，但是，对于我这样一名普通的登山爱好者而言，有限的人生和有限的精力、财力，都不允许自己去攀登更多的山了。而此次准备去登的珠峰北坳和明年的雀儿山，或许是自己最后的两座山。

宁金抗沙，我纵然无法走入你的怀抱，但是，我依然会想念你，想念着山峰下的那一抹浓浓的蓝色……

下午，从羊湖返回拉萨，途经卡若拉冰川。关于这个冰川，我曾在另一本书中有过描述，就不在此细叙了。仅就冰川形态和规模而言，卡若拉冰川算不上漂亮，但因其靠近公路，交通便利，所以，前去观赏的人特别多，使得卡若拉的名气要大于一般的冰川。

其实，卡若拉冰川留在我心中更多的是不愉快的记忆。其一是留在冰川上的那一大块为拍摄电影《红河谷》而被故意炸掉的豁口（只是为了制造雪崩效果）。历经千万年方才形成的冰川，瞬间被毁，可见当年国人的环保意识是何等之差！我们真该为这种"大手笔"的劣作感到羞耻。而今已二十多年过去了，那个豁口依旧像一个无法愈合的伤口，暴露在人们的视野中，极为扎眼。

其二，在不少地方，自然景观已成为当地的摇钱树。卡若拉冰川亦不例外，若干年前，游客在路边可随意拍摄冰川。但这回不行了，靠近冰川一侧的公路旁竟然围上了高高的挡板，若想拍到满意的照片，就须进到挡板里面。当然，前提是必须另外掏钱买票。而更蛮横的是，若有游客在挡板以外拍摄冰川，也会被穿着不警不民的"制服"们呵斥阻拦，甚至当有游客在行驶的车上伸出相机拍摄时也会被斥责阻止。大自然既有的资源就这样被个别人明目张胆地画地为牢，谋财逐利，太无语了。

离开卡诺拉冰川，心情不免有些黯然，好半天都不想说话。在西藏，去了多少地方，不曾有一处像卡诺拉这般让人感到无趣。或许，从今往后，在卡诺拉面前，我只会路过，但不会再停下……

↑ 卡诺拉冰川

8. 银色的那木措

去那木措的前一晚，导游的一番郑重其事的强调，让大家都有些紧张起来。一是要求每人租一条保暖的皮外套，二是要求每人花一百三十元买一瓶氧气带上。这价格要比市场价高了五、六倍，简直是不可理喻。妻和爱华、"海星"问我要不要花这个钱。尽管我进藏多次，但这个问题还真不好回答。我只知道自己是毋需用氧气的。在多次的登山和徒步中，即便在六千米以上的高度，我也从没用过氧气。但是，别人需不需要就真的不好说了。

前些天，在去林芝的路上虽说翻越过海拔五千米的垭口，但待的时间较短，很难检验每个人的缺氧耐受力。而那木措海拔高，待的时间也长，为保险起见，我只好建议他们每人买上一瓶氧气备着，以防不测，如果用不着，也只是扔掉一点钱而已。至于皮外套，我们还是人手租了一条，因为那根拉山口的寒风我是领教过的。况且，明天到达那根拉山口会很早，气温肯定很低。

最终，情况要比我预想的好得多，他们三位的缺氧耐受力都还不错，花了三四百元买的三瓶氧气一点也没用过。至于六十元一条租来的皮外套嘛，也没怎么用过。我调侃道，就算是咱们给西藏经济做贡献吧，如此想来就没有挨宰的感觉了。

第二天出发得很早，天刚蒙蒙亮时，我们差不多已在路上行驶了一个多小时。抵达那根拉山口，却发现已经有几十位游客在那块标志石旁排队拍照了。看来，他们出发的时间比我们还早。然令人扫兴的是，在我们等候拍照时却发生了一个很不和谐的小插曲：有两位游客不肯排队，还与人家吵了起来。场面一度失控，双方还差点动了手。接下来，便是一阵手忙脚乱的劝阻。我说，你们要是再这么吵下去，非得高反不可！这句话好像起了作用，挑事的那位一边眨巴着眼睛，一边喘着粗气，像是真的有点缺氧了，语气也渐渐缓和。终于，一场骤然而起的纠纷平息了下来。

待至那木措湖边，已是上午十点左右。算起来，这已是我第四次来那木措了。由于季节与天气的原因，每次来，所看到的景象都不太一样，但总体上那木措给人的第一印象就是大，辽阔得如同家乡的大海。我常会将那木措与羊卓雍措做比较，因为这是两个风格截然不同的高原湖泊。若用一句最简练的话去形容，即：羊卓雍措很婉约，而那木措则很磅礴。那木措水面浩大，面积接近于羊湖的三倍。由于水面辽阔，再及海拔更高，故站在岸边，总能听到波涛的喧嚣声，虽不是巨浪滔滔，却也可感受得到其桀骜不驯的性格，与羊湖的温柔可人形成了十分强烈的对比。

然而，此次由于季节尚早，与前几天在然乌湖遇见的情景一样，此刻的那木措仍被冰层覆盖着，远远望去，湖面白茫茫一片。在这种情况下，要想拍出理想的照片是不可能的了。不过，这也没什么好遗憾的，结冰的那木措也是一道难得的风景。况且，今后我定将再来此地，见到最美的那木措的机会肯定还会有的。

那木措的东南侧是念青唐古拉山脉，因其有着长一千多千米，宽达七、八十千米的巨大山体，故冰川极为发达。当地人告诉我，整个念青山脉的冰川面积达六、七千平方千米，这个数字是相当惊人的。正是由于超巨量的冰川水的涵养，才有了烟波浩渺的那木措。

那天天气特别好，阳光明媚，碧空如洗，还未到那木措岸边，就已远远地看到了念青唐古拉山上银光闪烁的冰川。之前两次来那木措，都未遇上这样的好天气，今天真的运气不错。不知为何，任何一处高山冰川对我总是有着无法抗拒的诱惑，尤其那些无望攀登的雪山，诱惑力会更大。纵然无法去攀登，但让我过过眼瘾总是可以的吧。幸亏"海星"带着一支长焦镜头，让我有机会"近距离"地观察了这座曾让我念想的雪山。

作为登山爱好者，我首先关注的当然是她的登山路线，不过，这所谓的路线纯粹只是自己的臆测而已。从山的形状判断，这座七千米级的雪山的攀登难度肯定要远高于海拔更高的慕士塔格峰，因为其山势更险峻，坡度陡峭，冰川绵长，顶峰段的形状颇似阿里的纳木纳尼峰。如果要攀登的话，似乎只有呈纵向从山脊位置往上去方为可行。如果从山脚垂直往上爬的话，肯定十分困难。当然，我一直不知道自己的这个判断到底对不对，很希望能早日搞清楚这个自设的问题。

由于湖面还结着冰，那木措已没有了之前的碧波浩荡、细浪拍岸的画面，一切都是凝固的，坚硬的湖面也少了些诗情画意。阵阵寒风袭来，更是让人感觉到那木措从未有过的冷峻。令人搞笑的是，正当我全神贯注地"研究"着念青的主峰时，一位牧羊人一边嚷嚷着我听不懂的藏语，一边朝我跑了过来。我不解地望着他。待走近了，才听懂他嘴里蹦出的三个字："我的羊。"

我问："你的羊怎么啦？"

由于汉语太不流利，他急吼吼地用手比划着，指指我的相机，又指指他的羊群。哦！我突然明白过来了，因为我想起了多年前第一次进藏时，曾在路边遇到过一个放牧的小男孩向我讨要零钱，说是因为我用相机拍了他的羊。当年那只是个孩子，我根本不会当回事儿，反而觉得这小家伙挺逗，哈哈一笑，给上两块钱便打发了。而眼前这位是成年人，感觉就没那么有趣了。况且，我也根本没拍摄过他的羊。

我也拉下脸来，翻着相机显示屏给他看："你瞧仔细了，哪一张有你的羊？真是的！"那人看了一阵，顿觉无趣，便一声不吭地走了。几天后，在攀登珠峰北坳的东绒布冰川时，我问随队的藏族协作："在你们的习俗中，到底有没有拍摄牲口的忌讳？"

他回答说："从前对拍摄人是有忌讳的，现在虽没这么多的讲究了，但也得人家同意了才可以拍。"

我说："那当然，这是起码的礼貌，这在我们那儿也是一样的，哪能随便拍人家。"

"那拍牲口呢？"我又问。

"拍牲口就无所谓了，一般我们都不会计较这个的，但每个人都有每个人不同的想法，或许是他自己觉得被拍了不好，或许只是想借机跟你要点钱吧。哈哈！"说着，他也忍不住笑了起来。他的这番解释，让我有点懵的感觉。我笑道："你说的好像也没什么错，可我还是不得要领。"

在多次的进藏过程中，我与藏族同胞有过频繁的接触，也交了不少的朋友，说实话，尽管也有不投缘的，但那只是极少数。从总体上讲，与内地的人相比，藏族同胞要淳朴憨厚得多，与他们打交道更省心省力，更容易相处，能很自然地让人产生亲近感。所以，对于那个牧羊人的举止谈不上什么好恶，只是让我觉得有点怪怪的。当然，我也不能排除这其中是否真的含有某些迷信的因素，只是我还不知道而已。

下午四点多，我们离开那木措返回拉萨。这本应是一段平常的行程，毋需多做叙述，只是其间发生的一个插曲，使旅途陡添了些许新的谈资。

从那木措至拉萨不过二百多公里的距离，即便是在限速的情况下，开五六个小时也差不多了。但是，那天却遇上了不该发生的意外。车开到一交通检查站，只见各色车辆一动不动地在公路上排起了长龙。我们遂下车前去打探。一问缘由，让人实在有点哭笑不得。原来，这条路对载重卡车的通行有时间限制，结果有不少车

↑ 冰封的那木措，虽不再碧波荡漾，却也有着另一种风格

都被扣住了。然奇葩之处在于，车辆都是直接在公路上接受查罚，这一下子就把后面的路全给堵死了。检查站外的车流越来越长，至少有上千辆包括军车、客车在内的车子都趴那儿动弹不得。我问当地的司机："这要是处理完毕

得多长时间？"他们说："猜不准，按照往常的做法，没三四个小时搞不定。"

啊！这哪行！到达拉萨岂不是要半夜了？我们几个一商议，干脆给自治区人民政府监督专线打个电话试试，或许能管用。电话很快就拨通了。我将现场情况作了描述。当然，我在描述中也添加了一点艺术夸张的成分。譬如，讲到军车时，我说车上的军人急得如热锅上的蚂蚁，因为他们有任务在身；讲到客车时，我说车上的老人小孩本来就已高反，现健康状况更是不堪，再这么等下去出了事谁也担当不起；讲到装着活猪的栏车时，我说因下午天气燥热，车上的猪已口吐白沫，奄奄一息。总之，从上述言语中，不难推测，对方肯定会觉得现实很严峻，后果很严重。

接下来，她急切地问道："您是谁？"我没正面回答她，只说："我是谁并不重要，重要的是必须立刻解决问题。我建议你马上向你的领导汇报，希望能在半小时内通车。不然，我们马上会把这事以实时新闻的形式捅给各大媒体，我们的摄录和卫星传输设备一应俱全。"

言语中，我故意给了对方一个猜测我身份的导向，让其认为我是哪个媒体的记者。撂下电话，我说："有效果，有希望，等着。"果然，过了估摸十几分钟，车流竟然真的开始动了起来。一时间，正在路边百无聊赖地等待的旅客和司机们像百米冲刺一般跑动起来，纷纷以最快的速度钻入自己的车内。随即，路上扬起了漫天的尘土，无数辆车首尾相衔，浩浩荡荡，继续向着拉萨进发。

9. 在慵懒的时光里

从那木措回来后的第二天，妻和"海星"、爱华他们三位坐火车离开了拉萨。三天后，她们将回到家里，而我将去攀登珠峰北坳。因此，这几天我将在拉萨独自度过。与国内别的城市不一样，拉萨于我而言，已没有什么陌生感了，应是来过多次的缘故吧。但有时我也会反问自己，为什么别的城市去过多次了却没有这种感觉呢？显然，拉萨，也包括青、滇、川整个藏区，对于自己的人生阅历是一个奇妙的转折和充实，甚至觉得自己在许多事情的认知上，有了一种超然物外的转变。我想过其中的原因，也归纳过各种可以自圆的说辞，但始终没有一个说辞是让自己满意的。

这座城市的确留给了我太多珍贵的回忆。只要一踏上这片土地，就会让我有一种时光倒流的感觉。拉萨古城那明媚通透的阳光，街巷小弄里斑驳厚重的旧墙，弥漫在每一个角落里的藏香气味，都会让我打开记忆的闸门。短暂的一生中，会涉足不少地方，而对那些地方的记忆，多会随着时间的流逝而渐渐淡去，直至彻底遗忘。但是，拉萨不会，拉萨对我而言永远是刻骨铭心的。

好友玉章总是与我说，穿越大北线，是他一生中最感自豪和最难以忘怀的旅行。在他去世前的那两年多时间里，每次见面，他总会提起西藏，提起那些与死神擦肩而过的惊险遭遇和心仪的景色。并一再跟我说，最好能让他再去一次，还没看够。他总是心心念念地想着这片高原，可见，西藏，对任何一个心智正常的人来说，都有着难以言状的魅力。

有时，我会从纯理性的视角去思索西藏的神奇和神秘所在，是不是她的参天之高让人对维度空间产生了某种错觉？是不是因她的辽阔的与明净激发了人们对于大自然的至高崇拜？当然，对于虔诚的佛教信徒而言，西藏必然还有着无可比拟的神圣与庄重，但这是另一个层面的问题了。

而让我觉着好奇的是，藏区的许多场景尤其是雪山和冰川，竟然会时常出现在自己的梦境中。曾有朋友就此与我开玩笑："你呀！上辈子肯定是住在雪山上的西藏人。"嗯，也许吧，我倒希望人真的有上辈子，甚至还有下辈子。我说："不过，你们还真不懂，雪山上可住不了人哦。"

那天清晨，我醒得很早，天已很亮了，但太阳还深深地躲藏在远方的雪山下面。慵懒间，我漫不经心地打开了手机，忽见朋友刚刚给我发来一篇费勇的文章，题目是《人生的路很多，但只有一条路会让你觉得真正活过》。遂阅。

费勇是位很具哲理思辨的作家，之前我看过他的几篇文章。他的文字总是透着一种深邃与厚重。手头的这篇文章不长，读毕，却让我思绪万千。他在文章中引用的那首美国现代诗人罗伯特·佛洛斯特的诗《未选择的路》深深地打动了我：

黄色的树林里分出两条路／可惜我不能同时去涉足／我在那路口久久伫立／我向着一条路极目望去／直到它消失在丛林深处／但我却选择了另一条路／它荒草萋萋，十分幽寂／显得更诱人，更美丽／虽然在这条小路上／很少留下旅人的足迹／那天清晨落叶满地／两条路都未经脚印污染／啊！留下一条路改日再见／但我知道路径延绵无尽头／恐怕我难以再回返／多少年后在某个地方／我将轻声叹息将往事回顾／一片树林里分出两条路／而我选择了一条人迹更少的一条／从此决定了我一生的道路。

或许，中文的翻译有些缺陷，但表达还是清晰准确的，我完全能够领会其中的意思。就如费勇所说，两条生活的道路，除了社会要求你走的那条路，另一条就是真实的、是自己希冀走的路。对于这个问题的求解是有相当难度的，很多人都是在走完大半生的时间之后才得到答案。我当然也未能例外，能早早做出抉择的睿智者当是少数。或许，是因为生命太过短暂，也太过冗杂，让人顾不上去思考这些。但转念一想，生命的长短或说明不了什么，有的人寿逾百年也照样过得浑浑噩噩，有的人虽年为豆蔻，却非常通达睿智。

我不止一次地向人提及过这个问题，对此，我心里始终是充满遗憾的。从一定意义上讲，我们的生活像是被魔咒般的外力引导着，根本无法取决于自己的意志。旅行、徒步、登山，让那颗流浪的心游荡于天涯海角，这一直是我朦胧而执着的梦想。只是未曾想到，待自己真的背起行囊，去践行这个梦想，竟然已经时近迟暮了。

是时代的制约？是命运的造化？是生计的逼仄？还是心智的愚钝？或许，上述因素皆有。当然，也不得不承认，在我们这代人所经历过的现实中去选择那条人影稀疏、足迹罕至的路径是很不容易的，而我现在所做的，只是稍事弥补一下从前的缺憾而已，若说这是在实现从前的梦想，那显然是自欺欺人了。

按照在家时的习惯，若无其他的事情，吃过早饭后至午餐前的这段时间里，我要么是在写作，要么是在阅读。现身在异地，无任何重要的事情须去处置，应该更随性一些。所谓偷得浮生半日闲，也只是想为风尘仆仆的旅行生活暂时画个逗号而已。

此时的我颇有点时间富翁的感觉，泡上一杯香浓的咖啡，一边惬意地品尝着，一边从网上查阅罗伯特佛洛斯特的诗。阅读诗歌，既是精神上的休息，更是内心的愉悦。记得在二十世纪八十年代，诗歌曾给过我莫大的慰藉，也发表过一些半吊子的诗，那浪漫的情怀和对未来乐观的希冀，伴随着我度过了"青春的暮年"。

而今，回想起八十年代，总是会将自己与正处上扬期的国运联系在一起，那真的是一个值得回味的好时代。但是，现在，诗歌再无从前的魅力了，虽不能说诗歌已死，但至少也是半死不活或奄奄一息的状态了。因为，这已然不是一个理想主义的时代了，曾经的激扬亢奋正在无声无息地消退。我一直认为，没有诗的生活是枯燥单调的，更是让人失望、忧郁和缺少意义的。

网上能查到不少罗伯特佛洛斯特的诗，但因译者中英文水平的差异，也使得同一首诗的译文变得有些不同。于是，我打定主意，回家后，一定去买本他的诗集好好地读一读。但令人费解的是，书市上他的诗集译作并不多，我一直未能找到满意的版本。我想，在物质主义盛行的当下，能静下心来认真翻译一本销量不见得好的诗集的译者肯定是不多了。

10. 打卡八廓街

正午，原本艳阳高照的天空忽然淅淅沥沥地下起了雨，迫使我暂时打消了去八廓街的念头。每次来拉萨，只要时间允许，八廓街我是一定要去的。尽管前两天我们刚刚逛过，但我依然想去，因为，这个街区有一种我喜爱的风格，它始终吸引着我。不是因其繁华，恰恰相反，而是它的简约，甚至可以说是简陋。用粗糙的石块砌出的路面与年代久远的巷弄宅院、鳞次栉比的小店铺，手拿转经筒的藏族居民，组合出了拉萨所特有的韵味。

过了约莫个把小时，雨渐停，乌云绽开，炽亮的阳光倏然照耀了下来。我一阵欣喜，立刻带上相机出发。我的首个打卡点是玛吉阿米茶馆。这是我第三次去这个茶馆了，我喜欢那里的氛围，天南海北的旅人汇集在一起，仿佛是一个世界的浓缩。轻声地聊天，慢慢地喝茶，光阴好像也变得滞缓了许多。

与我第一次来这里相比，曾经有过的好奇心与神秘感已然消失了许多。现在，我并没有在意念上赋予其更多的意义，只把这里看作是一个环境舒适、服务上乘，能让人坐得住的地方。可能是刚下过雨的缘故，客人不多。正好，这样更清静。不过，即便是客人坐满的时候，玛吉阿米也并不喧哗嘈杂。我在靠窗的地方找了个位置坐下，点了一壶酥油茶。

在没有时间约束的状况下，品尝酥油茶是一件幸福和惬意的事，它会让人的心绪变得平静。当然，玛吉阿米的酥油茶做得不错，味儿特别香浓，这也是吸引我来这儿的原因之一。当热乎乎的酥油茶端到面前时，久违的香味即扑鼻而来。太棒了！端起杯子，忽悟：只是一壶茶而已，竟可让人感到如此的满足，可见人生一世，诸多追求皆不过尔尔！殚精竭虑、忘我拼斗，纵然宝马香车，家业隆盛，亦然一场徒劳……

一番感慨未了，一只灰猫倏地跳到我身边蹲了下来，定神一看，咦！这不是我去年来这里时遇见的那只吃素的灰猫吗？我问正在给我端茶的服务员是不是它？那藏族女孩听了大笑，说这里的猫好多都吃素呢！啊！是吗？再细看，没错，它就是去年遇见的那只猫。我试着叫唤它，那猫即噌地又跳到桌上来。我说："你看，你看，它可能还认得我呢。"那姑娘又大笑，说："这儿的猫都很乖的，谁叫它都会跳上来。"

忽然，我想起去年来此喝茶时曾在留言簿上写过几句话，今天要是能找到看一看倒也蛮有意思的，这是我在西藏留下的痕迹。我忙问她能不能帮找到去年的留言簿？她说，留言簿都在那儿放着呢，不过，你要找的话肯定很费时间的，太多了。我猛然反应过来：她还得招待客人，干嘛要去麻烦人家呢！这本来就是可有可无的事，我觉得很抱歉，忙说："对不起，对不起，我只是说说，别耽误你干活。算了！不要找了。"

去年第一次来玛吉阿米，是在我穿越珠峰东坡的前两天，也像今天这样，闲来无事，就逛到这儿来消遣时间。不过，准确地讲，不仅仅是消遣时间，更是被玛吉阿米的美丽传说吸引过来的。坊间也有这么一个说法：在玛吉阿米，吃的是情怀，而不是味道。不过，这话有失偏颇，我觉得这店里的食物味道还是可以的。

记得2012年我在穿越大北线路过拉萨时，也曾来过玛吉阿米一次，但当时因客满而未能落座。所以，去年，当我终于可以从容地坐在这里时，心里真的有点小小的激动，故在留言簿上写了几句感言。而现在，就如我在前面讲到的那样，心境已然不太一样了。来的次数多了，传说中的神秘虚渺似乎已消失了不少。不知这是不是属于心理学中的"感觉适应"？

还是静下心来好好享受这热茶吧。窗外，广场一览无余，阳光普照，游人如织，闲逛的、拍照的、购物的、叩头拜佛的，林林总总的画面构成了八廓街独有的市井风貌。我一直觉得，八廓街是拉萨的浓缩，是整个拉萨市最精彩、最吸引人的地方，其生活和文化层面的内容都可在此得以一窥。只要来过八廓街，拉萨的味道基本就可领略了。

说到味道，我自然会联想到八廓街上的小吃。与我家乡的小吃相比，八廓街上的小吃样式没那么精致。但是，味道却还是不错的。至少，于我这个对食物不太挑剔的人而言是这样的。从玛吉阿米出来，已是内地的晚饭时间了，但在拉萨还算早，太阳仍在头顶挂着。我决定今天的晚餐不在一家店里解决，而是要多吃几家，以品尝为目的，尽可能地将刚才路过那些小吃店时勾引过我眼睛的美食吃个遍。当然，事后证明我这是眼大肚小的妄想，因为拉萨虽不以小吃扬名，但想在一天之内尝遍也是不可能的。

首先进去的是一家很小的土豆店。这样的土豆店在内地是没有的，当家食材就一个炸土豆、煮土豆，卖相极好，看着直让人流哈喇子。但是，其单份的量太大，一碗下去肚子肯定饱了。犹豫了一番，最终未买。于是，我又转身去寻找更高级的目标，这个目标就是一家卖凉皮、凉面的小店。那家店的凉皮做得晶莹剔透，很诱人。店小得无法形容，七八平方米的面积，一张小餐桌，四把小木凳。"驴友"们管这种店叫苍蝇店。类似这样的苍蝇店在八廓街一带有很多。凉皮不撑肚子，来上一碗吧。很快，一碗像抖动着的冰块的凉皮端上来了。嗯！又嫩又韧，味儿挺好。店老板是个四川女人，待我吃了一多半，她忽说道："你辣油放得太少了，这样不好吃！"我笑道："你们四川人太可怕了，我哪有你们吃辣的本事呀！"

吃罢，继续转战他处。下一个目标是一家离得不远的包子店，一进店内就闻到了包子的香味，老板说："你来得正好，这笼马上就出锅了。"这所谓的包子其实就是内地的饺子，只不过它要大一些，皮也稍厚，是用笼屉蒸熟的。出锅了，蒸气弥漫着整个屋子。这包子馅很美味，老板说里面还放有野菇，但是肉太多，才吃了七、八只就吃不下了。剩下的舍不得扔下，打包带走。

好了，剩余的"目标"留待明天再去实现吧。我这人不善吃肉，几只饺子下肚就让我觉得有点腻，正好路过一家酸奶店，便入内要了一碗冰镇老酸奶。老酸奶很香，上面还洒了些糖桂花，这种吃法我还是头一次见。这道美食现已被我全盘"剽窃"到自己家里，说实话，真的太好吃了！

不知不觉间，"解馋之行"已用去了两个多小时。该回去了。

在一拐角处，一间唐卡工作室大门敞开着，一位年轻的画师正在给一尊佛像描饰，其神态非常专注。见过不少艺人的创作场景，像这般投入却是少见。我想进去看看。为了不影响他，我先倚着门框，先用非闪光的模式拍了张照，而后才蹑着脚走了进去。我在他身后观赏了一会儿，他回过头来冲我一笑。我说："对不起，惊到你了。"他显得很平和："没！没！我知道你进来的，不过，我正在勾金线，这个时候不能断笔，所以……"听他这么一说，我更觉得不好意思了，自己显然有点唐突。于是，我赶紧告辞。

此时，巷子里已渐渐安静下来，暮日斜照，人影稀落。不知从何处飘过来一阵咖啡的香味。这香味有些特别，带着一丝甜味。我至今仍感到奇怪，怎么会闻到咖啡里的甜味呢？后来我再也未闻到过这种香味。遂向路人打听附近可有咖啡店？那人随手向前一指："喏！再走二三十米，往右一拐就到了。"

这是一间比"苍蝇店"面积大一点的咖啡屋，其内仅能坐下十几个人，但看上去还蛮别致。天花板由色彩鲜艳、线条丰富的仿唐卡画拼成，墙面则挂着几幅仿俄罗斯画家列维坦的油画，装饰得很有情调。吧台的音响正轻轻地播放着理查德的钢琴曲。可能现正是营业的空档时间,只有两位客人坐在靠边的角落里。

屋内的香味浓郁诱人。我跟老板——一位头发蓬松的小伙子笑道:"我是被你店里的香味给勾引过来的,你刚才泡的是什么咖啡?怎么闻着有股甜甜的味道?"

"嗯?是吗?刚才泡的是越南的猫屎咖啡,不过,你说闻着甜味可能是我添加炼乳的关系吧。"

"不太像,感觉完全是咖啡豆研磨时散发出来的那种香味。"我说。

小伙子笑了起来:"香味能把你吸引过来,那说明我的咖啡还不错哦!您要点一杯吗?"

"行啊!"我说,"就来一杯你说的那个猫屎咖啡吧。"

落座,遂拿出手机百无聊赖地翻看着信息。忽然,吧台的音响里传出了电影《毕业生》的主题歌《斯卡布罗集市》。不知为何,每每听到这首歌,心里都会为之一颤。这部单线型结构的电影,内容很简单。但是,其主题歌却是如此的隽永、深沉。独白式的歌词、略带忧郁的旋律,总让人陷入一种无以言状的情怀之中。倏聚倏离,倏恩倏爱,倏痛倏悲……歌声越过漫漫岁月,像是穿透了我的心灵,瞬间将人生故事中的所有坎坷与沉重再现于脑海,让人缠绵难抑……

咖啡端了上来,但此时的我反而闻不到刚才的那股甜味了。我想,或许是闻得久了,鼻子失灵了吧?也或许,此刻的自己已被音乐左右了感知,嗅觉突然变得迟钝了。我问小伙子生意如何,他嘿嘿笑着未做细答,只是含糊地说着,还行!还行!其实,我关心的并不完全是他的生意,而是希望这家咖啡屋能长期开下去,这样,以后再来拉萨我可有个相对固定的闲坐之处,因为我喜欢它的情调。

当我离开咖啡屋时,巷子里的路灯已经亮起,周遭笼罩在一片淡淡的橙黄色的光晕之中。小伙子很热情地送我到门口。我说:"等我从珠峰上下来,再来你这儿听《斯卡布罗集市》。

喜马拉雅之雪

"啊！您要上珠峰吗？""是的，上珠峰，但不去登顶，只去绒布冰川看看。"

"哇！叔，您这可不得了啊！我在西藏好几年了，连大本营也不敢去呢！"我说："大本营你还是要去的，人这一生，必须见一下珠峰，否则就太遗憾了……""嗯！对的，以后我一定争取去看看。"

语毕，我们挥手告别。偶然回首，只见小伙子仍若有所思地站在门口。

走得很远了，但咖啡屋里优美的旋律似乎仍在轻轻地飘过来……

← 在一家唐卡工作室里，那位艺人正在屏气凝神地描饰佛像

第三章
珠峰，永恒的向往

曾经，我多少次梦想着自己能深入到珠峰北坳冰川，并不是为了去登顶（我也不具备为此付出几十万元人民币的雄厚财力），只是为了完成这个久存于心头的夙愿。当然，近距离地欣赏一下绒布冰川的壮美景色，也是我的目的之一。因为，绒布冰川作为世界上最美的高山冰川，光是看看那些图片就足以勾人魂魄了，更何况是置身现场呢。不过，我知道，这里所指的风景，并无江南的小桥流水式的婉约、细腻。恰恰相反，珠峰，是大自然的磅礴之力的狂傲展示，抑或是极度冷酷刚烈的显露。与之接近，绝对是在玩一场痛苦与危险的游戏。

但世上的事就是这么奇怪，越是危险系数高的地方，其诱惑力就越大。况且，从很小的时候开始，珠峰，在我的心中就一直有着极为强烈的神圣感和仪式感，不去真正地走上一回，好似没有完成人生的一项重要任务。

对于珠峰的那种近乎固执的念想，在我几年前出版的《遥远的风——天涯八万里》一书中有过简略的表述：让我进入到这山坳里，哪怕只是往里走个几百米、千把米也行，至少，我来过！真的，我从不奢望登上顶峰，只想着能够投入她的怀抱!

带着这种想法,2016年5月,我报名参加了"蔓峰户外"组织的珠峰东坡的徒步穿越活动。我想,东坡虽不是登山路线,但那儿离珠峰应该更近些。况且,之前在大本营见到的只是珠峰北坡,如果换一个视角去欣赏的话,她的姿容一定是不一样的。

而待我走完东坡,便得出了几个结论:首先,东坡这条线路的确相当的美,若行走的节奏再放慢一点,非常适合搞风光摄影创作,天气晴好的话,在几个不大的湖泊中,还可拍出极其漂亮的有着雪山倒影的大片;其二,这种高原徒步必须有副好身板,对体能的要求较高,高原反应过强的人是不适宜的;其三,也是最重要的一点,从东坡看珠峰,只能看到其山头的一部分,也由于方位的关系,东面的珠峰缺少嶙峋的外形和刚度,本应具有的危耸峥嵘的风格,完全被挨在一块儿的马卡鲁、洛子峰、珠穆朗卓给比下去了,故不太吸引眼球。所以,我觉得,看珠峰,要么是在北坡,要么是在南坡(在我若干年后去了珠峰中绒布冰川后才知,在东北坡拍摄珠峰也是相当的漂亮)。

南坡在尼泊尔那边,一时半会儿是去不了的。一直以来,对于走北坡的登山线,我根本不抱什么希望。因为,北坡这条线必须经当地登山管理部门的批准并办理登山证后才可被允许进入,普通游客只能止步于大本营,再往里就不让走了。

所以,多少年来,北坡只是专业登山队和商业登山队的专属区域。但不曾想,"蔓峰户外"不知通过什么办法,居然取得了攀登珠峰绒布冰川的机会,允许到达的最高处为海拔6500米(前进营地)。从网上得知这个消息后,我赶紧做了两件事,一是退出了原先已报名参加的新疆慕士塔格峰(7546米)正式攀登活动(因为在头一年的年底,我就已报名参加慕峰攀登,并开始做相应的准备);二是迅速改报了"蔓峰户外"的珠峰北坡之行。

说到慕士塔格峰,我还真的有点惭愧,因为除了这次退登,三年后我又退登了一次,那是由于疫情的缘故,非常遗憾。对于一座山的愧疚,或许将伴随我一辈子，因为我很难再有机会去攀登慕士塔格峰了。

此次的珠峰北坳海拔高度虽远不及慕士塔格，但我更为看重。因为珠峰对我而言，她的地位是其他任何高山都无法替代的。面对着珠峰，我感觉自己就像是前去朝圣的虔诚的信徒，那是我久远的向往……

1. 翠色吉隆沟

非常感谢"蔓峰户外"，若不是他们的特意安排，我可能至今都不会知道在西藏的日喀则，居然还藏着一个如此漂亮的地方——吉隆沟。到"蔓峰"指定的客栈里住下后，我迫不及待地想早些直奔主题，快些进入到珠峰北坳，而其他的一切似乎都是多余的枝枝蔓蔓，完全可以忽略不计。

但是，我错了。要么是自己功课没做足，要么是自己太孤陋寡闻，之前，怎么从未听说过吉隆沟这地方呢！有趣的是，在去吉隆沟之前，我们的领队昊昕（昊昕是著名的民间登山家和极地摄影师。不幸的是，两年后，他与香港民间登山家吴嘉杰在巴基斯坦北部攀登雪山时遭遇雪崩遇难）可能是想给大家一个惊喜，只字未提吉隆沟之美。而且，西藏已来了好几次，我一直觉得只有林芝、昌都一带才有着类似江南的风光。所以，待过了吉隆县政府所在地宗嘎镇，进入到斧劈刀砍般的崖壁下面的公路时，才骤然感受到这让人惊悚的绝色之美。

吉隆是中国与尼泊尔的陆路通商口岸，早先的通商量并不大。自2015年尼泊尔4.25大地震导致樟木口岸关闭后，吉隆口岸的重要作用便日益显现出来。在进入沟内之前，沿途都是糅合着雄浑与奇幻的画面。过了白坝乡约一个小时后，在道路左侧，可以看到远处几座七千米以上的雪山依次排列着，它们分别是珠峰、格宗康、卓奥友、西夏邦马。由于前面还有山峦横亘，故那些雪山展现得并不完整，只露着最顶端的银色雪峰。

山的那边就是尼泊尔。司机小徐说，其实还有几座位于尼泊尔的雪山被挡住了，都特别漂亮，可惜从这个角度看不到，你们谁如果有兴趣，以后可去尼泊尔看看。他或许只是随便说说，但我却很在意，因为，我曾经动过这

喜马拉雅之雪

个念头,却一直被杂事羁绊,至今未能去成。

对于常来西藏的人而言,高耸的雪山与苍茫的大地虽百看不厌,却已少有当初的惊奇了。直至离开318国道线,向左拐入希夏邦马峰侧路后,眼前的景观才让我有了些许新鲜感。说新鲜感似乎也不是很准确,应该说是一种似曾相识的感觉。此时,有好多沉淀于记忆深处的画面都泛现出来,并相互重叠。

从车窗向外望去,太过广袤的荒野让我想起了五年前在阿里无人区所看到的情景。对!这地形地貌太像阿里的无人区了。左侧是希夏邦马雪山,而

↑ 辽阔的佩枯措

右侧则是一览无余的荒原，在没有雪山阻挡的地方，可一直看到遥远的地平线。

途中最值得着墨的有两个地方，一个是希夏邦马峰，另一个是佩枯措。希夏邦马是世界上十四座八千米级山峰之一，也是唯一一座全部在中国境内的八千米级雪山。但是，要想看到完整的希夏邦马峰却不太容易，因为此山向来以气候恶劣而闻名。所以，很多登山者在这座山峰面前的失败，往往不是由于登山者自身的不足，而是败于无情的雪崩、冰崩或暴风雪。

那天，在我们路过希夏邦马峰的时候，别处的山峰都清晰地展示着，却唯独希峰的顶端被云雾裹得严严实实。两天后，当我们从吉隆沟回来，再次路过希峰时，其依然是云裹雾罩。昊昕告诉我们，希夏邦马峰没有云雾的概率是很低的，如果是上午，或许会好一些。他说得没错。一年后，我又专程徒步了一次希夏邦马环线，在山里待了整整七天，尽管遇到的多是好天气，但也只有三次见到了清晰的希夏邦马峰，且其展露的时间也很短暂。

佩枯措非常美，是这条路上的一个亮点。五年前，在我走大北线时曾见过佩枯措，但那次距离太远，看到的只是天地之间的一条蓝蓝的长线，未留下什么印象。而今天则完全不同，我可以站在湖岸上尽情地观赏。作为日喀则地区最大的湖泊（面积达三百多平方千米），佩枯措有着其独特的魅力。因为希夏邦马峰位于我们身后，想拍到雪山倒影是不可能的，除非你到湖的另一面去。但是，佩枯措的魅力在于湖面的色彩和天上的云朵。

因为水深，经光线折射后，湖面的色彩如同黛蓝色的翡翠，看着实在让人不忍离去。佩枯措虽无纳木措那样的名气，但是，在我看来，比纳木措更耐看，更具美感。我曾在文章中写过，纳木措尽管也很美，但太大，类似青海湖，给人的感觉就像是大海。对于我这个生活在海边的人而言，似乎少了点什么。佩枯措却很宁静，没有纳木措岸边那游客的喧哗和商铺的吆喝。耳旁除了湖风的轻拂，飞鸟的啼鸣，再无其他干扰。又因佩枯措海拔高达四千六百米，温度低，湖面蒸发的水汽很快遇冷凝结，故那里的云层都不太高，天空与湖水的蓝色之间，一朵朵白云轻盈飘逸，随风浮动，恍如仙境一般。

宗嘎镇至吉隆镇约有九十千米的距离，海拔亦从四千多米降至两千多米。进入沟内不久，便可明显感觉到海拔在急剧下降。随之，路两旁也开始呈现出亚热带雨林的环境特征。仅仅因为希夏邦马等山脉的阻隔，变化竟如此之大，实在令人诧异万分。公路是沿高山间的沟壑修建的，十分狭窄。头顶上则是千仞危崖，许多路段的两边几乎是被呈直立状的石壁紧夹着。若有落石或雪崩下来，绝对无处可遁。然而，这样的事情并不罕见。听司机小徐说，这条路每年都会因遭遇雪崩或塌方而阻断，至于落石，更是经常发生。正因为交通不便，道路险要，所以，也阻断了不少人想进入此地的念头。

一山之隔，天地两重，显然是因为相对高差达三千多米的山脉把从印度洋吹过来的暖湿气流给挡住的缘故。在西藏，但凡有此类环境特征的，都是由这个因素造成的。如果留心观察，有时甚至可以看到云雾随强风撞向山体，尔后又被反弹回卷的情形。水汽被截，导致吉隆沟的年降水达一千毫米以上，而相隔几十千米外的宗嘎镇的年降水却只有三百毫米左右。可以想见，如果没有这些巨大山峰的阻挡，温润的海洋气流能通畅地漫过日喀则辽阔的土地，那这片区域定然如江南一般秀丽。

越接近吉隆镇，所见的景致越是让我们惊讶，漫山遍野皆是茵茵绿色，陡峭的山坡上，遍布参天古树，危崖断壁间，垂挂着条条雪白的瀑布，犹如洁白的哈达，悬于高天之上。车驶过，头顶上的瀑布扬扬洒洒落下，细细的水珠随风飘至车内，润在脸上如同冰浸一般清凉。这不禁让我产生短暂的空间错觉，实在无法相信这竟是在西藏的日喀则。因为之前日喀则留给我的印象多是贫瘠与荒芜。

不知是谁声情并茂地嘟嚷了一句："天哪！太不可思议了，这跟江南有什么区别呀！"旁边一位则应道："区别还是有的，应该讲比江南要漂亮，江南哪有这么高的山？这么大的原始森林？这么粗的古树？"其实，我倒觉得，这两者间虽有共通之处，但可比性不大，一个是旖旎秀美，一个是俊朗壮丽，都很美，但美得不一样。

领队 L 补充道："到了吉隆会更漂亮，明天够你们看的。"

是吗？大家更加兴奋了。都说这趟来对了，绒布冰川和吉隆沟，可不是一般人能来得了的，太值了！

正说着话，瓢泼大雨骤然而至，密集的雨点把车体击打得噼啪直响，如同炒豆般闹猛。司机小徐说，这地方就是这样，说下雨就下雨，雨大，且来得快，去得也快。不过，眼下这场雨下的时间可不短，直至我们到达吉隆镇，才慢慢停歇。

吉隆镇面积只有 2.1 平方千米，其行政中心所在地的区域并不大，十几分钟就可逛遍，但服务设施之完善，远超西藏其他地方的乡镇，宾馆、饭店不但多，且档次也明显高出了不少。看得出，这个地方已初具通商口岸的条件。由于尼泊尔大地震后，原樟木口岸的进出口货物都转至此处，使吉隆口岸的吞吐压力骤然增大。因此，各类硬件设施现都在加紧扩建。好在吉隆的腹地面积比樟木大了许多，将来的发展势头肯定不错，估计三、四年后，这里就会大变样。

第二天，我们起了个大早。今天要去的第一个目的地是乃村。乃村离吉隆镇仅六七千米，全是上坡的山路。去乃村主要是看环绕的雪山，且能拍得日出的好照片。这里因为有大山的阻隔，天亮得特别晚，六点半了，外面仍漆黑一片。待我们拐入山道约十来分钟，却发现前面的路被一辆工程车死死地堵着。一问才知，这几天在修路，暂时不让通行。

　　无奈，我们只得掉头。幸亏领队L昨晚做了功课，早已有了备用方案。他说，那就去扎村吧，这季节扎村也很漂亮，杜鹃都开了。大家一听很高兴，都说好。雪山看得多了，还是看杜鹃更有味道。于是，我们便掉头往扎村驶去。

　　山路很陡，车吃力地往上爬着，行至半山腰，天才开始麻麻亮。天气要比预想的好得多，原以为昨晚大雨滂沱，今天可能拍不到日照金山了。没想到，到达山顶不久，霞光就开始映红了远处的雪峰。我们觉得有点奇怪，不是说乃村的看点主要是雪山吗！而现在，从扎村看雪山也是非常的美啊！我实在想象不出，面对着同样的雪山，难道还会有比眼前更棒的视觉效果？

　　此时展现在我们眼前的并不是一座独立的山体，而是一长溜绵绵无尽的雪峰。正西面是著名的象头神群峰，还有七座海拔均在六千米以上的雪山，主峰央然康日（海拔7422米），位于西北面的是朗波康日峰（海拔6648米）。由于我们所处的位置很高，下面是丘陵状的林带和包括乃村、扎村在内的一些零星的村落。所以，几公里外的雪山群峰皆一览无余。因为有这么多的雪山排列在一起，使得每座山的雪线在视觉上形成了拼接效应，看过去山体上端的银色与下端的褐绿色之间有一条长长的分界线，强烈的色差使整幅画面更具别样的感觉。

　　后来我才知道，我们那天早上所到的地方是乃村东面与乃村隔沟相望的扎村后山的一个山头上，那实际上是一个比乃村更好的观景点，因为我们所处的地势比乃村要高出好多，视野也更为宽阔。

　　此处还有一个拍摄雪山倒影的地方，很值得称道，那就是朗吉措。朗吉措在下面山腰的一个凹地里，水面很小，大概仅有三四千平方米。但是，由于所处的位置正好对着群峰，使一个小水潭成为摄影者的宝地。但那天早上有风，水面涟漪不断，无法拍摄倒影，我们只好止步。

但是，老唐和小李却兴致甚高，相约明天一早再专程来朗吉措拍雪山倒影。第二天凌晨，他俩还真的又去了朗吉措，我真佩服他俩对摄影的那股子执着劲。老天也真给他们面子，那天清晨天气晴朗，微风丝丝，没有涟漪的水面光滑如镜，终于让他们逮到了一个拍摄倒影的好时机。回来后，小李将未做压缩的原片发给了我，看着真是漂亮啊！我说，待新的游记出版时，我一定要把你这张照片用上去。

此前，在我近距离见到的雪山中，多是单体的山峰或四、五座山峰相互连结，而像这样如此多的山峰并肩矗立，形如连绵的山脉一般，还是头一次见到。其气势之磅礴确非语言所能形容：当太阳冉冉升起，皑皑雪峰似渐次镀上了耀眼的金箔，整个过程如同上帝之手在浓抹天宇山川，让人惊叹不已！待金色褪尽，巍巍山峰，通体晶莹，如剑似戟，直刺苍穹。

拍得不少好照片，个个心满意足，旋准备转换地点，去看高山杜鹃。其实，高山杜鹃之前我已见过不少，印象最深刻的是云南的香格里拉，尤其是哈巴雪山上的杜鹃，可说是美到极致。在我的感觉中，这种灌木类野花在观感上少有雷同，不同的地域之间也有着细微的差别，特别是花朵的大小与色彩都各有特点，如果花的密度高的话那就更加好看。

下山至半途，只见路边的山坡上尽是盛开的杜鹃。这儿的杜鹃从树形上看，好像就高、矮两种，这情形与在林芝看到的差不多。一般而言，越是高大的杜鹃，其花朵越会大一些，颜色也更漂亮。在这种特定环境里，我们拍摄的主题当然是雪山，杜鹃则是雪山极佳的陪衬。我心目中想要的构图是花丛中的雪山，雪山在上，花丛在下，这样会很漂亮。

但是，由于这些杜鹃树远看甚密，近看则疏。镜头前出现的都是单株，形不成花团锦簇、争奇斗艳的画面。而且，这里的杜鹃树都太高，镜头上不去，只能平视，与雪山很难构成最佳的角度。虽然低矮些的花也有，但是要走到下面的山坡，时间根本不够，只好就近凑合着拍上一些。

不过，虽说是凑合，但鉴于风景本身的奇效，拍出来的片子也还算可以。不知是谁在一旁调侃我们：你们这是极致的完美主义，太过极致了。呵呵！说得也对，我不禁莞尔：喜爱摄影的人可能都有点强迫症倾向吧！但这也好理解，摄影不像画画，机会只在当下，一旦错过，便无从弥补。

时间过得真快，不知不觉间，在山上逛了近六个小时。匆匆吃过午饭，即去游览吉甫村。从镇里坐车，十来分钟就到了吉甫村的村口。吉甫村与吉隆镇之间被一条宽约几十米的吉普大峡谷所阻隔，人们的日常通行全靠着飞架在峡谷上的吊索桥。这个峡谷长达十几千米，其深度随山形而变，据说最深处达三百米左右。我们从吊索桥往下望去，其深度约有百米以上。

峡谷系吉隆藏布岩层断裂及河水的深切作用之下形成的，有些地方的断面很有趣，像是榫卯结构，一面突出，一面凹进。我想，若有天神般的外力使劲相向一挤，定可将两边严丝合缝地贴在一起。峡谷之上危崖耸立，怪石嶙峋。陡峭的坡体长满了高大的喜马拉雅长叶松、云杉等树，峡谷底下则是发源于冰川的吉甫藏布河，河虽不宽，却因落差大，水流特别湍急，势如脱缰野马，咆哮着朝尼泊尔方向奔腾而去。

过了吊索桥，就见村口竖着一块用藏、汉、英三种文字书写的大牌子：吉甫村。走入村内，可明显感到这是一个真正的原生态的村落。不知是什么原因，这里的原住民虽以藏族为主，但多数房屋的建筑风格与沟外的藏居不太相似，藏文化的元素显现得不甚强烈。房顶也仅以玻璃钢覆之，墙体亦较薄，房屋的体量较小，结构相对简单。

由于地处山沟，村里的农田也并不集中，都是依坡开垦的小块土地，零星分散于房前屋后。我们穿行于狭窄的村道，不时被一块块大小不一的绿色围绕其间。因时节尚早，农作物刚下种不久，田里仅有褐、绿两色，略显单调。据说，若再过一个月左右，待油菜和各种果树成片开花，这儿将被点缀得更加漂亮。

这儿的村民并不多，仅约几十户人家，因多已外出劳作，故村子里显得十分安静。偶遇几个正在路旁玩耍的小孩，见到我们显得有些兴奋，手舞足蹈地带着一只大黑狗在我们跟前奔跑着。这地方的孩子很懂事，常会不经意地流露出善良淳朴的天性。我们队伍中有两位女士怕狗，一位六七岁小男孩见她们踌躇不前，立即跑过来将那只大黑狗搂住，然后像个小大人似的打着夸张的手势，招呼她们快快过去。

↑ 懂事的孩子将狗搂住，让胆小的女生过去

路边，我见一户人家的二楼窗台上种着许多盆花，羡其好看，便端起了相机。屋檐下一位十一二岁的男孩子见状笑着跟我说，你可以进到我家里拍的，我们院里还种了好多花呢。我见他汉语说得不错，便与他交谈了起来。

男孩子在镇上的小学读四年级。我问他，你喜欢读书吗？他说喜欢。完了他又补充了一句："因为在学校吃饭都是免费的，还有同学可以一起玩。"

我被他逗笑了："你该不是为了这个才去读书的吧？"

他连忙摇头笑道："不是的！不是的！"

"你以后打算干啥？"

他有点腼腆地："到外面去。"

"到外面去？"

"那你不读书啦？"我问道。

"读的，等读完初中再出去。"他一边说一边低头看着地上。地上有一只叫不上名的甲壳虫在爬，他俯下身去把虫子轻轻地抓起，扔到了旁边的菜地里。

"出去？是去打工吗？"

男孩看看我，又点点头。我感到有点惋惜，说道："你还是先把书读好，打工也需要有文化的。他若有所思地向我点点头。"

临走时，我将两块巧克力送给他。他显得很高兴.拿在手里翻来覆去地看着，又抬起头："哦！是德芙巧克力？前两天有一位阿姨也送给我过。"

走在路上，我忽然觉得心里有种说不出的黯然。这么小的年纪怎么就想着要离开家乡出去打工呢！是什么导致他这么早就产生这种念头？对于一个地方，尤其是乡村而言，若年轻人都想着出去，那会是一件好事吗？自己作为一个过去曾在农村蹲过点、对农村现状有一定了解的人，这个问题无疑让我特别上心。但是，这似乎又是一个无解，或者说是一个乱麻式的问题，一时半会是理不出头绪的。

过了村舍不久，很快就来到了原始森林的边缘。此处翠色漫野，草木葳蕤，绿茵中野花摇曳，嫣红点点，淡淡的芳香随着森林深处的春风一阵阵飘来。头顶皆是高达二三十米的参天大树，此时虽已日头初斜，但光线被高山遮挡，森林里云气氤氲，透着一股神秘的气氛。大家散坐于枯墩和草地上，周遭满目苍翠，枝叶婆娑，雀莺啁啾，溪水潺潺，此番景致让人甚是陶醉。

当地的一位护林员跟我们讲，森林的那头就是尼泊尔了，直线距离不远。有山友开玩笑道："那以后咱去尼泊尔方便了，就直接从这儿进出好了。"

那护林员大笑："哪有这么容易啊！这森林可不好走，林子里有野兽，还会迷路，出了森林，还有雪山！当然，外面的人是不让进森林的。"说完，他指了指不远处竖着的一块公安警示牌："看见没？上面写着，请勿闯入原始森林。"

半日时光，转瞬即逝，不知不觉间已是下午四点多了，我们便开始往回赶。当路过一个坎坡时，忽然有了一个欣喜的发现——那地里竟疯长着一大片嫩绿的蕨菜。这下子大家都来劲了，都嚷嚷着多采点，晚上让厨师给咱们做个蕨菜炒肉。才不到个把钟头，我们就采了差不多有五六斤蕨菜。行了，够了！够了！太多了也吃不了。于是，大家决定打道回府。

走了不一会儿，我们突然发现找不到来时的路了。不过，好在我们不是在森林深处，还能辨出大致的方向。所以，倒是不怎么着急，顶多是走点冤枉路而已。但让我们没想到的是，因为走错了路，却让我们遇见了两次意外的惊喜。

↑ 深达百余米的吉普大峡谷，两岸的山崖上长满了郁郁葱葱的参天大树

一次是在林间的草地上，见到了几只正在觅食的岩羊。此地的岩羊色泽似比珠峰一带的岩羊要深一些，个子也略小一些。可能是平时不太见人的缘故，它们显得特别胆小，未待我们摁下快门，就撒腿钻进林子里去了。

另一次是在村头的农田旁里，遇到了几只长尾灰叶猴。在藏区曾好几次见到金丝猴、猕猴，但灰叶猴还是头一次遇到。灰叶猴不像峨眉山上的猕猴那么胆大，敢缠着游客讨吃的。只见它们还隔着二三十米远的距离，就尖叫着一溜烟似的跳到树上去，只从枝叶中露出一张张黑白相间的脑袋，警惕地盯着我们。

回到客栈，我们兴冲冲地将采摘来的蕨菜交给厨师，让他给我们做一份蕨菜炒肉丝。还特地关照，多放些肉，今晚要吃个痛快。却不料，厨师将蕨菜捧在手里细看了一番，冲我们哈哈一笑："这可不成哦！你们今天是吃不到啰！"

为什么？我们全愣住了。胖胖的四川厨师摇头晃脑地给我们上起了课："新鲜的蕨菜是不能吃的，有毒，要在水里浸泡一到两天才能用，吃之前还得用热水焯一下。"

完了，我们不免有些失落："辛苦了半天，白忙活了。"

"没！没白忙乎呀！你们明天晚上也可以吃的嘛。"

真叫人哭笑不得！

我说："就送给你们吃吧。明天晚上？明天晚上我们已睡在珠峰大本营了！"

胖厨师开心地笑了："要得！要得！谢喽！谢喽！"

↑ 黎明时分的朗吉措雪山倒影（李宗衍摄）

2. 大本营之夜

我们到达珠峰大本营时，已近晚上 12 点。本来，我们可于傍晚时分到达的，因同行的摄影家老唐丢失了放有证件的钱包。为了寻找，中途耽误了好几个小时。老唐的钱包是在中尼边境口岸吉隆镇遗失的，从吉隆至大本营沿线属边境管理区，须随时使用身份证和边境通行证，否则，绝对是寸步难行。这个插曲事后想想觉得很搞笑，但当时对我们而言却是很严重的一件事情。

老唐翻尽一切能翻的东西，依旧不见他的钱包。现在，所有的一切，包括现金和信用卡，他都丢得干干净净。用他自己的话来形容：完了，一无所有了！作为一个整体，他如果走不了，那我们也不可能自顾自地离开。唯一可以补救的措施就是前往当地公安办理临时身份证和边境通行证。至于钱嘛，那就不抱希望了。

无奈，我只好陪着老唐去了当地的公安分局，看能不能补办个身份证明之类的东西。很巧，分局的局长扎西罗布也是位摄影爱好者，听了我们的介绍后，非常客气，他叫老唐不要急，说我先给你开个情况证明，临时身份证这儿办不了，须上县局补办，我也会跟他们打招呼的，你去好了，没问题的。

在去往吉隆县的途中，不知是谁问了老唐一句，你把所有的地方都找遍了吗？还有没有未找的地方？旁边的老康说，都找遍了，只有这只摄影箱子还没翻过，但不可能会把钱包到那儿去。大家一听，立刻异口同声地说，快打开看看，打开看看，说不定就在那儿呢！

啪地打开，将器材一件一件地取出来，在最下面的一隔层里赫然躺着那只鼓鼓囊囊的钱包。顿时，车上炸了锅："唐老师啊唐老师，这么多人跟着你瞎转悠，你可把我们给害苦了啊！"

老唐也蒙了，一个劲地挠着头皮："哎？真是怪了，怎么会跑到这里面去？"经过一番回忆，"案情"的脉络渐渐清晰了。昨天上午，在山上拍杜鹃的时候，老唐曾将脱下的外套在打开的箱子上放过，可以肯定，就是在那个时候钱包滑落到里面的。万幸！万幸！虽然耽搁了一些时间，但结局还算是不错。而找钱包过程中所发生的各种有趣的细节，此后也成为大家在旅途中调侃老唐的谈资。

寻找老唐的钱包，差不多耽误了两个多小时，故还未到珠峰下的七十二拐，天已开始擦黑了。这是我第二次来到珠峰大本营。时近十一点，周遭黑漆漆一片，车窗外啥也看不见。现正是登珠峰的最佳季节，营地上扎满了大大小小的帐篷。要在这密密匝匝的帐篷堆里寻到我们下榻的"窝"，还真是不容易。乱石滩被冰川的融水分割成一个个孤岛，车子费力地左腾右挪，底盘被大石头硌得"砰呯"直响，听着让人心悸。众人拿出强光手电四处乱照，企图找到目标，但仍然徒劳。幸亏"蔓峰"俱乐部的人及时出来接应我们，不然，耗到天亮也找不着"家"。

先遣人员已提前为我们搭好了帐篷，其他的诸如洗漱之类的事只好全免了。从今晚开始，个人卫生方面必须简之又简，平日里再寻常不过的洗脸、洗脚、刷牙都会成为极度的奢侈。登山、徒步，本身就是最为粗糙的生活方式，任何的精致与讲究都是多余的。

当我安顿完毕准备钻入帐篷时，不经意间的一个抬头，让我愕然万分。只见珠峰之上，一片绚丽迎面而来，天上的星星明亮而密集，银河中居然还闪烁着橙黄色的光泽，这是我从未见过的。我这才想起自己准备已久的一项计划：拍摄珠峰的星空。此处由于有珠峰作背景，拍出来的星空不但漂亮，意义也非同一般。故很多摄影爱好者为了能拍到满意的星空大片，常常会在此安营扎寨，有时一等就是好多天。

为了这个计划，我不顾负重的增加，特地带来了一支三脚架。拍，还是不拍？我忽然开始为此纠结起来。此时已快到午夜，如果拍的话，必须在下半夜三点多起来，因为那时星辰密集，色彩丰富，成像效果最好。但这么一来，会让本已少得可怜的休息时间变得更少。而最让我犹豫的是，此时气温已低至零下六、七度，风又很大，而到了下半夜，这儿的气温肯定还会更低。思忖再三，我决定还是放弃拍摄。

虽觉得有点可惜，但细想一下，这么做还是对的。因为此行的首要任务是深入珠峰腹地——海拔 6500 米处的绒布冰川，而拍照毕竟是第二位的。接下来的攀登，必须以良好的体能作为支撑，如果晚上休息不好，一切都无从谈起。

但遗憾的是，那晚，瞌睡虫并未如愿而至，辗转反侧至天亮。显然，这是高反的缘故。自己平时睡眠质量就很一般，而到了这高度，就更加不行了。每次上高原，睡觉这一关总是过不去，即便是最终适应了缺氧环境，但每晚的睡眠时间至多也只有两、三个小时，这也给自己后面的攀行带来了不少困扰。

同行的小李是个特别执着的人，对摄影的酷爱，要远远超过我。在吉隆镇的时候，他也是天不亮就起来拍"日照金山"和雪山上的星空。我可没他这勇气。他的勤快让我有了偷懒的理由，我说："谁拍都一样，星星还是那个星星，天空还是那个天空，你拍就等于我拍。小李，你到时候发几张给我噢！"小李总是显得很大度，每次拍完，都会毫无保留地将原图发给大家。所以，现在我手头那些星空和"日照金山"的美照中，好多是由他无偿提供的。

面对如此美好的星河，实在不想就此钻入帐内，再好好仰望一下这遥远的夜空吧！这样的机会是很难得的。我猛然间想起了五年前走阿里大北线时在帕羊镇留宿的那个晚上。在帕羊宾馆（名为宾馆，实则是一排旧教室改装的破屋）空旷的院子里，我第一次领略到了藏北高原之夜的无穷魅力。那晚的夜色也是如此的深沉，扎堆的星星像是繁市中的行人，带着跳跃的动感，相互穿梭碰撞着，时有掉落的流星不停地在空中划出道道光焰。

时空虽已转换，却是静美如昔。深邃的银河荡漾在天宇，繁星如织，流光似水。尚未熄灯的帐篷里透出各色耀眼的光芒，缤纷璀璨，与群星交相辉映。此时的大本营，就像一首朦胧的诗，不免让人几多感动，几多迷离……

↑ 珠峰大本营的美丽星空（李宗衍摄）

3. 被风雪撕裂的冰山

第二天早晨，为了能拍到珠峰的日照金山大景，大家早早地就起床了。清晨的大本营气温很低，握着相机的手不一会儿便被冻得发疼。这是我第三次来到珠峰大本营。这里一切依然，只是由于季节的关系，绒布河的水量不似上次来时那么大。再一个变化就是遍地的帐篷，看上去数量比我上次来时要多得多。显然，这是因为登山季到来的缘故。

今天的运气很不错，几无云彩遮挡山体，只有一丝淡淡的白云像棉花糖似的粘在山巅，被强风拉得很长很长。东侧峰面上的巨大冰川已被霞光染红，如同被烧透的铁板一般。我贪婪地按着相机快门，生怕进山后，因离山体太近而拍不到完整的珠峰。只是没想到在随后的几天里，珠峰却是一直以不同的身姿伴随着我们攀行，直至到了海拔六千米左右的时候，珠峰与我们的距离近得不可思议，似乎能一蹴而至。

上午十点左右，我们开始正式进山。此时看珠峰，其更像是一座被高墙围着的山。那所谓的高墙，就是大本营上端那道又高又长的石屑坝体。上珠峰必须从坝体左侧的那个豁口进去。千百年来的冰川演化，已使珠峰下的碎石堆积得如同被削去顶端的大山一般，自然的力量实在大得惊人。

进了豁口，即可见到辽阔的绒布冰川的末端。听向导讲，十年前这儿还可看到冰塔林，但现在冰川的消融速度加快，呈现在我们面前的却是一大片冰碛。才走了没几步，身后的老翟突然朝我喊道："老陈，转过身来！"在我回头的一瞬间，他迅速按下了相机快门。"这可是一次有纪念意义的留影哦！"老翟笑道。

是啊！这的确是一个不同寻常的时刻，我真的有点不敢相信自己是在走向珠峰。自六年前第一次来珠峰大本营至今，一直心心念念地想着珠峰。尔今，我终于向着她——这座世界最高峰、向着我的梦想，迈出了真实而坚定的步伐。

从海拔5200米处的大本营上去，约一个小时后，即进入由层峦叠嶂的雪山狭坡构成的巨大沟壑。由于山体过高，再及许多路线都是在山腰间横切过去的，拐弯很多。因此，队伍的首尾有时很难相顾，走着走着便会见不到彼此，且不知不觉地将距离越拉越开。

沟壑里听不到一丝声音，只偶尔有落石从不远处的山崖上滚落下来，死一般的宁静瞬时会被一连串刺耳的撞击声打破。这样的落石如果是发生在身边，那对攀登者造成的后果绝对是毁灭性的。那天行走的路程很长，大概有十四、五千米左右，垂直升高约600余米。随着高度的陡升，空气中的含氧量也越来越低。下午，在离目的地还有约两个小时路程的时候，天突然开始下雪，风也越刮越大，气温骤然下降。

下雪，对于雪山攀登而言，绝对是最糟糕的事，除了会增加体力消耗，更容易导致滑坠和迷路。由于我走得比较靠前，无法得知后面的人究竟到了什么位置。虽然每个人都带着对讲机，但因为没有可供参照的景物，很难用语言去描述彼此的方位和间隔的距离。所以，常会担心后面的人跟不上，使你不敢走得太快，故在踌躇不决中浪费了不少时间。

喜马拉雅之雪

雪，越下越大，举目望去，天地间只剩下了黑白两种颜色，黑的是岩石，白的是冰雪。在狂野的风雪中，眼前的冰山仿佛被无情地撕裂，呈现着支离破碎的视觉画面。而偶尔传来的落石滚动声又会使人产生一种恐惧，因为在混沌的视野里，你无法及时看清这致命的石头来自何处。

总也看不到营地，这让人感到很无望，而越来越恶劣的天气，又让人感到极度的疲惫。焦灼之际，我突然见到不远处的山坡上出现几顶桔黄色的帐篷。心中顿时一阵狂喜，总算到了！可是通过对讲机一联系，才知那是一个外国登山队的营地。失望加绝望，太悲催了！更让人难以接受的是，我们被告知，要到达营地，居然还需翻过两个非常陡的大雪坡。

彻底死心了，只好强打精神继续向前。珠峰一带的山体表面由于受冰川消融和地震的影响破坏十分严重，坡面上皆是块状或片状的冰碛物，再及有新雪覆盖在上面，需走得非常小心。尽管我穿的是专用的登山靴，但此时因体力已消耗殆尽，再加上脚下的砾石都是松动的，稍有疏忽很容易摔倒或崴脚。这个时候，脚踝的保护可是太重要了，真要是受了伤，自己玩完不说，还得连累人家。

狂风依旧嘶吼，雪势也越来越大，不一会儿工夫，近处的山头都被皑皑的银色覆盖。这壮观的景致要是放在平日里，大家一定会惊讶得大呼小叫。

↑ 进入珠峰地带没多久，就可看到冰川末端消融后形成的冰碛地貌

但此时，每个人都丧失了赏景的冲动，只是沉默而机械地迈着双腿，向着营地艰难地挪动着。

强弩之末——我很自然地想到了这个词。力气已快消耗殆尽了，现只是凭着意志力在支撑着。呼啸的狂风挟着干燥冰冷的寒气，似乎在将身上仅剩的那点热量悄悄地带走。渐渐地，人明显感到了一阵阵彻骨之冷。

自进山以来，我虽无严重的高反症状，但食欲已不如从前，吃得较少。现在，身上所出现的寒意，无疑是热量不足的缘故。于是，我赶紧停下脚步，吃了几块巧克力。巧克力是我平常最喜欢的甜食，但此时吃起来却是味同嚼蜡。高原上的大强度攀行，必需尽量克服食物摄入量减少的问题，不然，一边是无休止的体力消耗，一边却又吃不下饭，体力就会透支，人也很容易在剧烈的寒风中失温。所以，现在已不能再像平常那样去细品塞进嘴里的食物的味道了，纯粹是为吃而吃。

幸运的是，下午五点多，我终于和另两位山友先行抵达了营地。一进入炊事帐，大家便瘫在座椅上好半天动弹不得，直至几杯热茶下肚，人才慢慢缓了过来。外面的风刮得更猛了，帐壁的帆布被风"哗哗"地忽扇着。这时，我突然想到，还有一多半人没到呢！现地上的雪越来越厚，路迹肯定已辨认不出来了。时近黄昏，这要是迷路了可咋办。想到这儿，我不禁为他们揪紧了心。

过了大概个把小时，走在后面的那拨人终于陆陆续续地赶到了。正如我所担心的，在距营地还有两三里的地方，路已根本找不到了，好在随队的向导对这一带较为熟悉，大家总算没有迷路。但有两位已出现了较严重的高反和失温症状，尤其是来自北京的小王显得更严重。只见她脸色苍白，双目紧闭，泪水顺着脸颊缓缓流下，坐在那儿好久都没吭一声。真不敢想象，今天的行程要是再长一点，大家的结局又会是怎样呢！没想到，进山的第一天，珠峰就给了我们一个下马威，不但我们出现了高反，连藏族协作中也有人感到了不适。

行走于珠峰区域的只有两种人，即登山者和为登山者提供保障服务的协助们，后者多是当地的藏族同胞。之前，我一直有种误解，以为当地的藏族人是不会得高原病的，他们的基因已完全适应了这里的环境。因而，高原反应只会出现在咱们这些从低海拔地区来的人身上，故我有时会把他们的劳作看得很漠然。并不是轻慢或自傲，而是想当然地把他们看得很健壮，认定但凡我们在能力上无法企及的事情，他们都可轻轻松松地搞定。

这种认知的形成，一定是缘于自己一次次享用过他们提供的各种服务。当走完一天的行程到达目的地后，那些协助们还要卸货、搭帐篷、找水（雪山上找水是件极累人的活，无水源时只能凿冰取雪）、喂牲口、做饭，他们须一刻不停地忙碌着，而我们则只需整理好自己的东西，然后就是找风景拍照，或坐等着他们把热腾腾的饭菜端到桌上来。看着他们忙碌的身影，尽管我也很想出点力，帮上一把，但是，这个时候实在是心有余而力不足。故而，我便会想，没关系，他们一定不累，至少，不会像我们这么累。

今天，我们的营地位于海拔5800米处，这里也是登山队的过渡营地。傍晚时分，雪渐渐停下。刚才喝了些热乎乎的酥油茶，体力恢复了不少，趁着天色还亮，我便走出帐篷在周围找景拍照。此时，太阳快要下山，我很想拍些夕阳下的冰川景色。由于吃不准落日的方向，我想爬到对面的小坡上去察看一下。这时，一位藏族小伙子走过来向我讨要止痛片。我很惊诧，差点脱口而出：你们也会得高原反吗？我问他谁需用药，他说是一位藏族厨师，现头正疼得厉害。顿时，我有点明白过来：看来，在高原上，人与人之间的生理极限虽然会有一定的差异，但也不会差得太多。记得有位登山者说过，任何人，置身于空气极度稀薄的环境中，唯一能做的就是忍耐与坚持。

↑ 大本营的黎明

这让我重新认识了高原反应这个可怕的病魔。是的，在途中，当我们在气喘吁吁地攀行时，那些藏族协助们也同样是呼吸沉重，只不过在程度上仅比我

喜马拉雅之雪

们稍稍好些而已。在这样的高海拔区域，就连最适应缺氧环境的牦牛在负重行走时也同样会显现一副疲态：发黑的舌头斜伸在唇外，白色的泡沫不停地从嘴里流出来，稍一走近，就可听到它们拉风箱一般的喘息，不免让人恻隐。

在高原上登山，最终能否达成目的，除了天气等客观因素外，更多的还是取决于每个人的耐缺氧能力。如果耐缺氧能力低下，那么，即便你平常体能再好也是白搭。之前，我曾遇到过好几位身体很棒，甚至是运动健将类的人物，却在高原上蔫乎得像霜打的茄子，一丁点儿精神也提不起来，全然没有了往日的生猛劲头。

↑ 出发时的留影，身后就是魂牵梦萦的珠峰

而此次的攀登活动与以往又有着很大的不同，不仅仅是海拔创下了新高，而且还要在如此缺氧高寒的地方待四个晚上。在之前的雪山攀登中，一般也只在5000多米处住两、三个晚上。所以，接下来的这四个未知深浅的夜晚，难免让我有些忐忑不安。尤其是当我在5800米处目睹了那位藏族厨师的病情，再及又刚刚看了朋友发的一则关于夏尔巴人在珠峰地带伤亡数量

的微信后，不禁对自己曾经较为自信的耐缺氧能力产生了某种怀疑：这次我能像以往那样躲过高反的纠缠吗？以至于后来在6250米处过夜时，我竟因一时的剧烈咳嗽而心悸不已，真的以为自己患上了高原上最常见的肺水肿。这在后面还会提到。

4. 无眠之夜

这是新的一天，我们几乎一直在极为崎岖的山崖上攀行。出发时，看上去天气还不错，虽然寒冷，但风好像有点小了。阳光从珠峰方向投射过来，将身边巨大的岩石的影子拉得很长，像只怪兽横亘在山坡上。巨石的周围铺满了结着冰凌的砾石。砾石下面则是厚厚的冰层。显然，在不久的从前，这一小片区域肯定是冒出地面很高的冰川。只是随着冰川的消融，才逐渐变成如今这般模样。

在海拔5800米以上，绒布冰川向我们敞开了胸怀，展示着她那独一无二的魅力。毋需用任何华丽的辞藻去赞美，我，尽管已见过不少冰川，但在见到绒布冰川的瞬间，还是被彻底征服了——这绝对是世界上最漂亮的高山冰川。冰川的高度皆有几十米以上，既有独立成形的，也有成片相连的，由低向高，渐次朝着珠峰方向延伸着。

下午，天气大变，几乎是昨日境况的重复，风雪交加，一片苍茫。随着海拔的持续升高，每个人的体能更显不堪，已经有三个人丧失了独自攀登的能力，最后，他们都只好自己另外付钱骑着牦牛上来。不过结局还不算太坏，至少，大家都平安抵达了营地。当时，从对讲机上听到的消息是那三位打算中途下撤，这让我们好一阵紧张。因为，如果中途有人下撤的话，那么，向导、牦牛工、牦牛、帐篷等都必须拆开分配，如此一来，势必会影响整支队伍的保障质量。

今夜，我们在氧气更为稀薄的6250米处扎营，这是对每个人的身体机能的一大考验。在这样的高海拔，你身上任何一个既有的小毛病都会被放大，直至夺人性命。如磐的风雪，致使天色也暗得很早，吃过晚饭才九点不到，大家都钻入了帐篷。此时，漆黑的夜色仿佛也在不停地榨取空气中仅有的那点氧分，让我感到了从未有过的窒息。嗓子也又疼又痒，我猜测，肯定是每天所吃的辣物将嗓子摧残得伤痕累累了。对于我这个不能吃辣的人而言，这看似无关紧要的事有时也会带来大麻烦。况且，现吸入的都是极度干燥、寒冷的空气，对呼吸道显然更加不利。

夜色深沉，透过帐篷的门帘缝隙，可见到一轮冷月正悬于冰川之上。偶尔，有几朵薄云被风吹来，将苍白的冰川顶端匆匆遮住，天空顿时变得漆黑。少顷，云朵又驾风而去，月光旋即复现。

嗓子的不适在往下蔓延，好像有一只小虫子，正顺着气管慢慢地爬向肺部。有那么一小段时间，我必须大口大口地呼吸，费力的深呼吸又导致连续的咳嗽。这让我想到了高原上的常见病——肺水肿，其症状是有点像的。之前上了那么多次高原，甚至在专程的雪山攀登时，都未曾有过这种感觉。继而，我又想到了更可怕的脑水肿。当然，接下来我就自然而然地联想到了死亡。

这应该是我第一次如此认真地考虑死亡问题，谈不上有多么恐惧，但多少有点遗憾！我思忖，要不要起来告诉大家说，自己现在很难受，是否得了肺水肿？但问题是，即便你说了又会咋样呢？人家能把你及时送下山去？在如此高的山上，路途艰险，又是漆黑一片，人人自顾不暇，谁还有能耐出手相帮！

在救援的手段中，一般人都会想到叫直升机。但那是根本不可能的，国内的高原救援机制远未完善到直升机可召之即来的地步。听去过珠峰南坡的登山者讲，这一点我们做得还远不如尼泊尔。更何况在这样的海拔高度，差不多已是直升机的最高升限了，即便想来也来不了。除了高度因素，峡谷地形的紊乱气流会给直升机造成巨大的危险，况且，这又是在黑夜。

算了，不去想它了，自求多福，听天由命吧！现在，至少有一点还是让我稍稍感到放心的，那就是咳出的痰中没有泡沫和血丝，咳嗽时也没有出现啰音。若是肺水肿，一般都会有上述症状的。

这时，从别的帐篷里也传来了此起彼伏的咳嗽声，而且听上去比我咳得还要厉害。这回真的有些奇怪，咋这么多人都在咳嗽？看来，空气的过度干燥是个重要原因，听领队讲过，珠峰这个高度的空气湿度连百分之十都不到。想到这儿，我似乎得到些安慰：怕球个啥呀？人家不也都在咳吗！难道都得了肺水肿！这么一想，心绪竟变得安稳了一些。

不知过了多久，感到整个口腔和嗓子更加干粘，想喝点水润一润。我伸出手去拿放在枕边的保温杯，却怎么也摸不着，脑子显然有点犯迷糊，我把放水杯的左右位置给搞反了，折腾了半天，才喝到水。

横竖睡不着，心里又犯起了嘀咕，万一真的感冒或肺水肿了呢？小心无大错！我打算再吃点抗生素之类的药。但是，此时放着药物的袋子放在离自己好几米远的简易桌上，必须钻出睡袋才能拿到。但我不敢这么做，因为帐篷里的气温已低至零下十来度，昨晚纸杯里喝剩下的水也早已结成了坚硬的冰坨。

由于单人帐篷的空间实在太过逼仄，进出也很难受。昨晚，我与小李和向导 L 一合计，决定不去自己的单人帐篷了，就睡在现在这个大餐帐里。餐帐虽说会冷一些，但空间很大，活动要自如得多。只是没有想到，夜间的大餐帐竟会冷到这个地步。看来，改睡大餐帐绝对是一个错误的选择。我决计不吃药了，熬着吧。

睡袋里很温暖，温暖得让人有点依赖。此刻，我有些感谢自己不吝财的秉性。为了此次的珠峰之行，我特地斥"巨资"买了一只能抗零下三十度的新睡袋，因为之前用的那只睡袋质量太差，前年登青海的玉珠峰时曾为此吃足了苦头。所以，出发之前我毫不犹豫地将它换掉。现看来，这钱花得很值，要是没这只新睡袋，这次在山上肯定要倒大霉的。

睡袋里的温暖又让我担心明早起床时自己咋办？怎么面对睡袋之外的彻骨之寒？此刻，帐篷顶正随着风的节奏而夸张地起伏着，发出"咣当、咣当"的响声。寒气贴着帐篷底部的缝隙，嗖嗖地直往里钻。如果现真的已患上了肺水肿，那么，在我套好衣服之前的那短短几分钟也是令我害怕的。我不敢细想下去，希望思维能中断一下，这样，或许好让自己打会儿瞌睡。

从到达5200多米的大本营开始算，今天已是进山以来的第三天了。前两个晚上总共加起来才睡了不到三个小时。说到睡觉，我真羡慕我的北京朋友老翟，他在这么高的海拔居然可安睡八、九个小时，真是神人哪！

在我的一次次高原经历中，遇见过不少此类"神人"：有在雪山上疾步如飞的，更有在冰雪中穿着薄衣单裤却毫不知冷的。自然，在我看来，像老翟那样，在含氧量只相当于平原百分之四十左右的区域里还能安然入睡，实在是了不得至顶天了，我哪怕能有他一半的睡眠时间也心满意足了。

伙食的不合胃口，再加上睡眠的严重不足，已经让自己的状态出现了问题，如果今晚再不能入眠，那明天以及此后的体能将会变得更差，不但既定的6500米无法到达，恐怕连顺利出山也会有困难。

奇怪的是，你越是想睡，脑袋却越是不肯停歇下来，像一台关不了电源的电脑，始终兴奋地运转着。不知过了多久，咳嗽似乎好了一些，阵阵疲惫感开始袭来。昏沉之中，却仍是怪梦不断。梦境里感觉自己还在冰川上不停地行走，脚下的冰裂缝正不怀好意地朝自己豁着大口，坡下的碎石像浊流一般滑动着，发出刺耳的怪响。肯定是一路上见了太多深不见底的冰裂缝，对大脑皮层形成了刺激，以致在梦中还会不断地去还原这种恐惧。

短暂的入睡实际上是一种浅睡眠状态，外界的一点点干扰也会让自己马上惊醒。下半夜三点多的时候，几只卧于帐旁的牦牛不知为啥走动了起来，脖子上的牛铃叮叮咣咣地敲着。牛铃的声音频率特别高，能传得很远。夜深之时，这声音尤其刺耳，我立刻又被惊醒了。腰背处感到一阵阵酸疼，那是被身下的石头硌的。

在珠峰区域扎营很难找到一处可供安身的平整之地，漫山遍野皆铺满了大大小小的砾石，这些砾石又与冰川的表层凝结在一起，所以，你想抠也抠不出来。此时，我不由地羡慕起那些带着厚气垫的山友来——往地上这么一铺，再硌也不怕。哪像我，身下铺着的只是条一厘米厚的防潮垫，尖尖的石硌碴可毫无阻挡地顶在肉里，真是受罪呀！但这都是自找的，登山的人对于困苦没什么可埋怨,再说得难听一点,这就叫活该!

辗转反侧间,只盼着天快点亮。我想到了之前的几次雪山攀登,大家都是在漆黑之夜上路的。如果我们能像攀登时的冲顶那样,现在就往 6500 米处进发该有多好。当然,此时的我并不知道,如果真的提前出发的话,后面就不会发生可怕的意外了。

反正是睡不着了,干耗着也是浪费时间!况且,若能早点走,兴许还可登到比原定地点更高的区域。我一直这样盘算着,6500 米这个高度我是肯定要登上去的。而且,要力争突破。我对自己的耐缺氧能力还是有一定自信的,唯一的担心就是这几天休息得太差,不知对体能的影响有多大?

一阵干咳袭来,肺水肿这三个字又跳入了脑际。在山风的狂吼中,时间似乎完全停止了流淌,透过那被风刮得时卷时垂的门帘望向外面,那轮冷月早已不知滑向何处,天穹暗若浓墨。再睡会儿吧,或许还能眯上一阵,但愿如此……

↑ 壮美的东绒布冰川 (1)

↑ 壮美的东绒布冰川 (2)

5. 孤独的攀登

早晨，天气非常晴朗。可是，风依旧很大。昨晚虽睡得极差，只是在黎明时分稍稍眯了一会儿，但醒来时精神状态却还算不错，咳嗽也好了许多。可能是由于今天要冲击6500米，人有点儿亢奋吧。赶紧起床整理行装，因为今天要将营地撤回至5800米过渡营地，故必须将所有的大件物品打包驮走。在海拔如此高的地方做这些平常事也蛮费体力的，需留够时间，使做事的节奏放慢一些。

按照预先说好的出发时间，早饭是来不及吃了，我只能胡乱吃点干粮了事。做完所有的事情，我便背上登山包，拄着手杖等在了帐篷外面。可能是早上喝了大量的水的缘故，现在连喉咙也不觉得痒了。心里顿时有种如释重负的感觉。昨晚让自己真正感到了某种害怕。现在，我又觉得非常庆幸——自己并没有患上肺水肿，连感冒也不是，顶多只是因干燥引起的咽喉不适吧，一场虚惊而已！

然而，让我感到奇怪的是，今天的营地显得特别安静，一部分人还钻在睡袋里，他们说不去前进营地了。有几位还在犹豫，而已经起床的那几位动作也是慢吞吞的，全然没有了往日的那种紧张与兴奋。

我站在营地里百无聊赖地等待着，眼瞅着日头快要露出山岗，心里虽然很焦急，却又不好意思催促。在这样的海拔高度，理当慢节奏，催促人家显得太不近情理。但是，如果走得太晚，回来的时间也必然会后延，若再遇上像前天这样的坏天气，那就麻烦大了。我可不想在昏暗的夜色中走这种危险的路！

一直耗到八点多，队伍终于磨磨蹭蹭地出发了。但所谓的队伍，早已不是之前那个阵容了，包括我在内，现在只剩下了四位。余下的六、七位皆因体力不支或高反加重而选择了放弃。难怪今天这些人都这么不徐不疾，悠哉悠哉的。唉！你们不去了也要早点说呀！害得我白白浪了这么多的时间。

由于在外面等待的时间太久，身体已凉了下来，再及气温太低，风又大，握着登山杖的双手不一会儿就被冻得生疼。这种疼痛好像是渗入到骨缝里面的，我担心起来，再这样走下去手肯定会被冻伤。冻伤，在登山中可是太常见了，绝不能掉以轻心。于是，我停下脚步，跟走在前面的小李说道："你先往前走吧，我要暖一下手。"

其实，此时小李的处境比我更糟，只是我还不知道而已。他手上套的不是高山专用的防寒手套，根本不保暖，在低温和强风之下，两手也正经受着寒冷的折磨。显然，小李还是缺乏在高寒地带徒步的经验，忽视了最不该忽视的装备。

我赶快将双手伸入羽绒服内，在这种环境下，这是恢复双手温度的唯一方法。但是，脚步却依然不敢停下，我总是在担心下山的时间节点会后延。根据这两天在山上的观察，珠峰区域的天气到了下午都会发生变化，这似乎是第六感觉的一种预警。果然，下午我在返回营地的路上，竟遇上了比前天还要猛烈的暴风雪，且差点送命。不过，此时的我并未意识到今天出发时间的延后会预示着什么。

约莫过了半小时,太阳终于爬上了山脊,阳光照在身上暖暖的,这让人舒服了不少。渐渐地,我走到了队伍的最前面。四周一片阒静,远近皆是明晃晃的冰川和雪坡,除了不远处会偶尔传来几声藏雪鸡高亢的啼鸣外,仿佛这世界已无他物存在。

说到藏雪鸡,不妨赘叙几句,因为这漂亮的生灵太惹人喜爱了。在攀行过程中,有几次我差一点踩上它。因为这种重达三、四斤的野鸡根本不怕人,当我在营地里将吃剩下的饭菜洒给它们时,居然还会跑到跟前来抢食,这也从侧面反映了当地良好的自然生态和藏地居民对野生动物的爱护。

↑ 偶遇的藏雪鸡,它们一点也不怕人

走了一阵,突然觉得后头没有一丁点的声息,连踩雪声也消失了。我遂回头察看,但目光及处,竟无人影可觅。我连忙通过对讲机询问,殿后的向导"歪歪"告诉我,另两位都已放弃去前进营地了。啊!这让我感到极为意外。事后得知,另两位是因体能不支而打了退堂鼓,而小李虽高反明显,但毕竟年轻,身体素质还不错,只是这双极不合适的毛线手套害苦了他。小李告诉我说，如果再硬撑下去，这双手肯定会冻伤。权衡再三，他只得选择了放弃。

我理解小李，于攀登者而言，对于新的高度都有着强烈的向往，选择放弃，有时比选择坚持还要难得多。所以，尽管有遗憾，但他的决定绝对是明智的。雪山上的严寒所造成的危害我曾经领教过，来不得半点莽夫之勇，否则后果会很严重。

现在，整支队伍就剩下我一人继续行进在这漫长的冰川之上，一种从未有过的孤独感袭上了心头。不过，好在前面有向导L在，这让我稍稍踏实了一些。只是此刻的L已走得老远，再加上冰塔林的遮挡，我连他的影子也望不见。

L多年从事高原户外活动，个人能力很强，能吃能睡，又年轻，故体能很好。所以，他自然不会以我的节奏行进。幸亏走在前面的L在雪地上给我留下了脚印，只要跟着这印迹走，肯定不会迷路的。

在这种地方独自攀行，感觉很不好，而且，上行路段的情况也不清楚，万一有点啥事，连鬼都不知道。所以，我必须尽量缩短与L的距离。但让我觉得奇怪的是，任凭我再怎么使劲，速度仍然上不去。显然，睡眠与热量摄入的不足，已使体能出现了透支。在空气稀薄地带就是这样，距离一旦拉开了，想追上是很难的，而且这么做也很不理智，搞不好会在很短的时间内将自己拖垮。没法子，最终我只能放弃追赶，仍以匀速向上攀行。

从海拔约5900米开始，绒布冰川的体量更显巨大，连绵不断地矗立在凶险的山体之上，越往上，冰川的密度越高。珠峰的冰川其实是由隐蔽部分和裸露部分组成。裸露部分就是高出地表的无数座小冰峰；而隐蔽部分则在山峦的表层以下，它们被厚薄、大小不一的冰碛物覆盖着，只有在山体的某些断层和冰裂缝中可看见土石下面厚厚的冰层。从这些冰石结构的形状及山体的变化中，也可看出冰川严重的退化现象。

全世界所有的冰川都在缓慢地退化，气候变暖的恶果谁也阻止不了，绒布冰川当然也不例外，唯一的祈求就是希望这种退化能尽量地放缓一些。不然，由此而产生的负面影响对西藏乃至中国大部分地区和南亚区域国家都将是巨大的。

喜马拉雅之雪

蓝色的天幕下，无数座高达几十米的冰川，像大海上的礁石阵列，矗立在北坳的危崖峭壁之间。冰川的立面上，布满了许多融化后形成的宽窄不一的纵向裂隙，在阳光的照耀下，裂隙内散射出翠绿或宝蓝的色彩。这种色彩不是一种纯色，似泼墨在宣纸上的浸润，由裂隙中间的深色向着两边逐渐地淡去，晶莹剔透，美轮美奂。

我摘下手套，轻轻地抚摸着巨大的冰体。很干、很滑，稍多贴一会儿，便觉得有点发粘，与平时触摸冰体的感觉不太一样，这可能是空气湿度太低的关系吧。疾行千里万里，只是为着一睹这世界屋脊上的大自然的杰作，只是为着能与壮美的珠峰近距离地拥抱一回！多少年的念想，今日方得实现！当手指触碰到冰壁的一瞬间，珠穆朗玛峰的温度仿佛真真切切地传导到了我身上，心中顿时泛起阵阵难以言状的涌动。远山近峰，天地朗朗，这是一种梦幻成真的感觉。

↑ 在攀登途中，珠峰时时伴随着自己，但由于所在的位置海拔上升了很多，故珠峰看上去并不显得很高

6. 走向巅峰的英雄们

进入到绒布冰川深处之后，往上攀登的路更加陡峭了，感觉离珠峰也越来越近，近得不由地会让人产生巨大的疑问：难道这真的是珠峰？咋会这么矮？又这么近呢？看过去全然没有了之前从大本营方向仰望时的那种傲立苍穹的气魄。

昨天，从5800米至6250米营地的途中，我们还互相吹牛。大家都认为自己肯定能登上顶峰，有的甚至还夸口："搞不好我中午上去，天黑之前就能下来吃晚饭哩！"而现在，珠峰比昨天更近了许多，仿佛伸出手去就可碰到她的顶端。

珠峰，现在我是如此近距离地仰望着你，让我有些不敢相信自己真的已走入了你的怀抱。多少次，面对着珠峰，我总会浮想联翩，心中泛起与风景无关的情感。攀登，并不仅仅是简单的高度的上升，而是对人的内心的一种激扬与拓展。站在万山之上，更可感悟生命个体之渺小。人，生有尽时，而这冰山雪峰却将永存！与大自然的恢宏伟岸相比，人世间的纷攘屑碎又有什么价值！面对这巍巍冰山，自觉是精神上的彻底更新，让自己真正进入到一种顿悟的状态。

此时，身边无人，心境也格外的平静。或许，今后我是不会再来这地方了，应该好好看看（当然，我也未曾料到，四年后我竟会第二次进入珠峰）。我取出望远镜，向着珠峰仔细地观察。我的望远镜倍率并不高，但当看似近在咫尺的冰峰一下子被拉近时，还是感到有些惊讶：此时的珠峰岩体上所有纤细的纹路全成了巨大的沟壑，上下石坎间原本很不起眼的高差也成了可怖的悬崖。

我不禁自问：如果装备齐全，天气良好，现在就让我去登，我能成功吗？直至今天，我依旧会想起这个没有答案的问题。或许，我只能说自己曾有过这强烈的欲望，仅此而已。但时下的自己除了财力不逮，也已然错过了登顶珠峰的最佳时间段。这应该是自己最身强力壮时去付诸实施的梦想，而今，心中只剩下日渐淡去的冲动和对现实的无奈的臣服。

在这两天的攀行中，我们曾遇到好几批国外的登山者从 7028 米处下来，他们都是去登珠峰的，正在做适应性训练。因为在正式向珠峰峰顶发起冲击之前，需在 5200 米至 7028 米高差之间来回走几次，以便让身体充分适应这恶劣的环境。这种训练过程要持续近一个月，若加上最后的实际攀登和等候的时间，登珠峰的整个过程一般需要 40 天以上。

这些外国登山者都很年轻，看上去也十分壮硕，因在山上待的时间长，脸都被晒得黝黑黝黑的。由于语言不通，他们只是向我竖着大拇指表示敬意。在这条登山路上相遇，相互间都是惺惺相惜！从他们的眼神中可以想见，对方一定是将我当成了一位欲登顶珠峰的独立攀登者。因为此时的我，前后皆无人相随。我也举手向他们竖起大拇指，这是我发自内心的敬意。任何一个敢去登珠峰的人，不管其最终成功与否，都绝对是我心目中的英雄！

说到英雄，又不由地让我想起昨日在山上遇见的那五位藏族姑娘。

昨天，6100 米处，在一巨大的冰石混合的崖坡上，她们与我们迎头相遇。这些女孩子年龄都不大，估计也就十七八岁。山上的路（姑且称之为路吧）极窄，一见到我们，她们便主动让至一旁等候。登山者似乎都遵循着不成文的规则：下行须礼让上行。这是对的，上行的人更累，礼让似乎是应该的。

我以为她们是刚登完珠峰回来，遂向她们打听上面的情况。一搭上腔，这些姑娘便如同百灵鸟降临一般，反而叽叽喳喳地围着我们问个不停。我猜，一定是我们这支男女老少混搭、年龄参差不齐的队伍引起了她们极大的好奇——这是什么土八路登山队呀？！

同样，我们对她们也充满了好奇——相似的年龄、专业的装备，又是刚从高处下来。经问，才知她们都是西藏登山学校的学员，此行不是去登顶，而是刚从 7028 米处训练回来。正值青春年少的她们，浑身充满了活力，尽管刚爬过这么高的山，身上又背负重装，却像是刚刚逛完街一般，依旧脚步轻盈，看不出明显的疲态。

望着她们，我不由心生感慨：同样都是女孩子，人生的际遇却是如此的不同。在城市里，未及摽梅之年的女孩都还被父母百般呵护着呢，正尽情地享受着生活所给予的一切。而眼前的她们，却在世界上环境最恶劣的地方栉风沐雨，卧冰踏雪，从事着最辛苦、最危险的职业。

后来，我们问领队："这些女孩子毕业后干什么？"领队告诉说："主要是为来这儿的女性登山者们提供各种保障服务，亦即协作。"末了，领队还加了这么一句，"一般送孩子来登山学校的都是子女相对多一些的家庭。"我们没问为什么，因为道理太简单了，无非是说，如果万一发生什么不测，家里至少还有别的儿女，不至于对父母造成太致命的打击。这是一个有点残酷的现实，但又不得不面对。

↑ 走向世界巅峰的英雄们——西藏登山学校的女学员

我不知道她们的未来会是怎样？但有一点是可以肯定的，她们都会在未来的某一天会走向世界的巅峰。衷心地祝福她们，希望她们永远平安、幸福！分别前，大家与姑娘们合拍了几张照片，还互留了微信号。不知为何，在此后的几天里，我们总会时不时地提及她们。我想，一定是她们身上所散发的青春气息和乐观精神感染了我们每个人。还有，她们的勇敢精神和吃苦耐劳的秉性，像一杆无形的标尺，时时在衡量着自己，让我们看到了人生的另一个维度。

7. 最后的冲击

从 6250 米营地至 6500 米处的垂直高差仅有 250 米，但这 250 米的高度却走得极不轻松。一则海拔更高了，二则上下皆是 M 型的大陡坡，看似很近，但要走到对面的山上，必须走完整个上升段和下降段，双腿没少捣鼓，但直线距离却行进得并不多。再加上是独自行走，所以，显得特别累人。今天是上行段的最后一天，这几天吃、睡方面的不适所造成的疲态已愈发显露出来。只要速度稍稍加快一点，呼吸就会变得十分急促，吸得再深，仍觉得氧气不够用，腿也变得很沉，很酸。

尽管眼下仅有我一人还在向既定的目标冲击，但这并不说明我的体能胜于其他同行者，现在支撑着我的，根本不是体能，而是意志。在潜意识中，对于冲上 6500 米，我从来没有怀疑过自己，这更多的是基于对自己的意志力的自信。可以说，与意志力相较，自己的耐缺氧能力不见得比队伍中的其他人好多少。因为，我的同行者们之前也多从事过雪山攀登或高原徒步，所以，这个群体的每一个人都不是等闲之辈。

如果——我常在极度疲惫之时给自己做着某种假设。如果，我能像老翟那样保持相对充足的睡眠，那么，我的步履或许会轻松得多。到现在为止，我已连续四个晚上没好好睡觉了，这比食物摄入的减少更具危害性。有时，走着走着，两腿膝盖会不听使唤地磕在一起，要不是有两根登山杖撑着，不知已摔倒多少回了。此番情形在头一两天还没出现过，现在不断地出现，说明身体肯定有问题了。

当阳光从前面的冰川豁口照射过来时，视野中竟会出现像飞鸟一样的黑点朝自己扑来，再聚神一看，眼前并没有任何东西。这或许是幻觉，我想。精疲力竭间，内心深处总有一个声音不断地催促着自己："走！走！不要停下来！不就是剩下一百来米的高差吗！"虽然不停地在 M 形的山坡上往复攀爬，让人觉着很累很无助。但是，此时的大脑完全处于一根筋的状态，不会对地形地貌的复杂性做出应有的评估，只是机械地对双腿发出行走的指令。

越累越不敢停下来休息，因为在这种高度之上，一旦坐下，再度启步就会觉得更累。再说，现在就我独自一人，这么傻坐着觉得特别没意思。实在累了，我也只是挂着登山杖站上一会儿。上午十点半左右，我终于抵达了 6400 多米处的珠峰前进营地下方。看到前面有几顶帐篷搭着，心里好一阵激动，我以为这里便是 6500 米处。一问才知还得再往上走一段，方能到达 6500 米处。

继续走！这个时候，近在眼前的目标让我鼓起了劲头，两腿也迈得更加坚定，既定的 6500 米高度，仿佛是自己给自己下达的任务，必须完成。远处的天际线下，冰川已不是下面那种尖锥形了，而是密密匝匝的谷堆状的冰塔，随着视角的变换，看过去更像是一面延绵的冰墙，挡在那宽阔的山壑里。天色湛蓝，薄薄的云彩退得很远很远，若隐若现地飘浮着。如果要登顶的话，须翻过眼前这片冰川，再拐向右上方。

又攀爬了半个多小时，终于抵达了目的地。说来好笑，迎接我的竟是一块竖立在营地上方的垃圾站指示牌。五月的前进营地，登山者骤然云集，冰川下的那片开阔地带搭满了帐篷，颇有点闹意。我本以为 L 会在这儿等着我，但左寻右看却不见他的身影。通过对讲机一问，才知道他还在上面。L 让我继续往上走，这不免让我有些纠结，因我不知道还得往上走多少距离。

继续攀行，一切又归于沉寂，只有寒风在耳边呼啸。左下侧是一大片冰川，毫无遮挡的寒风从那边吹过来，像是被立刻降了温，吹得脸上直发疼。此时的攀行变得越发孤单了，一整天都是这么踽踽独行，突然很想有个人能跟自己说说话。

这一段行程感觉像是踏步于某个蛮荒的星球上，由于山体的坡度突然变得异常陡峭，海拔上升得很快，呼吸也显得格外急促。脚下全是松动的乱石和坚硬的冰雪，步履越发沉重，刚才突然勃发的那股拼命的劲头也渐渐消退了。

不知过了多久，从上面下来一位别的登山队的藏族协作。我忙向他打听此处的海拔高度，他看了看腕上的登山表："哦！这里有6560米了，他又指了指上方的一个不高的石堆，到那里就是六千六的高度了。"我心里顿时一阵狂喜：我终于达成了预定的目标，而且是超额完成，我没有辜负自己，这是对自我的超越。

体能似乎已耗尽，我很想坐下来好好休息一下，等着L下来。但转念又一想，不行，不能停，须继续往上走。因为现在这儿只有我一个人，想给自己留张影都做不到。更重要的是，我还有一项任务没完成——即让我所在的户外俱乐部的旗帜在珠峰上飘扬，并立此存照！这是俱乐部的朋友们郑重委托的事，必须完成！

这时我看到七千多米处的冰川天际线上出现了明显的雪雾，在气压的作用下，正呈奇怪的弧形状，贴着冰川的顶部疾速滑向下方。根据经验判断，这应是变天的预兆！于是，我又硬撑着继续往上攀爬。但我不敢走得太快，一是体能下降得厉害，二是我不知道L究竟在什么位置，生怕错过了他。

其实，我的担心是多余的，在这种地方，哪怕距离再远，来个人肯定不会瞧不见，但那个时候脑子似乎不够用，把简单的问题搞复杂了。此时，L在6650米左右的地方。他希望我能早些上来，因为他在那上面也是一个人，正在为无法给自己拍照而抓狂呢。

后来L告诉我，他曾请上来的藏族背夫帮他拍张照，但人家不愿意，给钱也不行。个中原因很简单，在这么高的海拔，这么陡的山崖，连牦牛都上不去，而背夫负重好几十斤，累得连气都喘不上来，还怎么帮你拍照？对于这种拒绝，我还是能够理解的。

现在，我已位于前进营地上端很高的地方，俯视下面，营地里的帐篷五颜六色，像是一个个硕大的盆花放在山坳里，煞是好看。前进营地可说是北坡登山线路上除大本营以外最热闹的地方，像是一个临时性的社区。但现在这种热闹只是体现在帐篷的色彩和密度上，因为多数的帐篷都是空的，住在里面的人现都已前往一号营地训练了。

在一块巨大的岩石旁，我遇见了一只正在山上闲逛的大藏獒。这只藏獒个头硕大，看似样子凶猛，但一唤它，其立即"热情洋溢"地凑了过来，并自来熟地舔着我的手。这是我在山上碰到的第二只狗。昨天，也有一只黑色的大獒狗跟着我走了很长的一段路。单调枯燥的攀行中有一只狗陪着，也是件很快乐的事。你可以跟它说说话，只要看到它那单纯而和善的目光，你就会觉得它很懂你。

这山上的狗都是当地的协作带上来的，与人亲近惯了，所以一点也不认生。在类似外星球般荒凉的地方，哪怕是遇见一只山鼠也能让我兴奋，何况是一只威武的大狗呢！我连忙从包里翻出些牛肉干喂给它吃，吃罢，它便憨憨地蹲在我面前。摸摸它硕大的额头，觉得这毛有点粘粘的，再闻闻自己的手，哇！一股浓浓的牛屎味。你是不是整天跟牛混在一起啊？真臭哦！我拍拍它，它抬头看着我，又扭头看看下边的帐篷，像是在告诉我，它和他的主人就住在那儿呢。

这只藏獒特别乖巧，当我起身后，它依然一步不离地跟在后面，至一处很陡的岩坡上，我费了好大的劲才爬上去，但藏獒却上不去了。它站在下面呜呜地叫着，显得很焦急。我突然有点恻然，干嘛让它跟在后面受罪呢！在这种地方行走，狗与人一样，肯定也是极耗体力的。于是，我便朝它挥手：回去吧！回去吧！它似乎很不愿意，在原地静静地卧下，直抬头看着我。

再度回首俯瞰沉寂的前进营地，景物已变得很小，这说明我又上升了不少高度。抬颔仰望，不远处冰雪与岩石的结合部已清晰可见，我估计，如果继续攀登的话，应该在那个位置换冰爪了。再顺着雪线望过去，北坳大冰壁像一堵高墙横亘在那儿。我想，攀爬这座约三、四百米高的大冰壁一定很有难度。

喜马拉雅之雪

↑ 垂直高度近四百米的北坳大冰壁，这也是珠峰攀登过程中的第一道难关。此时天气渐变，天空已呈淡灰色

仍未见到 L 的身影，我不免有些焦急。此处没有路的痕迹，不知 L 会从何处下来，我依旧固执地担忧是不是会与他失之交臂。于是，只得又坚持着往上走了半个来小时。终于，对讲机响了，L 说他已下来了，让我在下面等着。我爬到旁边一个高出地面六、七米的锥形石堆上，那就是刚才这位协作所说的海拔六千六的标志物。站在此处较醒目，L 下来时一定能看见我。

从这儿往右上方看，珠峰已被右边的山体完全遮挡住了，但正前方 7000 多米处尚在攀行的登山者却是清晰可见，红黄蓝绿的小点点正缓慢地在雪坡上移动着。感觉前面的距离并不远啊！我突然感到了一丝遗憾，如果这次能允许我们去 7028 多米处该有多好！尽管自己的体能明显下降，但如果此处设有保障营地，让我住上一晚，明早再继续攀行，我想，我还是有把握登上去的。

就在写这篇文章时，我通过微信与西藏登山学校的女孩子们了解了一下这段路的情况。她们告诉我，别看两处的高差仅有 600 余米，但是，路很难走的，冰雪地带多，好多地方还需要攀冰，差不多得耗上一天时间。是的，因为不了解地形地貌的细节，从远处看雪山，很难感受攀登的难度。

望着前方攀登者朦胧的身影，我不禁想起了第一次来西藏时，在从珠峰大本营返回日喀则的途中，与朋友一起做过的攀登梦。这个梦，一做就是好多年，我一直认为自己能行。那时，不知为何，攀登珠峰的欲望竟是如此的强烈，甚至还开始为此做起了各种准备。唉！别得陇望蜀了，现在能让你走入珠峰并上到这个高度已经算是不错了，登山的人总是那么难以知足啊！正当思绪无限膨胀之时，我远远地望见了 L，他正沿着上面那个积着残雪的陡坡慢慢地走下来，他的冲锋衣是鹅黄色的，特别醒目。

↑ 海拔 6500 米的珠峰前进营地

8. 惊魂横切线

珠峰左侧冰川的天际线上，乌云正在慢慢地聚拢，风力在增大，变天的征兆越来越明显了。我与狼牙互相拍了几张照片就赶紧往下撤。返回的路途虽说是下坡多，但依然是 M 形的循环往复，走起来并不比上坡时轻松多少。

其实，这还是次要的，真正让我发怵的是，返回的目的地已不是上午离开时的6250米营地了，而是前天待过的5800米过渡营地。我往6500米进发后，6250米营地和全体人员就已撤到下面去了，这意味着我回去的距离要比上来时增加一倍多。

体能的衰减越来越让我担心了，步伐已不似上来时那么稳当。而且，从中午开始，肚子总是一阵一阵地抽搐，虽疼得不是很厉害，但一犯起来就让人更没力气。一定是吃了什么不洁的东西，在高原上，很多食物难以烧熟烧透，吃坏肚子一点也不奇怪。现在支撑自己继续前行的动力只有一个：必须走！必须走！不然，一旦变天就完了。前天从5200米到5800米的那段风雪交加的路，可是让我们吃足了苦头，今天要是再遇上这样的天气，那真是不敢想象。

真是怕啥就来啥，走了一个多小时，天上便开始下起了小雪，这让我有点紧张起来。我想加快脚步，但此时两腿已明显不太受意识的支配，两只膝盖总是会不由自主地磕碰，这情形与从大本营上来的那天一样。更让我担心的是，人开始有些犯困。我想起了青衣佐刀写的《永无高处》那本书中的情节，他所描述的是从珠峰上下来时的那种身心疲惫的状况与眼下的自己很相像。按理，在6500多米的高度是不至于出现这种状态的，显然，这是几天来睡眠的严重不足与热量摄入过少的负面作用相互叠加、累积所致。况且，上午从出发到现在已连续攀行了四五个小时，体力消耗得太厉害。

为了保持清醒，我时不时地抓把雪往脸上狂擦。但这只能管用一会儿，过后又会渐渐地迷糊起来。在高原上攀行，鼻子似乎成了多余的器官，呼吸全靠着大张的嘴巴，而这又会让身体的热量被干燥寒冷的空气给过多地带走。此时，困倦、劳累、寒冷渐渐一齐袭来。当然，我最担心的还是天气，雪根本没有停下来的迹象，如果再继续这么下下去，就会把路迹全然掩盖。

L此时根本不知道我的窘境，依然在前面走得很快，我想拉近与他的距离，但是实在力不从心，只好作罢。心想，你总不至于将我扔下吧！其后，L基本上都在我前面几百米的地方走着。偶尔，我们会有短暂的交会，走着走着，两人又越拉越开，直至谁也看不见谁。最后，我竟然真的被拉下了很长一段距离，致使我最终迷路。

这段路程虽说有两三处地方较为危险，但在身体状态正常的情况下，还是可以应对的。现在，精疲力竭之时，身旁又无人，假若真的发生意外，连救你的人都没有。我必须万分小心才是。在横穿一些特别陡峭的崖坡时，我尽量将身子的重心移往内侧，以免滑坠。但是，意外还是在毫无预料中发生了。

在我横穿一个并不觉得十分危险的陡坡时，我抬头环视了一下雪花纷飞的天空，待我将视线再收回至脚下，突然觉得一阵晕眩，右脚猛然打滑，身体立时失去了平衡。好在此时的我反应很快，就在身体重心向外倾斜的一瞬间，我索性将上半个身子猛地往内侧扑倒，同时将两手狠劲地扣入碎石之中。

↑ 从高处俯瞰前进营地

人终于被固定住了，被我蹬飞的几块乱石还在坡下不停地滚动着。我扭头往下看去，这个坡的坡度大概在60度以上，虽不似90度的悬崖那么骇人，但一旦摔下去不死也得重伤，因为坡底的深度至少有200多米，且沿坡全是大大小小的乱石。好一阵子，我都未从忐忑与恐惧中回过神来，只是呆呆地看着坡底那白晃晃的冰碛湖，想象着滚下去的情景。

事后想来，这突如其来的晕眩可能是低血糖导致，因为这一天中摄入的热量实在太少，体能已透支得很厉害。如果，如果刚才真的摔下去……或许，结局就是死亡！这是继昨晚以来，我第二次认真地想到了死亡这个沉重的问题。

9. 艰难的归途

惊魂甫定，再继续前行。接下来，我的处境愈发艰难了，雪越下越猛，风也越刮越大，行走时被登山靴带出来的雪屑瞬间就会被狂风带走。这是我第三次领略珠峰的风雪，但这一次真正威胁到了自己。其实，当风雪骤然变大之时，我离5800米营地的直线距离大概仅有两千米左右。但是，狂雪完全遮挡了视线，无法根据记忆中的地形地貌去判断距离，也无法确定营地的方位。不过，好在此时路的痕迹尚未被雪完全掩盖，我仍可放心地走。

行至一处冰川密集的大坡面，我突然又感到肚子一阵阵绞痛，像是肠胃炎的症状。我通过对讲机告知L，我须方便一下，让他等等我。腹泻得厉害，显然是肠炎的症状，幸好随身带着药，赶紧吃了几颗。未待起身，忽又听得头顶上巨大的冰塔发出"嘭嘭"的响声，像是要崩塌似的。尽管自己知道，冰川发出这种声响一般只是热胀冷缩的缘故，不一定是冰崩的征兆，但我还是不敢久待，立马拎起背包逃离开去。

在这种地方，任何事情都有可能出现，发生冰崩也属正常，尤其现在已是下午，冰雪正处于软化阶段，冰崩的概率相对要大些。望着这些几十米高的巨大冰塔，我心想，天哪！这要是砸下来，人还不成肉酱！

看来，雪是不会停歇了。由于肚子很不舒服，脚步也变得越发无力。现在，我只能祈求雪别下得太大。因为按照眼下的雪量，估计一时半会还不会把路痕给彻底掩盖。这样，就不会有迷路之虞。自我们进山以来，每到下午都会下雪，这无疑是珠峰区域典型的小气候。

看来自己也是疏忽了，既然这些天的天气都在呈现这种特征，那我应该从一开始就安排好时间节点，那样的话，或许就可以避开这场风雪了。登山，最忌讳的就是暴风雪，除了迷路，滑坠，雪还会把一些不太宽的冰裂缝给盖住，形成致命的陷阱。早上上来的时候，已见到好几处这样的冰裂缝，若真被雪掩盖……我不敢再往下想。

风更大了，尤其在山崖相夹的狭窄处，呼啸的暴风像高墙一般阻挡在面前，使我寸步难行，强烈的气流把我噎得透不过气来，使缺氧的感觉更加厉害。作为在海岛上生活的人，我早已见惯了台风的肆虐，但是，真不知道风居然能给人带来如此明显的痛苦。极度干燥的空气借着风的力量不停地灌进肺部，嗓子干粘得如火灼一样。

在我翻过一个小陡坡时，见前面有一个朦胧的人影正向我走来，初以为是L返身来接我了，心里不由地一阵高兴，但过了一会再细看，发现那不是L所穿的冲锋衣的颜色。等再挨近了一看，原来是一位长相斯文的小伙子。在这儿能遇见一个人真是太令我高兴了。

我们遂交谈起来。他说他是来自北大登山队的，这让我一下子想到了原清华大学登山队的队长严冬冬（之前我误以为严冬冬是北大登山队的，所以马上会联想到他），这位中国登山界的翘楚，英年早逝，不免让人唏嘘。

这小伙子的状态明显出现了问题，像是患了失温症，因为他在与我说话的时候，身子一直在不停地发抖。在如此恶劣的天气里，失温是很常见的。还没说几句，他便问我有没有带着暖宝宝（一种可贴在身上的即热型暖贴），他说他冻坏了。的确，就他现在的状态看，非常需要用这东西来提升体温，只可惜我并未携带。立刻，我为自己无法为他提供帮助而感到极度的遗憾。

他说他现在是去往前进营地，我一听，觉得很担心，因为前面的路还很长，风雪又这么大。但是，现在我什么忙也帮不上，只能向他建议：你以后登山最好带个小热水袋，暖宝宝分量重，不可能带很多的，而充热水则相对方便，晚上放到睡袋里挺管用的。他嗯嗯点头应着。但我事后想想，我是不是也脑子缺氧了？这个建议现在对他来讲有什么实际意义呢？

临别时，我再三叮嘱他要小心。他的神情显得有些恍惚，一阵狂风吹来，骤然而至的雪花纷纷落在雪镜上，他双目紧闭，抬手在雪镜上抹了几下，又重新套上登山杖的腕带。我轻轻拍了拍他的肩膀：时间不早了，你赶紧走吧，不然，待会儿雪大了就更不好走了。

于是，我们匆匆作别。少顷，我忍不住又回过头去，只见在雪雾中，小伙子攀爬得十分迟缓，走的每一步都似电影里的慢镜头。在如此恶劣的气候里，往上攀行无疑是极其艰难的，况且，现在他又是一个人（后来我了解到，这是北大山鹰社登山队组织的一次珠峰7028攀登活动，共有十几个人参加）。我心头开始有点沉重起来。此后的很长一段时间里，我仍会想起这件事，思忖着那天他在途中究竟怎样？

巧的是，时隔两个月后，舟山本地的媒体报道了一位在北大读书的舟山籍庄姓学生（北大登山队成员）攀登珠峰的事迹。报道中专门讲到了那天他在大本营至前进营地地带拉练并遭遇暴风雪的事。报道中所叙述的时间、地点竟与我从珠峰北坳下撤时的过程完全一致。于是，我初步断定那天我在珠

↑ 返程中，狂风大作，雪花渐起，清澈的天空变得混沌一片

峰上遇到的可能就是小庄，但苦于无法求证，也一直未能释疑。

又过了半年多，偶与在报社当记者的一位朋友聊起此事，他说我帮你问问，我们有位记者采访过他，或许留有小庄的电话等。事情进展得很顺利，当天我就获得了小庄的微信号。我随即与小庄取得了联系，他显得挺惊讶，说真没想到两位舟山人竟会同一天出现在珠峰上。但是，小庄说那天我遇见的不是他，因为他是与别的队友一同到的，且到的时间也更早一些，他说，我遇见的应该是他的另一位队友。

小庄说，那位队友是最后一个到达的，确与他们隔了很长时间，其抵达前进营地时已是傍晚，且当时已严重失温，这些情况与我所描述的高度吻合。小庄随即说他去问一下。大概过了一个多钟头，小庄给我发来微信，说他询问了那位同学，但那位同学说，那天他已经被冻傻了，很多记忆都已模糊了，一点也记不起遇见过谁，更不记得向我讨要暖宝宝的事。

看完小庄的回复，我不禁哑然失笑。我先是觉得太不可思议了，在这种极其特殊的地点、时间里所经历的事情怎么会轻易忘记呢！但转念又一想，这或许是缺氧、失温所导致的吧。登山界普遍认为，缺氧、失温会影响人的思维和记忆。但是，却有朋友提出异议，同样是缺氧状态，那你为什么能把细节记得那么清楚呢？

哎？是呀！这似乎有点把我给问住了。那天的经历我至今仍历历在目，犹如昨日一般。而之所以会记得如此牢固，可能与那天我的失温症状较轻有关吧？当然，也可能与我一直惦记着他有关。说真的，我甚至还怀疑过，以他当时的身体状况，能不能平安抵达前进营地都很难说。而今，终于知晓这场珠峰上的邂逅有着一个不错的结局，让我感到十分宽慰。

10. 生死边缘

在离 5800 米营地直线距离不到 1000 米的时候，我最担心的事终于发生了——风雪骤然变大。这是真正的暴风雪，也是我平生遇到过的最疯狂的雪。密集的雪片在疾风作用之下，像一道道笔直的白线，把灰色的天空割划得像碎片一般。毫无疑问，用不了多会儿，雪就会把在砾石上踩出的足迹给彻底抹掉。我开始感到极度的不安。但转念一想，有 L 在前面呢，雪总不至于这么快就把他的脚印给盖住吧！但出乎意料的是，走着，走着，前面竟然真的连一点足迹也看不出来了。

很快又到了那个冰石混合的陡坡跟前，这是整条攀登线上最难走的一小段。坡很窄，其外侧是很深的崖壁，如滑下去，后果则不堪设想。由于没带冰爪，冰面上又积了一层雪，下坡难度很大。必须走得十分谨慎，我将一根登山杖缩至最短握在左手，以代替冰镐的作用。又将另一根登山杖放到最长，抵在前头，以作制动。同时，我将身子侧过来，踩一步，杵一下杖，终于缓慢地挪到了安全地带。

待我翻过这个坡，再定神一看，周遭已是白茫茫一片。我想，必须加快速度撵上L，要是跟他拉得太开，很可能会迷路。抬颌望去，透过迷茫的雪雾，L的鹅黄色冲锋衣还依稀可辨，我拼尽全力，一步一喘地赶了过去。但是，到了跟前一瞧，哎？那个人竟然不是L，而是别的登山队的人。我一下子蒙了，这是咋回事？颜色欺骗了我的眼睛？L又去了哪里呢？

完了，迷路了！这可是在珠峰啊！周围到处是危崖陡坡和冰裂缝，现又遇暴风雪……脑子顿时一阵空白。我心里开始感到害怕，不敢再往前走了。密集的雪花使视野范围变得很差，根本辨不出东南西北，如果再盲目行走的话，极易遭遇不测。

我竭力使自己冷静下来，仔细寻找着可资参考的地标物。突然，我在离我约几十米远的地方发现了几顶看似眼熟的帐篷，这是不是我们的营地呢？我艰难地走了过去。当我距最近的那顶帐篷大概还有十几米时，看见老唐那只装无人机的箱子在帐外放着，我的心一下子松弛下来——总算找到营地了！

可待我走到帐篷跟前一看，顿时傻了眼：那根本不是老唐的箱子，而是一块与箱子的形状、颜色都很相似的石头。我眼睛既没花也不近视，怎么会把一块石头看成箱子呢！而且看得那么真切。这实在太不可思议了。顿时，我怀疑自己是不是因为大脑缺氧而出现了幻觉？但再仔细地看看身旁的景物，都真实清晰地存在着，并没有幻觉啊！人蹊跷了！直至今日，我一直对那天的状况感到十分的费解，怎么也琢磨不出个所以然来。

正一筹莫展，只见一位藏族老汉赶着一头牦牛出现在雪雾中，这肯定是附近哪个登山队的协作。我忙上前问路，可是这位老汉一点汉语也不会说，比画了半天，都不知彼此在说些啥。这下子还真是麻烦了！

视线已完全被雪雾遮挡，百米开外已经看不清任何东西。现在，无法再根据记忆去寻找营地的地标特征了，我心里掠过一丝绝望的情绪。此时的暴风雪犹如一堵厚墙，把自己牢牢地堵在了山脊上。

我取出对讲机与L联系，L却说他已经抵达营地了。顿时，我觉得太匪夷所思了，难道L认为我已经先于他到达营地了？不然，他怎么会撇下我顾自赶往营地呢？但是，以我的速度，是根本不可能超越他的，即使超过他，我们也会有交会，这一点他难道不明白？！或许，他想当然地认为我能认得路？反正，我至今也不明白那天他咋会这么做？

心里不由地忿忿然：就这样自顾自地离我而去，哪有这样当向导的！这也太缺少责任心了吧！但又转念一想，我觉得自己的情绪似乎有些盲目。L他是向导吗？这一点我当时并没有搞明白，谁也没有跟我说过他究竟是向导还是与我们一同攀登的山友。直至两天后，我们回到拉萨的那个晚上，昊昕再度向我问起这件事，但他也没有明确告知我L究竟是什么角色。

在我看来，如果L不是作为向导，而仅仅是作为同行的山友，那真的没啥可责怪他的。反之，则大不一样。到拉萨后的第二天早晨，我与昊昕在餐厅用早餐，我们恰好坐在同一张桌上。当时旁边没人，我觉得自己有必要向昊昕谈一下这个问题，不，应该是正式向"蔓峰"提个醒。他们作为一个专业的户外公司，有必要以更加严谨的作风从事这项工作，以免今后再发生类似事件。

我说，L的个人能力不错，体能也很好，但他的责任心不够，如果把队伍交给他迟早会出事的。你们以后应该注意，千万不能再出现这种疏忽了。昊昕听罢，表情显得很凝重，他连连点头，未再多言。由此，我便断定，L的确是他们聘请的向导。

我所站的位置是山脊的一个制高点，受风特别厉害，我被吹得直摇晃。再这么下去，会失温的。我赶紧找了个背风处坐下，大脑急速地思考着对策。这时，对讲机又响了，是 L 打过来的，他让我从面前的大坡下去。

面前的这个坡的坡度在五十度左右，深约一百几十米，上面结着冰，冰面上还覆盖着一层薄雪。而且，我又完全不知可供落脚的路径，这要是滑坠下去……

迷路、暴风雪、布有裂缝的冰坡，显然，我正面临着巨大的危险！我又想到了死亡——此时稍有不慎，必定死路一条。这是我今天第三次想到了死亡！突然，我有点怂然，立刻在对讲机里断然否定了 L 的建议。我说："你不在现场，不了解这儿的状况，这个坡上全是冰和薄雪，我又没带冰爪，根本走不了的。"

我感到现在说话也不利索了，整个脸都被冻得麻木，嘴唇也僵得很厉害，甚至感到舌头也有点发硬。我知道，现在最好就是待在原地不动，等待救援。因为，若在方向懵然的情况下盲目寻路肯定是愚蠢之举。于是，我要求营地派个熟悉这儿地形的人来接我。

在等待期间，我再次认真观察了一下周围的情况，以便思考一个备用方案，因为我担心派来的人可能会找不到我。对面山头支着几顶帐篷，与我所在位置的直线距离大概有三、四百米，那是一个外国登山队的营地。我想好了，如果无法得到救援，我就爬到那儿去寻求帮助。但是，去那儿须跨过一个很深的山谷，因视线模糊，究竟多深也看不清。而且，V 字形的两个坡面上积满了雪，能不能过去也是未知。不过，我估计比跟前这个冰坡或许要好走些。

而最让我担忧的是，即便人家愿意帮你，我也会面临另一种窘境。因为人家不可能有多余的帐篷和睡袋提供给我。这样的话，我只能在会议帐或炊事帐里过夜，尽管这不是个好办法（主要是这种帐篷没有隔层，太过寒冷），但也没有更好的选择了。

后来我明白，自己的这个设想根本不切实际。第二天早上，暴风雪停歇后，我仔细看了一下远处那个外国登山队的营地，发现下面的沟壑很深，沟壑里面全是冰碛物和尚未融化的冰层，非常难走。而坡面全是石屑，不但极陡，且还有冰雪，依我当时的体力，是不可能爬上去的。

焦急的等待中，时间在分分秒秒地过去，雪势仍在增大，落下的雪花在遮阳帽的帽檐上渐渐聚起，直至帽檐被压歪，一大溜雪嗖地从额前滑下，落在了地上。再扭头看看自己两边的肩膀，上面也已积起了雪。可以想象，此时的我一定与周围的环境浑然一色了。我赶紧将身上的雪都抖掉，免得前来救援的人届时发现不了我。

终于，在迷茫的风雪中，我看到前面山脊上出现了一个朦胧的人影。我激动地朝他挥手，并拼命地大喊，但我发出的声音立刻被疾速而至的狂风吞噬。前来找我的是厨师嘎旦。嘎旦平时不善言谈，见到我们总是憨憨地一笑。此刻的他，对我而言不啻于一个大救星。嘎旦可没像我这么激动，他显得很平静，见到我的第一件事就是让我把登山包交给他背，我坚持自己背，但他还是很执着地将包从我肩上取了下来。

看得出，嘎旦对这儿十分熟悉。他带我走的仍是刚才 L 叫我走的那个大冰坡（看来是没有别的路可供选择）。但是，走完之后，我暗自庆幸自己当时幸亏没听 L 的话，否则，就真的把自己玩完了。因为，嘎旦对这儿有着清晰的路径概念，知道怎么选择每一个落脚点。如果让我独自下去，根本不知该如何走，若是一步踏错，则必坠万劫不复之地！看来，关键时刻，必须要有自己的主见，千万不能轻信他人。

陡坡上滑溜得如同冰道，一旦失去平衡，则很难制动。这个时候我多么希望手中能有一把冰镐啊。我将一根登山杖交给了嘎旦，以便作支撑和制动。由于坡度太陡，很多地方我们都只能臀部着地，用双手撑着，一点一点地往下挪。

想起嘎旦，我心中至今仍然充满了感激。真后悔当初未与他合张影，可能真的是缺氧或失温的缘故，以致记忆变得有些浅淡，现在我已很难回想起他的面容了，但我会永远记住他。在大冰坡上的每一步，他都紧紧拉着我的手，关切的目光不曾从我身上有过须臾游离。这让我想起耳闻已久的许多关于藏族协作的感人故事。在这座世界最高峰上，不仅有着山的魅力，也同样展示着这里的人们的高贵秉性。

　　终于毫发无损地回到了 5800 米营地。对我而言，上午那 300 多米的垂直上升和下午 700 多米的垂直下降，像是坐了一回生命的过山车。从昨夜到现在，短短一天之内，竟会让我三次想到了死亡这个沉重的话题。这是一种隐示？还是一种告诫？是的，生与死，并不完全取决于纵向的时间轴线，有时，各种意外也会使这个过程出现不该有的断节点，让生命戛然而止。今天，我或是成功地越过了这个节点，让生命的轴线依然向前延续着，是侥幸？还是宿命？

↑ 这就是我曾想去求助的外国登山队的营地。营地上方的冰川一直延续至珠峰北坳冰壁

11. 最后的赘言

　　而今，当我开始提笔写这本书的时候，已从珠峰回来近一年时间了。坐在家中，静静地回忆着这一路，尽量将经历过的所有细节予以固化。死亡的

恐惧如烟缕散尽，艰辛的历程已经结束，生活又重新回到日常的轨道。从冰峰雪原上的极度粗犷的生存方式，又恢复至安逸的生活形态。这跌宕起伏与强烈的反差，会让我觉着现实生活的某种突兀与不真实。

　　去了高原，登了雪山，自己的"非分之念"好像更多了，以至会全然忘记自己的年龄早已逾过登山的最佳阶段，"野心"的膨胀系数仍在与日俱增。或许是我特别敏感于生命那有限的容量，故而使自己总是有着一种莫名的紧迫感。因为，能领略高原之美的人生的黄金期是很短暂的，其需要极其充沛的体能作保障。毫无疑问，到了一定的时候，即便你再万丈豪情，胸怀壑谷，也会觉得力不从心。

　　所以，容不得用"以后"或"将来"来宽慰、敷衍自己，必须只争朝夕地去追逐理想。有时，我也会自问，人生已到了今天这阶段，蛰伏于心中的欲望还是这么强烈，这切合实际吗？此问题还真的不好回答，但人生总得有梦，不然，生活就会缺少动力和希望。谋事在人，成事在天，机会只给予有准备的人，譬如，此次的珠峰之梦，不是成功了吗！

　　海拔 6600 米，这是我的一个新的高度。但是，实际上自己经历的一切与高度已全无关系，追求的只是对自我的超越和突破。曾经，我是那么热切地期盼着实现某个更高的海拔。但是，现在这已然不重要了，重要的是一如我在文章开头所言：只是为着与珠峰——我心中的神山，来一次亲密的接触。仅此而已！现在，我终于实现了自己的夙愿，仅凭着这一点，我想，我的人生或许比别人多了一点精彩，少了一丝遗憾。

　　从珠峰回来的当天下午，我们在定日县的扎

西宗乡落脚。傍晚时分，在摄影家老唐的提议下，我们又专程驱车近一个小时，去加乌拉山口（那儿可见到包括珠峰在内的 14 座 8000 米以上的雪山）拍摄落霞映雪山的照片。只可惜雾气太重，片子拍得不太理想。于是，第二天未待天亮，我们又再次驱车赶往加乌拉山口。这次，好运眷顾了我们。黎明的空气异常清澈通透，拍摄的效果出奇地好——这是我盼望已久的画面，也是我梦中的画面。霞光中，一座座雪峰都似披上了一层金箔，光芒璀璨，如焰如炬……

↑ 从嘉吾拉山口遥望珠峰

第四章
穿越希夏邦马

希夏邦马峰海拔高度8027米，位于西藏日喀则聂拉木县境内。希夏邦马峰由三座高度相近的姐妹峰组成，在主峰西北200米和400米处，分别有8008米和7966米的两个峰，山峰终年积雪。其在世界14座8000米级高峰中排名末位，也是唯一一座完全在中国境内的8000米级高峰。希夏邦马峰名气虽不如珠峰。但攀登难度似乎要大于珠峰，死亡率要比珠峰高出近一倍，这主要是气候太过恶劣。希峰攀登山史上最为惨烈的事件可能就是北大山鹰社的那次山难了：2002年的一场大雪崩，造成五名学子同时遇难。后来，此事件曾拍过一部纪录片，名为《巅峰记忆》。

迄今为止，全世界登顶这座山峰的人只有三百多，而登顶珠峰的人则已接近七千。对于这座低调的雪山，我之前了解得并不多，她更不是我早先计划中的目标。决定去那座山做徒步穿越，完全是被"蔓峰"的一则广告宣传所吸引而临时起意的。

不得不承认，"蔓峰"的广告宣传都做得不错，具有相当的震撼力和吸引力，但又不失真实。我还记得，这则关于希夏邦马的宣传广告文字不多，主要是以图片来突出希峰穿越路线中的亮点。看后，让我怦然心动。于是，我便决定去走一趟。

正式报名之前，我偶然在网上看到一篇走过这条线的驴友写的短篇游记，阅毕，在产生强烈向往的冲动的同时，也曾让我产生过一丝犹豫。从文章的表述来看，这条路线的环境很恶劣，笔者说他走得非常之辛苦。但是，从他晒上来的照片看，那绝对是我喜欢的风景。威风凛凛的雪山，洁白如银的冰川，碧蓝如玉的湖水，天下还有什么景致能比这更漂亮的呢！

最终，当我走完了这条线之后，真的很庆幸自己当初的决定。希夏邦马是绝对值得去的，相较于声名鹊起的珠峰东坡，希夏邦马这条徒步路线明显偏冷，目前还不太为人所知。途中的风景色彩单调，了无生机，行走其间，颇有几分孤寂之感。同是西藏的春天，目光及处，竟与我一年前去过的珠峰东坡截然不同，没有杜鹃的嫣红，没有小鸟的歌唱，除了冰雪与岩石，只有耳畔恣意呼啸的狂风。

但是，她却有着与众山峰大不相同的风格，那是一种超凡脱俗和最为原始的荒莽与刚烈，其以褐色的大块面岩石和千年冰层构成的画面，更像是地球早期地质年代的完整重现。置身于这令人敬畏的冰峰危崖之中，你仿佛是在经历时光的穿越，很难将当下的场景与所置身的现代文明联想在一起。

现在，只要我一想起希夏邦马，脑海里首先出现的不仅仅是连绵无际、银光闪烁的巨大山峰，更有无数次能引起胸腔震动的让人骇然不已的大雪崩，以及万仞冰峰下的贡措。当然，还有那个美丽的小冰湖——嘉隆措。如果让我用一个词语去形容希夏邦马雪山的特质，那就是：冷艳奇峻！后来，我偶然得知，希夏邦马藏语的译音意思就是"冷酷的女山神"。可见，人们对这座雪山的认知还是相同的。

哦！对了，还应在此介绍一下佩枯措。当你往吉隆方向行驶不久，就会见到一片蓝色的水域，那就是佩枯措。很多驴友说，西夏邦马除了雪山、冰川、冰湖，最惊艳的就是佩枯措。没错，这是一个十分美丽的湖泊，她辽阔、宁静、纯洁，倘若遇上好天气，水面便如镜子一般，会将远山清晰地倒映在湖中。平缓的湖岸有着很大的纵深，每到晚春，离岸稍近的区域会长出许多绿绿的嫩草，远远望去，像是铺上了一层薄薄的绒毛。在这苍穹之下，端坐于湖畔，会让你久久不想离去……

1. 难忘的相聚

我们的进山口子在日喀则地区的聂拉木镇（县政府所在地）。聂拉木之前我从未来过，在我的想象中，那应该也是个似曾相识的地方。因为西藏的县、镇在功能和设施构成上相对简单，区域也不大，再加上其建筑物所展露出的特殊的文化符号，故看上去都有一定的相似性。但出乎我的预料，聂拉木却是个藏文化特征不是太明显的城镇。城区夹于大山之间，又因波曲河的围绕而使之更显逼仄，伺进入，只见遍地尘土飞扬，原来这儿正在大兴土木，不少地方都打好了墙基，一幢幢新楼不久便会立起来，估计再过两、三年，聂拉木一定会漂亮许多。

此次徒步穿越与以往最大的不同是我们这支临时组成的队伍很小，连我在内只有三个人（分别是飞哥、云飘）。由于人少，"蔓峰"仅派出一位领队（兼向导、厨师）。不过，人少也有人少的好处，虽然有点冷清，但行动起来比较利落，不会出现步调不一、拖拖拉拉的情况。

飞哥约四十几岁，上海人，是个身形魁梧的大高个，他是头一回参加长距离的高海拔徒步。他没细说自己从事什么职业，但从他偶尔的讲述中可猜出其是位私营业主。飞哥性直爽开朗，还蛮好相处。

云飘是长居北京的山东人，年纪与飞哥差不多。他是路桥建设方面的工程师，因职业关系，曾在外走南闯北了好些年。云飘个子不高，但看上去蛮精干，他是位老户外，在高原上已走过好几次重装徒步。

担任我们领队的不二是位才从学校出来两、三年的大学生，人比较单纯，性格也随和，是个很不错的小伙子。美中不足的是他不太会做饭，在服务上不免有些力不从心。

需要在此提一下的是，此行除了两位牦牛工，还有一位替飞哥背东西的背工也跟着我们走。背工是当地人，叫拉巴次仁。我感觉拉巴次仁人还挺不错的，我们很谈得来，但最后飞哥与他却闹翻了，这是后话。飞哥之所以专门出钱另雇背工原因有二，一是飞哥说自己的膝盖有伤，怕长距离负重行走吃不消。况且，他是第一次走这样的长线，心里没把握；第二嘛，我想，应该是他的经济能力还不错，不在乎这点钱吧。是的，这毕竟是在高海拔区域徒步，小心无大错，多花点钱也值得。

很荣幸，抵达聂拉木那天，我们遇到了一批国内知名的"驴友"。他们全都是重装徒步者，已在希夏邦马雪山里走了八、九天，下午刚从山里出来，其中有几位过去曾与云飘一起徒过步。此时此刻，旧友相见，分外亲切，于是，大家约定晚上一同聚餐。

晚上，二十来人济济一堂，场面非常热闹。这支重装队伍是清一色的年轻人，在座的这些人中，我是年纪最长的。他们一听我是退休之人，且之前已徒步、攀登过好几座雪山，都显得很惊讶，纷纷向我举杯致敬。席间，他们叙说着一次次户外历险中的精彩片段，让我颇生感慨。

尽管自己也已多次在高原上参与登山和徒步，但是，与这么多骨灰级的户外爱好者在一起，心里还是感到特别的兴奋。在我们这个国度里，从事此类户外活动的人本来就极其稀少，而此刻围坐在一起的，又都是这个群体中的大咖级人物。可以断定，如果把他们每个人的经历都写出来，那绝对是一本很有卖点的畅销书。

之前，我认为自己对自然与自由的热爱已是够强烈的了，但是与他们相比，还是差得很远。他们对于自然与自由的热爱是一种舍弃和牺牲，这种舍弃和牺牲，既包括自己的生活方式，也包括为自己创造物质条件的既有的机会。在这个群体中，有几位为了实现自己的向往，甚至辞去了工作。这是需要相当的勇气的，也是一般人根本做不到的。我不知道这几位是以何为生？因为从事高海拔地区的户外活动是很烧钱的，好几次想问，但话到嘴边却又咽了回去。

望着他们被高原的阳光灼得脱皮的脸庞，听着他们洒脱的欢笑，脑海中留存的生活的繁枝冗叶似乎都被削净了，所有的思绪都集中于徒步这个话题。在与他们的交流中，也让我知晓了不少之前从未听到过的发生于荒蛮之境中的逸事趣闻，竟时时让我伴随着他们叙述的过往而或喜、或惊、或悲……

聚餐结束回到房间，云飘见我似乎酒酣，便问感觉可好？我说："自己向来不胜酒力，今晚略有多喝。""为何？"云飘遂问。我说："很羡慕他们，看到他们，让我想到了自己。"云飘似有不解，我说："每每见到背着行囊的徒步或登山者，我便会感到后悔，并会责备自己为何年轻时未能像他们那样迈出自由的脚步？尽管我也知道，当时的社会环境和客观条件肯定不允许，但我依然会固执地问自己，可能，这只是一种无奈的宣泄吧！"

那晚，头一次经历这种场面的飞哥似乎显得很兴奋，他大口喝酒，大块吃肉，豪情勃发之际，大声宣布："诸位，大家都是同道之人，难得一聚，今晚这顿饭由我来埋单！"呵呵！飞哥确是性情中人啊！豪爽！这与一直以来人们对上海男人所固有的"精致的市侩"的印象大相径庭。

↑ 聂木拉那个难忘的夜晚，与勇敢的年轻人们欢聚一堂

一生中，有过多少的相遇、相聚，而这次在聂拉木的相遇、相聚却是让我永远难忘。

2. 进发陆果其莫下营地

翌日九时许，一行五人开始往山里进发。今天我们前往海拔四千六百多米的陆果其莫下营地，行程约十一千米，垂直上升约八百五十米。早晨的雾气很大，走了不一会儿，贴近地面的雾开始散去，但山腰端的云却渐渐堆积起来，天上还下起了阵阵小雨，周边的景物也被遮得严严实实。

与以往的徒步穿越感觉不太一样的是，由于人太少，再说，几个阅尽人生的大男人走在一起，似乎没有年轻人的无穷无尽的谈资和交流的欲望，故走在这样的大山里面显得格外冷清。

与珠峰东坡的嘎玛沟不同的是，这一路没有任何高大的植物，真可谓满目荒芜。除了在刚进山的一段路上还见到过一些矮杜鹃等灌木外，再往上，所见多是大大小小的乱石构成的山坡。偶尔，在路边的平坦处可见一些褐黄色的草皮和叫不上名的植物。这景色让人觉得有些单调沉闷，在很长一段时间里，我连相机也没取出来。

时近中午，不二的对讲机响了，说是让我们停下来等等。原来，因驮货的牦牛在外面散放了一个冬天，几个月没好好干活了，使它们身上的野性满血复活，开始反抗主人对它们的摆布了。半道上，竟将驮着的货物甩掉后顾自吃草去了。几个牦牛工追着它们满山乱跑，费了老鼻子劲才把这帮家伙从山上给逮回来。

哈哈！我听了不由地大笑起来，这牦牛难道也想造反了？不二说，那几头牦牛看着就很不听话，而且那犄角也长得危险，但愿半路上千万别再出这种事。否则的话，把我们随带的东西给损坏了，吃住都会成问题。

不过还好，那几头牦牛后来倒是未再添乱，但这么一折腾，被耽搁近三个小时。在后来的两天里，每到出发的时候，这些蛮牛总会惹出点让人哭笑不得的事，要么是赖在山上不肯下来，要么是不让你好好捆扎货物，把那几个牦牛工给累得够呛。看来，高原上的牛的比内地的牛是要调皮得多。

让人略感欣慰的是，下午三四点钟的时候，天气开始晴朗起来，但山尖依旧被云层笼罩着。由于牦牛还没上来，我们便有意放慢了速度，走走停停，倒是不觉得怎么累。遗憾的是，周边缺少有震撼力的风景，使我们的情绪无法高亢起来。不二却在一旁宽慰道："后面的好风景可不要太多哦！别着急！"

在一个离雪坡很近的背风处，我们坐下来休息。因有云雾遮挡，身边这个原本很壮观的大冰壁一点也看不见。不二说道："这个冰壁很陡，净高有好几百米，经常会有雪崩。"话音刚落，耳畔猛然响起了沉闷而巨大的轰鸣。是雪崩？我们大叫起来。

"哦，这雪崩规模还不小呢！"不二用手指着冰壁方向说道。此时，雪崩的余声仍在山中回荡着。尽管雪崩处与我们还隔着一个宽达一千米左右的峡谷，但我们依然能感受到这摧枯拉朽般的力量。飞哥说："我还从没见过雪崩呢！还能再见到吗？"

不二笑了："放心吧，希夏邦马的雪崩是最频繁了，死于这座山的登山者差不多都是被雪崩给害的。刚才这个雪崩还不算最大，如果是更大的雪崩，隔着这个距离，人会感到很强烈的低频震动。"

待我们正要起身，附近的山上又发生了两次雪崩，只可惜依然看不到，只听得从厚重的云雾里传出来的隆隆巨响，这声音虽然没有刚才那么大，但持续的时间却是很长。可以想象，这雪崩冲击的距离一定很长。

到达陆果其莫下营地，已是傍晚七点多钟了。支好帐篷，不二开始做饭。怕他一个人太累，我便在旁帮他做下手。从他笨拙的切菜动作中我看出，不二其实并不会做饭，让他担当这个角色，只是职责所迫而已。

我问他："不二，你平时在做饭吗？"他有点尴尬地笑道："嘿嘿！不太会做，在家时都是吃现成的，现正在拼命学呢。"我说："一看就知道你是个伸手一族。现在快八点了，等你做完这顿饭，天都要黑透了。"

于是，我只好主动"篡"了位，我说："今天时间不早了，简单一点，就做面条吃吧。算你们有口福，待会儿让大家尝尝我的祖传打卤面！"

"陈哥真的会做饭？"飞哥笑问道。

"会不会做，你们就看结果吧。不二，你削几个土豆，洗几只西红柿，再拿几只鸡蛋来……"待我操起刀来往砧板上这么一切一剁，他们都不约而同地说道："哎！陈哥刀功了得呀，原来你真的会做饭啊！这下子我们有口福了。"

飞哥故意一本正经地对不二说："陈哥把你的活都给干了，你回去得把工钱结给陈哥。"我说："算了吧，等回到拉萨，不二请我们撮一顿就行了。"众人大笑。

在高海拔区域做饭，唯一的麻烦是温度上不去，必须借助压力锅。好在我们带了两只压力锅，一只煮面，一只炖菜，不一会儿，香喷喷的打卤面就端上了餐桌。飞哥、云飘他们一边狼吞虎咽，一边不停地竖起大拇指："真香！好吃！好吃……"我说："这辈子头一回在高原做饭，心里也没底，生熟都不知道呢。"

"不！不！熟了，当然熟了，好吃！真的挺好吃！陈哥，明天再做这个，香！"

吃过晚饭，待收拾完毕，天已有点黑下来了。我刚钻入帐篷，不二就将一只灌满开水的保温杯送了过来，并略带歉意地说道："今天让你做饭，有点过意不去哈……"

他的一番郑重其事的感谢反而让我觉得有点不好意思，我说："没啥过意不去的！难者不会，会者不难。再说了，我自己也要吃的呀！大家走到一起，就不要太分彼此了，以后做饭的事我包了吧，你只要给我打个下手就行了。"

说实在话，爬了一天的山，大家都很累，若由不二这个技术生涩的"厨师"来为我们做饭，而我却坐那儿跷着脚等着吃现成，不但于心不忍，从情理上也很说不过去。累就累点吧！做人嘛，最终还是要图个心安理得，能帮就尽量帮人一把，这不算多大的付出。

喜马拉雅之雪

↑ 途中小憩

↑ 自告奋勇，当起了义务炊事员

3. 冰山下的绿宝石

今天的目的地是希峰南坡大本营，行程约十五千米左右。在雪山上跋涉过的人都知道，在如此高的地方，若徒步距离超过十千米，疲劳感就会陡升。因此，今天注定是特别辛苦的一天。当然，更虐人的是，今天全程都是 M 型的大坡，且海拔也比昨天要高出不少，从四千六百多米直至五千三百米以上，最高处甚至比珠峰大本营还要高出近百米。

考虑到今天路途较远，故出发的时间比昨天提早了些，九点不到就启程了。风很大，吹得脑袋也有点发胀。虽说昨天这一路景致单调，但至少还能看到一点植被，而今天，目之所及，则全是冰雪和岩石。此时的希夏邦马，渐渐显露出极度冷酷的面目。

从营地出发约一个多小时后，我们来到了一个很陡峭的山坡下，抬头仰望，坡上全是很大的乱石，根本看不出路的痕迹。不二一再关照大家注意看路，千万别崴脚。是的，要是在这种地方崴了脚，那麻烦可就大了。

由于没有现成的路可走，我们多是在乱石堆里爬上爬下，再加上山势太陡，走得特别费力。在快要到达坡顶的时候，我渐渐觉得右腿的腓肠肌开始胀疼。我知道，这肯定是昨晚的抽筋造成的。自从十几年前右腿腓肠肌撕裂过后，一旦疲劳，就很容易痉挛。现在才走了不到两个小时，就出现状况，这可不是个好兆头。

中午时分，我们走入了一个山谷。山谷的左侧是一个大坡，坡脊线上展现着一座异常壮美的雪山，其山势十分峻峭，不少山体的突出部位因呈垂直状而无法积滞冰雪，形成了零乱的岩石节理。而在巨大的岩石凹陷区域，又覆盖着大体量的冰川，如同高墙一般凝固于岩面上，而冰川之上则堆积着近日刚下的新雪。新雪太厚，在重力作用下，上层的雪在不停地从高处往下倾泻。松散的雪流经强风一吹，即纷纷扬扬地散开，形成一团团白雾。

经问方知，眼前的这座冰峰是颇有名气的冷布岗雪山的东峰。这座山的照片以前曾在网络上看到过，只是现在身临其境，再加上处于仰望的状态，巨大的冰峰高耸入云，像是浮在天上一般，完全认不出来了。从我所在的位置看过去，这座山与我们的直线距离似乎并不远，最多只有一千多米，这立刻让大家产生了欲与之亲近一下的冲动，便不由地加快了步伐。可当我和云飘、飞哥一起爬上大坡的顶端时，才发现我们所站的地方与冷布岗东峰之间竟然隔着一个深约一百米的大峡谷。

好不失望，现在我们与东峰只能隔谷相望了。不过，让我们欣喜万分的是，对面的雪山脚下，竟然有一个面积约为三四个足球场大小的冰湖。看得出，这个冰湖中的水都是由堆积在冰壁上的坠雪融化后形成的。在阳光的作用下，碧色的湖水显得异常美丽。

云飘跟我说道："陈哥你看，这水到底是什么颜色？"

这猛然一问，还真让我有点吃不准："好像是天蓝色吧？但是，也不像……"

天蓝色肯定不对。他指着雪山上方的蓝天说道："对比一下，其实两种颜色差别还是很大的。"

是的，他说得没错，再细看，觉得这水的颜色既不像蓝又不像绿，而是蓝中透绿，绿中又透着蓝。如果用某一种颜色作参照的话，应该更接近于祖母绿的色谱。在西藏见过多少个大大小小的湖泊，感觉每一个湖泊的颜色都有些差别。同样，若要准确地说出每个湖泊的色彩，似乎是一件很困难的事。

由于谷底皆有高坡阻挡，空气流动甚缓，故湖水恍若凝脂，竟无一丝涟漪泛起，乍看上去，犹如在雪山脚下镶嵌着一块靓丽的绿宝石。"这画面实在是太震撼了！"我说，"即便我们走的这条线仅有这么一道风景，也是值得来一趟的。"不二笑道："好风景还有，过几天你们要去的贡措比这还要漂亮呢！"

是吗？这让我对后面的行程更是充满了热切的期盼。平心而论，这已属于顶级美景了，而要超越它，似乎是不可想象的。几天后，当我们抵达贡措，才知不二所言非虚，贡措实在是美煞人。但两者之间没什么可比性，只能说各具其美。

我突然想起，待了这么些时间，还不知道眼前这个冰湖叫什么名字呢！我问不二。此时的不二正在离我三四米远的地方拍全景，他侧过脸大声回答："这个湖叫嘉龙措。"哦！嘉龙措！从此，这个名字便深深地印在了我的脑海里。

当我将镜头对准嘉龙措和上方的冰川时，突然发现，我们所处的拍照位置太高，俯视的角度太大，再加上距离近，取景的范围受到限制，构图不太理想。现在，要想拍到理想的照片，最好的办法是走到谷底去。但是，如果直接从这儿下去，坡太陡，不管是下还是上，都会非常累。当然，时间也不允许。无奈之下，只好将就了。

其实，从当时拍出来的效果看，片子还是挺漂亮的，可能是自己的要求太高了。从美学角度讲，对于摄影作品的完美程度的追求是无止境的，没有最好，只有更好。但拍摄的条件往往要受到客观条件的限制，是无法完全遂愿的。

后来，别人告诉我，去嘉龙措湖边可以沿坡脊往左侧走六七百米，然后再往下绕行半个多小时就可以了。从那个位置走，坡度会缓许多，走起来也没这么累。但现在想想，即便当时知道下去的路径，这来回至少需两个小时，也是耗不起的。

过了嘉龙措后，接下来的近三分之二行程非常难走，其中有很长的一段是反复上下的乱石坡。乱石硕大，相叠互垒，行走其间需手脚并用才行。海拔也越来越高，至五千一百余米的高度时，人竟然犯起了困，脚踩在地上有点飘飘然的感觉。显然，这是缺氧的症状。从中午到现在，短短几个小时里，海拔陡然上升了近七百米，再加上负重二十来斤，身体尚未完全适应。

但是，这并不令我太担心，凭着自己多年的高原经验可以确定，这属于轻度高原反应，并无大碍。现在最困扰我的，还是因抽筋引发的右腿腓肠肌的疼痛。现在，随着疲劳程度的增加，右腿开始越来越不得劲，像是有一根很粗的皮筋在后面拽着自己。好几次，遇到乱石坡，右腿竟然发不出力来。最后，只得完全借助双手爬过去，这让我感到十分狼狈，也更担心后面的行程能否顺利。为了不拖累队伍的行进速度，现在唯一的办法只有硬扛着。因为在这种恶劣的环境下，你根本得不到任何外力的帮助，再累再难必须得靠自己去克服。

　　下午六点左右，我终于步履蹒跚地抵达了南坡大本营。在最后的两三千米行程中，觉得自己随时会倒下。还好，最终没有彻底崩溃。我想，这或许就是所谓的挑战自我、战胜自我的过程吧！我跟不二说，要是距离再长一些的话，自己可能就会撑不住。不二却有点不以为然，笑道："不会的，这只是到达目的地后的心态，如果你现在还在路上，那肯定仍在一步步地往前走，绝对不可能躺下的。"或许，他说得没错，在此后的数次高原徒步或雪山攀登中，仍有类似的困境遇见，但没有一次放弃过自己的坚持，哪怕是再艰难的坚持。有时候，意志的韧性与张力是无限的。

↑ 蓝宝石一般的冰湖——嘉龙措

↑ 冷布岗雪山

4. 无名湖畔的惊艳

按照既定安排，今天应是最惬意的一天，活动的区域就在这一带，故无须更换营地。本来是可以睡个懒觉的，但是，天还未亮却已醒来。一看表，才六点左右。在雪山上，天亮得特别晚，至少要比下面延后一个小时。再也睡不着了，干脆起来吧。昨天，不二说过，如天气好的话，一定要拍一下日照金山，千万不要错过。

昨天到达营地后，尽管非常疲惫，但我还是仔细地勘察了周围的地形。在离营地三四百米远的地方，有一面积仅三四平方千米的湖泊，水不深，却很清澈。虽然大部分湖面还结着冰，但靠近营地的那片水域的冰已融化，只要晚上降温时不再结冰，拍摄雪山倒影应该不成问题。

穿戴完毕，走至湖边，天色依旧很暗，只好原地等待。雪山的黎明，气温很低，风虽不大，但吹在脸上却似刀割。不一会儿，就感觉脸直发木，双脚也开始有点发疼。无奈，赶紧沿着湖边快速踱步，以让身子暖起来。

正大步走着，忽见前面有几个黑乎乎的庞然大物挡住了我的去路，心里顿时一紧：是狼？不太像，狼没这么大。是熊？也不像。连忙取出强光手电照过去，一看，不由地扑哧一声笑了出来，原来把自己吓得不轻的东西竟然是给我们驮物的那几只牦牛。

湖边有些稀疏的小草，它们一定是吃饱了卧在这儿反刍呢。由于气温太低，这些牛的身上已结起一层厚厚的冰霜。牦牛真是太厉害了，竟然能在如此恶劣的露天环境下过夜。想起它们爬坡驮物时口吐白沫、气喘吁吁的情景，我实在不忍心打扰它们的休息。于是，我便停住然后放慢脚步，悄然往后退去。

东方渐渐泛白，天快亮了。今天肯定是个好天，雪山上只有不多的薄云静静地飘浮在下端的冰川上，见到日照金山应是大概率的事。云飘很兴奋，在旁说道："陈哥，咱们人品好，你看，老天爷也眷顾着我们。"一路过来，云飘总是把这"人品"二字挂在嘴边。不过，他说得没错。人品如何咱暂且不论，反正这次进山以来，遇见的都是好天气，该观赏的景一个也没落下。

看雪山的日出或日落，就像是在观看一部大型的舞台剧，也有序幕、发展、高潮、尾声等几个阶段。其过程不乏让人惊叹、激动乃至震撼。由于空气的通透度很高，晨光毫无阻挡地投在了无名湖后面的古尔卡波日与彭唐卡波日雪山上，使山体的细节展现得纤毫毕露。此时的光线尚无明显的色彩，但体量巨大的冰坡雪崖上已是银光四溢。可以想象，待缤纷的霞光出现时，这景色该有多么动人！

古尔卡波日与彭唐卡波日这两座雪山的海拔分别为6889米和6830米，由于冰川都十分发达，故望过去极具美感。出于对登山的爱好，我对可能的攀登路线看得格外仔细，尽管仅凭肉眼观察是不可能搞清楚的，但总是会以难以抑制的冲动去臆断。

从外形上看，这两座山虽不像南迦巴瓦那样如剑似锥，高耸入云。但是，也绝不是能轻易攀登上去的。因为其通往顶峰的每一个坡面不但陡峭，且积雪都特别厚。而有些地方还留有新近刚刚雪崩过的痕迹，这似乎是在向外来者发出某种警告。在山脊线上则可看到非常突兀的断折处，这种冰川和岩石上的断折处的垂直高度至少都在百米以上。可以想象，攀行于这种地方，是很容易遭遇不测的。

不知不觉间，两座山峰的顶端已被霞光染红，出巢的山鹰开始悄无声息地盘旋于空中。在嫣红的光芒中，山鹰借助于高山的气流轻盈地展翅翱翔，像自由的云，像恣意的风。山谷里的雪鸡兴奋地啼叫着，高亢而婉转，雪山正在苏醒……

这画面充满了大自然的魅力，粗犷而细腻，豪放而灵秀。我看呆了，忽然觉得若是成为无拘无束的雪山之鹰也是最幸福的。转而一想，这念头若从藏文化的视角看，似有点荒诞。因为鹰在藏族人的眼里是神鸟，是天绳，幻想成为鹰，会不会有些虚妄甚至是冒犯了。

与所有的日照金山过程一样，霞光于洁白的冰雪中像是在画纸上渗色一般，由通红的点状慢慢地向整座山头铺开。大约七八分钟后，连为一体的两座雪山开始变得通红通红。无名湖的湖面虽是半冰半水，而未结冰的那部分昨晚却并未冻住，只是在水面产生了少量薄薄的冰碴。此时的湖边已无一丝气流的扰动，湖水波澜不惊，宛若银镜，火红色的雪山完整而清晰地映现于水中。岸上水中，山山相衔，一时竟不知该用什么词汇去形容这美妙绝伦的画面。浮光跃金，静影沉璧……此时，脑海里忽然跳出了《岳阳楼记》中的佳句，其虽是描写月夜下的湖水，但用于形容眼前的景观似乎更为贴切。

或许是希夏邦马地区的空气特别干燥的缘故，从霞浴巅峰直至洒遍整座山体，色彩的变化似不像别处的雪山那么复杂，光谱也显得较为单一，只是色彩稍有深浅变化而已。然而，当霞光艳至极致时，古尔卡波日与彭唐卡波日像是被涂上了一层厚厚的金粉，绚丽而耀眼。苍穹之下，这炽如烈焰的冰峰，顶天立地，气势如虹！

面对这样的景色，观赏的欲望要远远强于拍摄的冲动，因为按目前已有的摄影器械来看，哪怕是最高档的相机也难以保证被摄景象达到百分之百的保真度。好多次，当自己兴冲冲地将以为是"顶级"的照片带回家放到电脑上一看，总觉得效果还是逊色了许多。我想，除非今后能有理想的3D摄影器材，才可让作品的美感不打或少打折扣吧。

云飘在一旁说道:"哎?陈哥,你看咱一路过来,希夏邦马的风就没消停过,现在这儿怎么连一点儿风都没有呢?真得感谢老天爷。不过,说到底还是咱们人品好哇!真的!"

我不由地发笑:"你这话说了多少遍了!你以为真跟人品有关系呀?"云飘显得很认真地说:"是呀!陈哥,你看,到现在为止,我们都是求仁得仁,太难得了。"

不过,这次能在南坡营地见到这么漂亮的景色的确有些出乎我的意料,因为之前似乎很少看到过对这个营地的介绍文字和图片。或许是由于这个无名湖太不出色,也或许这是个季节性的湖泊,并未固定在人们的记忆里。当然,还有一种可能,即西夏邦马这条徒步线路较新,影响力还不够大。

昨天傍晚,我站在湖边时,觉得这个湖十分平淡。因水太浅,水色也显得黑沉沉的,全无惊艳之处。大自然真的太像一个魔术师了,竟然能在特定的时段里,用这么一片毫不起眼的水域,把古尔卡波日与彭唐卡波日这两座雪山映衬得如此辉煌美丽,这实在是一个大大的意外惊喜!

↑ 无名湖畔的古尔卡波日与彭唐卡波日雪山

5. 冰川的眼泪

按照既定安排，今天去观赏希峰的南坡冰川。吃过早饭，不二便带着大家前往。南坡冰川离营地不远，直线距离大概不到一千米。一路风柔日丽，白云如絮，天气好得出奇。这也是最轻松的一天，仅就体力消耗的强弱而言，感觉今天跟度假差不多，只有略显急促的呼吸在时时提醒着自己，这是在空气稀薄的雪山上。

约走了半个小时左右，我们便来到了冰川的下端。很遗憾，南坡冰川的景象是令人失望的，因其冰体已明显退缩，山崖上露出了大片深褐色的岩石。而山脚下的缓坡上铺满了大大小小的乱石与石屑，这是冰川退化所形成的冰碛地貌。令人不解的是，在冰碛的下延地段，居然还有些残存的冰雪。一般而言，上面的冰雪要比下面的冰雪更不易融化，而眼前的情景却是相反。这的确是个非常奇特的现象。

站在这片面积不大的冰雪之上，看着周边这带有灾难性痕迹的雪山，心里全然没有了前几天的兴奋劲。我估摸着，这个区域的冰川退化时间不会太早，或在近十年内吧？但拉巴次仁说的一番话却让我大吃一惊。

他说这个冰川四五年前还延至我们所站立的位置，与冰川相衔的地方就是一片草滩，他的牛群常在那儿吃草饮水。我觉得非常不可思议，他见我一副似信非信的神态，便又说道："你想想，我们赶着牛走到这儿需走两天呢，要不是这儿水草好，怎么会大老远地跑过来？"

仅仅四五年时间呀，冰川能退化成这般模样？若不是拉巴次仁的一脸认真，我怎么也不会相信。我细细观察着周围，竭力在脑海里想象着这儿的原貌。希夏邦马同属喜马拉雅山脉，毫无疑问，冰川的性质亦属大陆型。所以，其形态自然与珠峰的绒布冰川相同。而绒布冰川，尤其是从海拔6500米（前进营地）至7028米（1号营地）之间的那片广袤的冰川气势相当恢宏。而这儿由于地貌所限，冰川的规模虽不会很大，但因山谷深邃，其厚度肯定相当可观。

抬颔望向山体的上端,那儿的海拔估计比我站立的位置要高出四五百米,目光所及,皆皑皑银色。于雪线处可见到凝固于褐色岩面上的冰川,其厚度至少有二三十米。我跟拉巴次仁说:"那再过两年又会怎样?会不会连现在看到的这片冰川也没了?"

拉巴次仁摇摇头:"那倒不会这么快。上面海拔高些,气温也更低,融化的速度肯定要比下面慢。但是,到了一定时候,冰川即使没化,在坡度陡的地方它也会一点一点垮下来。"他说得没错,冰川所附着的岩面看上去很光滑,如果冰层稍有软化,就会失去附着力,再加上斜坡形成的引力作用,冰川将难以稳定。

这时,拉巴次仁像是自言自语地喃喃着:"雪山上要是没了冰川,也就没了保佑我们的神灵,到了那个时候,灾难就要降临了。你不知道,每座雪山都有神灵的,跟人一样,每个神灵都有不同的责任和分工,他们每天要巡山,要看护生灵,有很多事情要做的。"正说着,山那边忽传来阵阵雪崩的轰鸣声。我顺着响声望向高处,但未见有雪雾弥散。拉巴次仁说:"这可能是山背面的雪崩,不知哪个山神又在发脾气了!"

虽然我是个无神论者,但我觉得拉巴次仁所说的神灵显然不是信口雌黄的东西,其背后定然有着藏民族的认知逻辑。藏族同胞普遍接受的神灵之说,实际上包含着对大自然的敬畏和顺应的理念,这是一种智慧,也是一种哲理。从人类生存、发展的角度看,善待自然就是善待自己,两者绝对是相互依存,相互统一的关系。若以违背客观规律的人定胜天的态度去对待大自然,那必然会遭到大自然的惩罚,这也早已被无数事实证明。因此,拉巴次仁的担忧是有充分理由的,若没了冰川,青藏高原的大片土地将会因失去水源的涵养而荒芜,届时所造成的恶果将是我们人类无法承受的。

我想爬到上面的冰川去看看,对我而言,任何一处冰川都有着极大的吸引力。拉巴次仁一听,连忙向我摆手:"不行!绝对不行!这里的冰川蛮复杂的,裂缝很多,你没有带装备,上去太危险,万一掉到裂缝里那就完了。"

拉巴次仁作为土生土长的当地人,对这儿的情况肯定相当了解,必须听他的，所以，我便不再坚持。临走时，拉巴次仁提出让我给他拍张照，他说他已记不清有多久没照相了。他很仔细地整理了一番服饰，然后站到一个高处，背着双手摆了个很酷的造型。我笑道："哇！你这架势挺像个大领导啊！"拉巴次仁被我逗得哈哈大笑。

我说："届时挑张最好的寄给你。"拉巴次仁嘿嘿笑着："多印几张，多印几张。"

"行！你放心吧！等到了有信号的地方你把地址发给我。"拉巴次仁说："路上估计不会有信号，等到了村里吧，村里有信号，到时候你们顺便上我家坐坐，尝尝我老婆做的酥油茶。"只可惜，因为分手时飞哥与他闹翻了，他家最终也没去成，其邮寄地址也未能给我。至今，拉巴次仁的照片仍静静地搁在我的电脑里。

唉！说到飞哥，还有一个小插曲，至今想起来仍让我忍俊不禁。那天的晚饭依旧由我来操持，在不二和云飘的帮助下，我做了一大锅香喷喷的蘑菇、土豆炖土鸡。开饭时，飞哥见如此美味的菜肴，连呼："大餐！大餐！"遂酒兴大发，忙取来一瓶五粮液，说是要与大家喝个痛快。但不二却不同意大家喝酒，他说现在扎营的地方海拔这么高，喝酒容易犯高反。

不二说得没错，在海拔五千二百多米的高山上喝酒的确存在风险，他作为领队理当阻止，我们也都劝飞哥不要喝。飞哥顿时一脸的不高兴，抓起帽子往头上一扣："不吃了，我睡觉去！"说完，就离开炊事帐朝外走去。我们面面相觑，不知如何是好，不二忙跑去叫他，但飞哥躲在帐篷里不肯出来。不二略显无奈，只好折返。"唉！算了"，我说，"一顿好饭别坏了气氛，要么折中一下，让他喝，但一定要少喝。"

我走到他的帐篷外连喊了好几声，飞哥却蜷缩在铺上哼哼哈哈地应付着，仍不肯出来。没辙，我只好把"底线"亮了出来："行了，行了，别耍脾气了，让你喝，让你喝，我也陪你一块喝，但要少喝点。"这句话起到了很好的引诱作用，就像是醇香的五粮液已端到了他跟前。只见他立马披上外套，蹭蹭几下就钻了出来。我在一旁看着直想笑："一个四十几岁的大男人，怄起气来怎么跟小孩似的，说来就来，说好就好，这也太搞笑了吧。"

最终，美食和美酒将飞哥的所有不快驱赶得一干二净。他一边吃，一边不停地赞叹："好吃！太好吃了！"不停地跟大家碰杯。完了还拼命给自己圆场："你们看，辛辛苦苦把酒背上来，不喝多可惜呀！总不能再背回去吧……"那晚，飞哥最终还是没少喝，虽到未酩酊大醉的地步，至少也是微醺，可他却硬是说自己只喝了平时三分之一的量。哈哈！这个飞哥，真逗！

↑ 消融的希峰南坡冰川。照片中显示的褐色岩石上，几年前还覆盖着厚厚的冰川

6. 咆哮的冰雪

清晨，天才蒙蒙亮，我就被帐篷外的藏雪鸡的啼叫声给吵醒了。这些藏雪鸡胆子真大，竟跑到帐篷边找食吃。遂拉开帐篷看天，哦！残月西斜，星斗高挂，今天依然是个好天气。再睡回笼觉已是不可能了，干脆起来吧。穿戴完毕，又觉得无事可干，待在帐篷里很是无聊，便鬼使神差似的拿起相机又走到无名湖边。

与昨天早晨的情景一模一样，依旧无风，雪山的倒影静静地躺在水中。我忽然决计今天不拍照了，就一心一意看风景。是的，该拍的画面昨天都拍摄了，应该留些时间好好地观赏。我常常觉得，雪山前的独处，不仅仅是对美的欣赏，也是心灵的洗涤和升华，在寂寥的沉静中，能让我感悟到很多很多……

又是一段漫长的等待，时间像魔术师一般演绎着天色的变幻，东方渐渐开始泛白，雪山的轮廓渐次清晰起来。继而，山际线上出现了细细的金色光带，随着光带的慢慢消失，整个山脊变得通红通红，附着在山体上的云彩在山风的吹拂下，像抖动的火焰，向着空中凌乱地升腾着。不一会儿，雪山和天穹变得五彩缤纷，绚丽夺目。奇怪的是，与昨日一模一样的日出过程，今天看着又是一番新的感受。

不知什么时候，飞哥和云飘也来到了湖边。飞哥说道："陈哥，你干嘛不拍呀？"我说："昨天不是都拍过了吗？今天就坐这儿欣赏了，我要把这美景刻在脑子里。"

云飘又接着说："你没发现吗？今天的景要比昨天漂亮哎！"我不由地笑了起来："摄影的人都这样，即使是同一座山，同一个景，也总是觉得今天的要好过昨天的。"

"不是！不是！"云飘连忙说道："感觉今天的景是要比昨天漂亮，真的。"

其实，昨天清晨和今天清晨，天气状况几乎完全相同，都是澄澈无云，碧空如洗。如果要说有什么不同的话，那显然只是自己的主观感受而已，因为雪山上的每一次日出都是一场磅礴无比的实景演绎。

最终，我还是向着古尔卡波日与彭唐卡波日雪山举起了相机。毕竟，金色的雪山永远充满着诱惑。当然，我的内心还是有一点不确定性，万一今天的效果真的强过昨日呢！所以，再拍上几张，只是想给自己留点弥补不足的冗余。

今天的目的地是陆果其末上营地，行程十五千米左右，海拔下降约七百五十米，其中有一部分是前天来时的路。按理，一路下降，应该走得轻松才是。但突然发生的一个小意外却让我走得有些难受。可能是下坡太多，路况又差，也可能是鞋子不够合脚，才走了两个来小时，右脚的两脚趾上竟都蹭掉了一块皮。由于坡度太斜，脚趾与鞋子摩擦得很厉害，走起来生疼生疼的。如此一来，后面的行程就成为不大不小的折磨。

人啊，有时想想挺强大，有时想想真是脆弱，这么一点点的小伤口也能让你觉得很不自在。为了尽量减少痛楚，我只好在一些坡度大的地方侧着身子走。飞哥在后面看着直乐："陈哥，你是学螃蟹走路呢！"

这家伙，还幸灾乐祸呢！我说："蟹也好，虫也罢，现在只要能走路就行，管不了那么多了。"但是，让我底气未泄的是，今天的身体状况却非常好，没有任何高反，甚至连一点点头痛也没有。显然，几天下来，身体已完全适应了。所以，脚上的这点伤除了疼痛和不便，并没有给自己带来什么心理负担。

中午时分，我们遇到了一次非常震撼的雪崩。其实，雪崩在希夏邦马雪山是很平常的事，几乎每天都能遇到。但由于当时我们正行走于峡谷状的地形中，雪崩的低频震动被周围的山体挡住，声音一时扩散不出去，在山谷里回荡了好久，仿佛百面大鼓在同时捶击，穿云裂岩，势如雷霆。

正当我们以为雪崩已经结束时，却见不远处的冰崖上又弥漫起了一片巨大的雪雾。雪雾在山风的推动下，不断地向空中升腾着。可见，刚才这场雪崩的规模有多大！我们都看得目瞪口呆。如果距离再近一些的话，我们一定会感觉到雪崩造成的冲击波。

我问拉巴次仁，这么大的雪崩你们遇到过吗？他告诉我们，他年轻时村子附近的山上常会有雪崩，比这厉害的也遇到过。有一次，他还差点被雪崩打下的石头击中。但现在雪线往上萎缩了，大的雪崩要少多了。

待我们走出山谷，只见对面不远处的一处山崖上裸露着一处很长很宽的岩体，其上端还不断地有流雪泻下来。显然，这就是刚才雪崩的位置。我取出望远镜仔细观察，发现十几分钟前发生的不仅仅是雪崩，而是雪崩与冰崩同时发生。

不二向我们解释道:"现在已是中午,雪应该有点被晒软了。一般都是最上层的雪滑动才会导致整个雪层的崩塌,像这种位置很高的雪崩也有可能是冰崩触发的。由于山体岩面的平陡不一,只见冰川的断层恰好处在一个凹凸交界的地方,从地形上看,这儿原先应该是一个很厚的悬冰川。而断层以下约一百多米长、几十米宽的地方已经没有冰雪了,只露着深褐色的岩体。粗略地估算,这片刚刚崩塌的冰雪至少有上几千立方米。"

不知为何,我突然对雪崩产生了某种实实在在的恐惧,这种恐惧程度甚至超过了自己当年站在导致中日联合登山队全军覆没的梅里雪山山难现场时的感受。梅里的那场大雪崩形成的强大冲击波使得山脚下的大片森林被摧毁,无数棵二三十厘米径粗的大树竟像火柴棒一样被生生地折断。

雪崩的威力实在难以想象。远距离观赏雪崩,会觉得很震撼、很壮观,那是因为你身处绝对安全的地带。但是,倘若你是处于雪崩的波及范围之内,成千上万吨的冰雪遮天蔽日般地砸将下来,用不着细想,那肯定是一场无可躲避的灭顶之灾。

↑ 雪崩的瞬间,在强大的气浪冲击下,雪雾骤然升腾

没过一会儿，冰峰之下又泛起了一片淡淡的云层，轻轻地浮在峭壁上。不二说："这其实不是周围飘过来的云，而是刚才的雪雾沉降形成的水汽。"在阳光的映照下，冰壁的中段渐渐挂起了一道半圆形的彩虹。此时的雪山显得格外的安静，甚至还带着一丝妩媚，好像刚才这里不曾发生过雷霆万钧般的雪崩，这摧枯拉朽般的迸发肆虐与它毫无关系。

我猛然想起了2002年8月7日发生于希夏邦马的那场因雪崩导致的令人痛心的大山难。可以想见，多少年前的某一时刻的瞬间咆哮结束之后，刚刚夺走5位年轻的攀登者生命的雪山也是如此的安静。

经历过多年的雪山之旅，应该懂得，这种安静不但显得突兀，更是显得可怕，它只是下一次天崩地裂般的爆发的蓄势过程，也仿佛是某个具有巨大力量的神灵的刻意掩饰，缄默与温柔只是它的表象。

离开发生雪崩的那片区域后，我们便进入到一段很漫长的上坡，坡度不算太陡，但脚下全是乱石，走着十分费劲。这是前天从陆果其莫上营地去南坡营地时走过的一段老路，周围不但看不到养眼的风景，甚至连一棵草也找不到。没想到景物的转换竟会如此之快！没有美景相伴的旅途总是枯燥的，很长一段时间，我们只是机械地迈着双脚，走得很累很累。

希夏邦马就是这样，观赏指数总是大起大落，时而让你兴奋不已，时而又让你兴致索然。不知走了多久，我们终于到达了今天海拔最高的一个山口。云飘走在最前面，他像是发现了什么，突然加速往前走去。没走几步，又猛然回过头来朝我们大喊："快！你们快点过来，看！这景色多棒呀！"我们几位赶忙一起奔了过去。

哇！正前方是一片呈纵向排列的群山。湛蓝的天幕下，翻腾的云海，托举着皑皑冰峰，寒光耀日，气贯苍穹。从方向上判断，展示在面前的应该就是在加乌拉山口所看到的那一溜漫长的山脉中的一部分。这些山的高度皆在海拔六千多米，有些更是超过七千米。虽然，我们叫不出这些雪山的名字，但每一座山都非常漂亮，非常耐看，其观赏指数绝对不亚于那些著名的雪山。

↑ 壮哉！湛蓝的天幕下，翻腾的云海，托举着皑皑冰峰

我们连忙取出相机，好一顿肆意狂扫。此刻，只嫌所带的镜头广角不够，难以完美地记录这群山的宏伟。拉巴次仁走过来说道："哎呀！你们都是有福分的人哪！这儿常常被云雾遮住，像这样的这景象一般是很难看到的。""真的？"

"当然是真的，我走了多少次了，也没遇到几回。"拉巴次仁一脸认真。

让他这么一说，我们顿时兴奋起来。云飘又得意扬扬地将他的"人品论"搬了出来："怎么样？我说得没错吧！人品好，运气就好！"

从山口下来之后，暴露感很强的雪山、冰川便离我们越来越远了，海拔也渐渐低了下来。眼前的景色也出现了很大的变化。在翻过一道山岗后，展现在我们面前的是一片类似于草甸的缓坡。这个区域的海拔仅四千三百米，再加上近处没有雪山阻挡，估计有少量的暖湿气流可以到达。因此，坡上随时可见到一些稀疏的青草散落在贫瘠的土皮上。

然让我感到惊奇的是，在浅浅的草丛中竟然还开着一些叫不上名的野花，山风吹来，色彩各异的花朵轻轻地摇曳着，像是特意在我们面前展示其动人的姿容。五月，正是内地春暖花开的时节，但希夏邦马雪山却是干燥寒冷！难道这些花儿也要迫不及待地去追赶春天的脚步了？在极尽蛮荒的高原雪山上，零落的花儿默默地生长，默默地枯萎。它们籍籍无名，孤寂如斯，纵然无人关注，无人欣赏，却依旧面向苍穹，恣情绽放。

看着这些花儿，我心里竟涌上几分感动，它们像是一直在此等候着我们。有人说，植物也是有感知能力的，但愿它们真有。若此，今天这些花儿也一定会为遇见我们而感到高兴。因为，它们展示了自己的姿容，我们也欣赏到了它们的美。不知这偶遇，是花儿的荣幸？还是我们的荣幸？

漫漫长路尚在前方，别了，雪山上的花儿……

↑ 雪山下，这些籍籍无名的野花，面向苍穹，恣情绽放

7. 一日困顿

早上钻出帐篷一看，哇！又是个大晴天。简直神了，难道真的应验了云飘"创造"的"人品论"？金色的霞光慢慢染红了聂朗日和摩拉门青雪山。这两座山现在离我们很近，由于山谷的上端有一道高坡横亘在面前，故仅仅露着两个呈尖锥状的山巅。因其岩体立面极为陡峭，很多地方无冰雪积存，尤其是西北侧的峰面，更显得危崖万仞，形似斧砍刀削。所以，从我们这个

方向看过去，这海拔七千多米的高山并未披雪挂冰，却是傲然陡立，险峻挺拔，一副桀骜不驯、睥睨群山的气势。

此番景致虽无南坡无名湖边那样的水中倒影的衬托，但仍觉异常美好。飞哥在旁说道："各有其美！各有其美！"是的，飞哥说得没错，美是多种多样的。眼前这景或少了些许旖旎，却多了几分冷峻与粗犷，同样不失分。

云飘随即显得得意起来，他刚要开口发声，我便抢先截住："你是不是又要开始兜售你的'人品论'啦？"云飘笑道："哎！真让你说着了。你们看，从进山开始到现在，每天都是艳阳高照，事实证明咱们人品真的不错哎！"大家又是一阵会意的大笑。

今天的目的地是贡措。之前，不二曾很郑重地跟我们说过，贡措是此次整个徒步线路中最漂亮的一个点，这使得我们对它寄予了特别高的期望。所以，今天每个人都显得有些亢奋。但是，今天注定也是非常辛苦的一天，因为是一路爬坡，海拔上升达七百米左右。当然，脚趾上的伤口也让我对今天的行程有些担心。昨晚睡觉时仔细检查了一下伤口，发现右脚两脚趾上的表皮磨掉的地方，露着鲜红的肉，渗出的血将袜子也染红了。不巧的是，这次连创可贴之类的东西都忘了带上。无奈之下，只好将消炎的药粉洒在伤口上涂抹一下了事。

上午十点左右，我们正式出发。动身前，我问不二，今天的行走距离大概是多少？不二说，要比昨天近得多，大概十来千米吧。当时听了感到挺高兴，觉得今天虽走上坡，但至少路程短了。但没想到的是，不二给我们提供了一个不准确的数字，实际上今天的距离是十五千米左右，这个错误的信息导致我后半段行程走得特别受罪，这留待后面再细说。

今天这一路，基本上都是穿行于几座雪山之间的峡谷和山腰之中，按理，应一路都是美景才对。但是，恰恰是因为距雪山太近的缘故，以至身在此山中，却难识真面目。面对着眼前这些暴露感极强的崖壁、雪坡、沟壑，反而拍不出完美的画面了。更由于身边的山体挡住了远景，再加上随着太阳的偏移，好多时段都呈逆光状态。所以，这一路照片拍得很少。

在高原上徒步过的人都有这样的体会,当拍照的冲动减弱时,疲劳感便会随之而增,就如我在前面讲过的,没有美景相伴的旅途总是枯燥的。一旦没有了可转移注意力的外界因素,身体的不适便会加倍凸显。渐渐地,我感到脚趾上的伤口越来越疼,我知道,经过一段距离的行走后,伤口刚刚结上的新痂又被磨掉了。

无奈,我只好停下来处理伤口。脱掉袜子一看,只见脚趾背面的伤口正在慢慢渗着血珠。一时无措。此时要是有个创可贴该有多好!我一边想着,一边下意识地用手捏了捏登山包的最外层,哎!觉得里面好像有什么东西?遂打开,一看,里面竟然放着五只创可贴。天哪!咋会这么巧?这是什么时候放进去的?

一番细细回忆,终于想起来了,这一定是去年上珠峰时放的。因为登山包的最外层几无容量,一般很少放东西,故不太会去注意,回家之后也就没有再查看。哎呀!真是天无绝人之路啊!要是早点发现就好了,这两天也不会吃那么多苦头了。脚趾包扎好后,走起来也没像刚才这么疼了,心里便增添了不少底气。

由于途经之地多是河谷地带(冰川融水冲出来的沟壑),时有骇人的乱石堆挡道,且距离很长。爬这种乱石堆是最耗费体力的,因为它无法让你保持均匀的速度,进而会影响呼吸的节奏。而在高原上活动,如控制不好呼吸便会明显增加消耗。为了节省体能,每遇一些巨石,我就尽量绕行,虽然增加了行走距离,但至少不用在高低落差很大的乱石中费劲地腾挪闪展。

好在这几天的身体状况不错,故对走完今天的行程还是信心满满。至于脚上的这点小伤因为已经处置妥当,也碍不了什么事了。本来,我以为接下来应该可以走得顺风顺水,孰料后续又出现了让人哭笑不得状况。

按照我们的行走速度,我估摸着今天四五个小时就可走到贡措营地了。一路磕磕碰碰着上行,非常累人,故水也喝得特别快。在这种海拔五千米左右的地方跋涉,水量的消耗是需要刻意控制的。否则,一旦长时间断水,很容易导致高反。尽管自己也带着一支便携式水过滤器,但是,路上如果没有水源那就毫无意义。至下午三点左右，水壶里的水基本上喝完了。不过，我并不担心，因为目的地应该很快就可以到了。

待翻上一个五千多米的垭口，我凭高眺望，却未见有描述中的湖泊。我即问不二："怎么还见不到贡措？"不二看了看表："估计五点多可以到了吧！""啊？"我一听顿时蒙了，还需走将近三个小时？你这距离也估算得太不靠谱了吧！欲埋怨他几句，但转念一想，算了，在这样的大山里，哪有什么精准的距离概念，较啥真呢！

继续走吧。此时水壶里大概还剩下不到五十毫升的水，接下来，我必须将这点水当琼浆玉液一样对待了。但是，再怎么省着喝也坚持不了多长时间，要想彻底解决问题，必须在途中找到水源。故此，在余下的行程中我的目光一直盯着路边的低洼处，盼望着能快些遇见水源。

有几次，隔得很远就听到了哗哗的水流声，这让我兴奋得不得了，但是，等到了跟前一看，顿时傻眼了，那水竟是在落差达一两百米的峡谷底部。只见白花花的溪流穿越而过，浩浩荡荡，势若江河。那一定是从几处冰川上汇集而下的融水，故水势才会如此之大。可惜，人根本无法下去。唉！虽听得心里直发痒，却只能是干瞅着而没一点辙。

走了好一阵，直至喝尽水壶里的最后一滴水，却依旧未能找到水源。接下来的地形是高低突兀，碎石遍地横切地带，显然，这种地方是不可能有水的。我彻底死了心，现只有强忍干渴了。

下午，风也大了起来，干燥的气流不停地灌进嘴鼻，口腔里又干又粘，一边身体还在持续地出汗。渐渐地，我感到人越来越乏力，这是脱水的症状。我有点害怕了，此时按照剩余的距离估算，大概还要走两个小时左右。但在脱水状态下走这么长时间，对自己的确是一个巨大的考验。

突然，我在一块巨石的背阴处看到一小堆积雪，顿时大喜过望。但走近一看，才发现这雪很脏，根本不能吃。不过，这似乎给我增加了一个纾解困境的选择。对！水看来是没希望了，那就找雪吧！只是没想到，在这个季节干净的雪也很少。此后，我仅在两个崖壁的窝风处找到少量的积雪，但都已有点变黄发褐。无奈，只好扣了一点放嘴里润一润，却是不敢下咽。

　　上了这么多次的高原，今天是被干渴折磨得最惨的一天。继乏力之后，头也开始发晕，我觉得自己好像快要撑不下去了，每一步都走得十分勉强。忽然，我脑海里闪现出去年在珠峰遇险的场景。心中顿时横了起来："当年遇到这么大的危险都挺过来了，今天难道会撑不过去？我偏不信！走！"

　　但身体是最诚实的，意念再坚定，脚步却怎么也快不了，渐渐地，我落在了队伍的后头。幸好，途中的最后一次休息让我得了喘息。俟坐下，不二从包里掏出一只苹果递给我。顿时，心里那个激动哦，我说："不二，没你这只苹果陈叔我今天可能就走不动了！"说完，我连擦也没擦，就咔嚓一下咬了下去。

↑ 黎明时分，从陆果其末上营地眺望聂朗日和摩拉门青雪山

真奇怪，我从来没觉得苹果竟然这么香，这么甜。我边吃边说："不二，你的假信息可把我害苦了，你说十千米，我就按十千米掐着喝。"我举着保暖瓶在他面前晃了晃，你看，水早喝光了，嗓子眼都在冒烟了……

不二听我如此这般地说完，咯咯地笑了起来："哎呀！可不是故意蒙你的，我看今天全是上坡，路又不好走，我是想……哎呀……只是为了减轻你们的心理负担才这么说的。对不住了，哈哈！来！来！我给你灌点水。"不二说着就要往我的壶里倒水。我忙阻止了他："不要倒了，你的水也不多，还是让我稍许喝两口吧，润润嗓子就行了。"

↑ 另一侧雪山，与我们挨得更近，朝霞漫天，冰川如镀金一般，美得让人陶醉

我问不二："还有多久可以到营地了？"不二说："也就个把小时。"我笑道："是实打实的一个小时？可别再向我们提供假信息。现在你给我吃的这只苹果可只能保证我走一个小时哦，多一分钟也走不了。"不二笑道："当然是实打实的，要是走得快点，没准一个小时也用不了。""行！"我说，"那就放心了。"

经过短暂的休息，又有了一只苹果打底，状态立时好了许多，两腿似没了刚才那种轻飘飘的感觉。"走！"不二大声说道，"弟兄们，晚上咱们多做点好吃的，好好犒劳犒劳自己！"精疲力竭之时，这话听着特别给力，大家一下子又兴奋起来。

8.贡措，那片迷人的深蓝

大概半小时后，我们爬上了此程的最后一个垭口。终于，远远地看见山下出现了一片浓郁的蓝色。啊！是贡措！是贡措！我们都叫了起来。终于看到贡措了。其实，这个时候我们的激动并不是因为觉得贡措有多漂亮，而是终于可以结束这段痛苦的旅程了。不二忙说："如实告知一下，大家先别激动，还得走半个小时呢！"

待走到湖边，不，确切地说，应该是跑到湖边，我立刻迫不及待地俯下身去掬水痛饮。啊！贡措的水真好喝啊！可以肯定，这应该是我此生喝到过的最甘甜的水了。

飞哥说道："你也不问问这是咸水还是淡水，趴下就喝呀？"

我抬头看了他一眼："你放心，雪山边的湖水不会有咸的。"

不二见状提醒道："别喝太多了，这水凉得很，当心喝坏肚子。"

拉巴次仁忙纠正道："不会的，不会的，你们放心！贡措的水是仙水，喝了不得病。"

"哎呀！这话我爱听。"我说，"这辈子总算喝到仙水了，这应该是山神给我们准备的饮料，可算是没白来一趟希夏邦马，太值了！"

喝完水，我又痛痛快快地洗了把脸，疲劳感顿时消失了一大半。遂起身，举颈放眼。哎！这时，蓦然发现贡措竟然出奇的漂亮！贡措是个呈不规则椭圆形的冰川湖泊，面积不大，估计也就十几平方千米。但是，在雪山上视觉偏差很大，或许，这个面积估算得并不准确。我们是从西南侧山脊上下来后再拐往湖边的，故从高处眺望，并未觉得眼前的贡措有多么吸睛，多么震撼。因为湖面的西南端还有一大片白花花的冰面未融化，使整个湖面少了些许美感。直至我们走到湖的东北岸，才突然发现贡措竟如此摄人魂魄，甚至可说这是迄今为止我看到的最美的高山湖泊。

此处海拔五千二百米以上，与希峰及周边山峰的相对高度差在两三千米左右，且直线距离看上去也不远。按理，视觉上的压迫感应该是很强的。但是，不知为何，与途中观望其他雪山的感觉大不相同，从贡措这个位置看雪山，竟然没有一点仰视的感觉，好似站在同一个高度上。而这样的地形构造和视觉特点却为贡措平添了几分观赏的效果。

由于贡措的面积比希峰南坡的无名湖要大了好多，因而，山与湖的搭配就显得非常恰当。如果说贡措是个框的话，那么，这银光闪耀的冰峰便是镶嵌在框里的一幅画。站在湖畔望向对岸，只见湖面上静静地矗立着如剑似戟的雪峰，深蓝的水色，洁白的雪山，交相辉映，甚为惊艳。

当我们沿着湖岸朝东北方向走去，不经意的侧目一瞥，蓦然发觉湖水的色彩竟又出现了新的变化，湛蓝如黛的湖面忽又成了蓝白相间的杂乱色块，再一细看，原来是湖面上刚刚拂过一阵轻风，涟漪骤起，将倒映在水中的冰峰雪谷瞬间抖碎，一幅美图立时变成了巨大的"细纹青花布"。

走过无数雪山湖泊，看过多少绝世美景，此时此刻，我们都被眼前的景色深深地震撼住了！于是，大家赶紧以最快的速度取出了相机。飞哥自然是最郑重其事，甚至还有条不紊地架起了三脚架。

正拍得欢呢，突然，不远处传来了一阵吵闹声。我们连忙赶了过去，原来是几位牦牛工正在与拉巴次仁争执着什么。他们说的是藏语，我们听不懂。一问才知道，贡措的扎营地是事先约定好的，即选在下坡后的离湖最近处。这也是考虑到达后人会很疲惫，大家可以少走点路。但是，几位牦牛工发现这一带草很少，如在此扎营牦牛会吃不饱。而拉巴次仁觉得我们已经很累了，应该是牦牛工将牛往前赶赶才对，而不该让我们继续走。

哦！原来是为这个争吵。于是我跟不二说："让他们别吵了，我们再往前走走就行了，今天三十多里的山路都走过来了，还在乎这点距离？"争吵平息后，我们便又继续开路。贡措湖岸看着距离不长，但走起来却是时间不短，再加上湖滩的细砾踩下去软软的，特别费劲，好在刚才水喝够了，体力恢复了许多，大家对这么点路都显得不太在乎。

沿着湖岸往东北侧快走到三分之二处时，岸坡上出现了簇簇绿色，草虽不太茂盛，但比刚才停留的地方要多得多。不二问牦牛工："这儿可以了吧？"

"行！行！就这里吧！"牦牛工们总算满意了。但拉巴次仁仍显得有点不高兴，跟我说道："我不是跟他们吵哪里草多草少，而是觉得这么点路，干嘛非要让你们走，把牦牛往前赶赶不是更省事吗！"

我知道拉巴次仁也是为我们考虑，但我觉得为这点小事闹意见不值得，我拍了拍他的肩膀，劝道："我们只是背个包，多走这么点路没关系的，他们赶着牛，又带着那么多东西，可能不方便，还是体谅一下他们吧。"

搭完帐篷，不二走到我跟前，他显得有点不好意思："陈叔，刚才我牛已经吹出去了，那您看晚饭做点啥好吃的？我看您也挺累的了，可是……"

其实，此时的自己体能已明显透支了，一旦坐下就再也不想动。但为了不让不二感到为难，我只好装作很轻松的样子说道："没事！没事！你把带的菜都拿出来，我先看一下，再决定晚上做啥吃的？"

炊事帐里，不二已将余下的菜都翻了出来。好家伙，吃的东西还不少呢！按照原定计划，为了能拍到日照金山，给贡措预留了两天时间。我说："我们在山上还需待多长时间？如果今天是最后一晚，那咱就多做点菜，不然，带回去也是累赘。如果明天还要继续待，那就把这些菜匀成两份。"

不二说："那就看明天天气怎样了？如果明早咱们拍到了日照金山，那吃过早饭就可以开拔了。"我说："明天天气应该不错，但最好还是问问拉巴次仁。他在这儿生活了几十年，听他的应该没错。"

云飘则显得很肯定："咱们打个赌，明天保证是个好天气！"

过了一会儿，拉巴次仁过来了，他说："放心好了，明天早上你们一定能拍到好照片。希夏邦马就是这脾气，这个季节，天气好或坏都是连着好几天。"

"好！这么一说，我心里就有底了。"我跟不二说，"那今晚我们把荤的都做掉，让牦牛工们也过来一块吃。再留少许蔬菜和肉，明天万一要是再待的话也不至于饿肚子。"

在高原上做饭与在平原上做饭的方法有很大不同,多数菜肴的烹制都离不开压力锅,一个个菜挨着炖很费时间。所以,做菜时菜肴的种类不可太多,但每一个菜的量可以大一些,尤其是人多的时候。不二见我忙碌开了,凑过来歉意满满地说:"陈叔,真不好意思,今晚要做八个人的饭菜,让你受累了。"我说:"这没关系,多几个少几个差别不大的。"

倏然间,我闪过一个念头,此行对我而言已届尾声,但是,不二以后仍需带队伍,不会做饭可是个大缺陷。应该借此机会对他进行一番完整的传授。于是,我开玩笑道:"陈叔今天免费将做菜秘诀倾囊相授,你好好学学。"于是,我便向他如此这般地操作了一番。

但是,此刻这位堂堂理工男却对砧板上的粗糙之事面露难色。待我操作完毕,他则略显羞涩地说:"哎呀!陈叔,这手艺看似容易,做起来也蛮难,回去我还得去练练。"我半开玩笑道:"以后回家帮你妈多在厨房里干干就学会了。"旁人大笑。

今天,每个人都饿得饥肠辘辘,随着锅里的香气不断地从炊事帐里飘出,大家都早早地过来围坐在餐桌旁。飞哥更是搞笑,像是怕遭人抢劫似的,始终将一瓶五粮液紧紧地抱在怀里,两眼直勾勾地盯着灶台。他说,今晚可能是在山上的最后一晚了,大家要把这瓶酒喝光,不醉不归。现在,我们是不再会阻止他喝酒了,用他自己的话说,他已久经(酒精)考验了。

那晚,我做了四道菜:萝卜炖羊肉、炒土豆丝、腊肉炒大葱、油爆花生米,外加一个西红柿鸡蛋汤。在雪山上,这可谓是盛宴了。大家都吃得非常尽兴,尤其是飞哥,显得特别酣,边吃边夸:"好吃!好吃!陈哥手艺真棒!来!陈哥,干杯!辛苦!辛苦!"

呵呵!他总是不吝美辞。云飘更是显得气壮山河,豪情勃发:"什么海拔五千二、六千二,咱不管它,咱们喝!喝!"在他们的鼓噪下,我这仅有猫尿酒量的人也放开了些许,不久,便有些晕晕乎乎了。此后的细节皆已淡忘,只记得好像我是第一个离席的,摇摇晃晃至帐篷里,连外套也没脱就钻入了睡袋。

早上，我是被云飘的闹铃声给惊醒的，觉得头有点发胀，看来昨晚是喝多了。拉开帐帘朝外看了看，仍是漆黑一片，只有启明星高高地挂在天边。脑子昏得不行，我问云飘："你这是要干嘛呢？半夜三更的！"

"不是说好的要拍日出吗？你忘了？"云飘不解地看着我。"哦！"让他这么一说，我才猛然想起，对！对！看了看表，已是六点出头。我说："不急，太阳出来至少得七点多呢。"待脑子稍稍清醒了些，我开始抒思路。刚才看到了启明星，说明今天天气不错，那么，应该可以拍到想拍的照片。再嘛……对！今天就要离开这儿了。

想到这儿，我抹了把脸，便一骨碌爬了起来。赶紧穿衣戴帽，刚将右脚伸进靴子里，一阵刺痛差点让我叫了出来。抽出脚一看，袜子上有一块血痂。完了！一定是昨天磨的。本来，打算昨晚睡前要将伤口包扎一下的，谁知迷魂汤一灌，把这事全给忘了。我连忙将剩下的创可贴找出来，将两只可怜的脚趾头又认认真真地包扎了一番。

待走出帐篷，东方已有点泛白。云飘抬头看了看天，不无得意地说道："咋样，我昨天说得没错吧？今天果真又是个大好天！"

"嗯！还不是因为人品好嘛！"我抢先接过了他的话茬。

云飘开心地笑了起来："对！对！走，今天肯定能拍上大片！"

我们刚走到湖边，远远地看见飞哥正在不停地跺着脚，湖滩上早已支起了一只三脚架。天哪！这么早就起来啦！这可是西夏邦马雪山呀！现在的气温怎么也得有零下五、六度！飞哥确实厉害！

飞哥对摄影相当投入，他不光设备比我俩好，且带的各种辅助器材也比我们齐全得多。难怪他要找专人帮着背东西，不然，光这些摄影器材就有十几斤重。飞哥招呼我们过他那儿去，说是那个位置风小一点。其实，此时的风并不大，只因贡措水面较宽阔，稍微有点风便会泛起涟漪，这会影响雪山倒影的形成。飞哥说："没事，太阳出来了风可能会小一些，等等吧！"

果然，待对面的希夏邦马群峰一点一点变红时，风真的小了许多，但仍然是一阵一阵的。由于微风的持续，水面始终无法静止，故雪山的倒影只呈现出一个轮廓，达不到南坡大本营哪个无名湖中倒影的那种清晰度。这可能也是贡措留给我们的唯一的一个小小的遗憾，但是，以现场的视觉效果看，贡措的日照金山在画面感上要比南坡的无名湖更胜一筹，也更具震撼力。

可以想象，倘若此时的贡措处于完全无风状态，雪山的倒影定然纤毫毕露。若再在山腰间缠上一段细细的飘带云，那更是无与伦比的大美！我一直认为，高原雪山上的风光，向来只有更好，没有最好。当你认为今天看到的风光是最漂亮时，其实还有更漂亮的风光在后面。当然，面对同一道景观，每个人的评判与感受也是不一样的。

气温太低，昨日下午已有点融化的冰区现又结上了薄薄的冰凌。我们不停地跺着脚，焦急地等待着太阳出来。不知不觉间，一座座冰峰终于被依次染红。山后是明净的蓝色，水中则是碎金一片。微风轻轻吹拂，湖边玛尼堆上的经幡在朝霞中不停地飞舞着，发出哗哗的声响。这声音不重，却传得很远很远。偶尔，几只不知名的鸟儿倏地掠过，尖厉的叫声犹在耳边，鸟儿却早已不见了踪影。此时此刻，竟觉得贡措似有着某种说不出的神秘感。

红霞渐渐褪尽，对面的雪山又披上了圣洁的银装。虽说水面不够平静，但总体的画面感还是非常不错的，大家拍得也尽兴。飞哥一边将相机塞进包里，一边若有所思道："今天是最后一天了，此行很圆满，相当的圆满！"是的，不管是不是因为云飘说的"人品"的缘故，我们真的是一路好运相随，在所有的景点都遇到了好天气，所有该拍的也都让我们拍到了。

上午十点钟左右，我们正式启程。沿着湖岸向上，起始有一小段上坡，而后则全是下坡路。当我们走至东北端的山腰上，一个偶然的回望，把我们看惊呆了。天哪！原来从这个位置看贡措才是最美的！由于此时的我们与贡措拉了一定的距离，且又处于一个合适的高度，进入我们视野的是整个湖面和更完整的雪山。未曾想，视角的置换竟会让贡措骤然变得如此美艳。

观景的位置变了，希夏邦马群峰在我们的视野中已不是原来的并列而立，而是成纵向的前高后低状，看过去更显得错落有致，险峭峻拔。而湖面则完全不再是昨日初见时那般宽阔得能把群山揽入框中的样子了，却是变得袖珍了许多。然奇妙之处更在于贡措的颜色突然变了，变得比昨日更蓝、更艳。

↑ 霞照贡措

　　见过无数的高原湖泊，各有各的蓝，各有各的美。但这个时候的贡措却是蓝得惊艳，蓝得奇特。若不是偶有风儿吹来，泛起层层涟漪，简直不敢相信雪山下的这片深蓝居然是湖水。这种蓝色是浓郁而黏稠的，当风完全停息时，静止的水面好似覆着一块巨大的蓝色琉璃。难怪，人们会用"贡措蓝"这个名词去形容贡措之美！

　　在我们下方十来米处，有一个很大的玛尼堆，拉巴次仁很认真地对我们说："这个玛尼堆有好多年了，它是有神灵的，如果以顺时针绕着它走三圈，向它许的愿就会实现。"飞哥立马说："那咱们也绕着走一下吧，祈求永远好运。"于是，我们便跟着拉巴次仁亦步亦趋地转了三圈。

　　尽管我是个无神论者，但此时我一点也不认为这种带有原始宗教意味的行为有任何搞笑之处，相反，我觉得这种对大自然的崇拜与敬仰要远比对大

第四章　穿越希夏邦马

自然的无知与狂妄好得多。云飘说："这也算是我们向希夏邦马和贡措的告别仪式吧！"我很赞赏他这个提法。我说："对！应该有个正式告别，感谢希夏邦马对我们的一路垂爱，感谢贡措给了我们这么美好的视觉享受！"

遥望连绵不绝的冰山雪峰，天宽地阔，清光万里，缥缈朦胧的远方，是我们的来时路。不知不觉间，百余里崎岖坎坷，将至尽头，艰险、劳累、痛苦即成过往。然而，此时此刻心里仍有万般的不舍。美艳的贡措，静谧地安卧于希夏邦马的怀抱里，如仙境，又似天堂。贡措，此生，可会与你再会？

↑ 一个偶然的回望，把我们看惊呆了，此时的贡措简直蓝得让人难以置信

9. 不该发生的遗憾

贡措至俄热村的距离大概在十二三千米左右，海拔下降约七百多米。一般而言，这段路因为下坡多，不会很辛苦。不二说："对你们这档子老户外来讲，今天最轻松了，就跟玩似的。"没错，从行走距离和体能消耗的角度讲，今天肯定不会太辛苦，只是因为我的两个脚趾磨得太厉害，伤口总是愈合不了。所以，这段路对我而言依旧走得不容易。

爬上贡措东侧的山头后不久，就开始一路下坡。其间，有很长一段是乱石加碎砾的急速下降，这可苦了我那倒霉的脚趾。虽然早上已重新包扎，但下坡时鞋子对伤口的摩擦太过厉害，旧创面很快又成了新创面。唉！真是步步钻心啊！实在走不快了，只好请大家走得慢一点。但可能是归家心切的缘故，行走的速度总是压不住，走着走着，我又落在了最后面，且距离越拉越开。

总这么落在后面感觉非常不好，无奈之下，我只好豁出去了，索性把步子放开，不再顾忌疼不疼了。人有时候真的很奇怪，你越是不畏惧疼痛，疼痛感反而会轻一些。在其后的一段距离里，我竟然走在了最前面。飞哥和云飘见状觉得奇怪，问我："你脚不疼了？"我说："疼也得走，不疼也得走，只有对自己狠点了！"

约三个小时后，我们翻过一道不太高的山梁，眼前出现了一大片绿色茵茵的缓坡，坡上游荡着许多牛羊。此时，天上悠悠地飘起了丝丝白云，牛羊静静地啃食着青草，这场景好有美感啊！拉巴次仁说："这里是他们的高山牧场，这个季节，村子里的人都来这儿放牧。"

我跟拉巴次仁开玩笑道："你们这儿挺不错的嘛！我什么时候要么也来你们这儿住上一段时间，行不行？再买上几头牛，买几只羊，每天也来这儿放牧。"

巴拉次仁哈哈大笑："你哪能待得住呀！在山上放牧可孤单了，还常要住在外面。"我说："你可不知道，我也是放牧出身的。我在内蒙古待过好几年，牛、羊、马都放过。"

"真的？"拉巴次仁瞪大眼睛看着我。

"是的，我在内蒙古生活过七、八年呢。"

"那也不行，你肯定不习惯的。这儿不一样，缺氧厉害，现在还好些，草已长出来了，到了冬天就更不行。"

其实，我说的并不全是玩笑话，而是一种发自内心的对贴近大自然的至简的生活方式的一种向往，这也是对自由的追求。即便知道受既有条件的制约，这种生活无法实现，但我依旧向往。每个人都有自己的梦想，而我的梦想却是极其平凡的。曾有朋友开玩笑，说我那么喜欢高原，来世就做个西藏人吧。呵呵！或许吧，如果真的有来世的话。

走过牧场，就远远地看见了俄热村。这是一个不小的村子，估摸着有一百来户人家。尽管村庄已然可见，但这段路却是走得最累。看得到走不到。由于有些地方无法走直线，在坡下的沟沟坎坎里绕来绕去，折腾了差不多近一个小时，却依然未进到村子里。脚趾的疼痛忽觉加重，一股崩溃感也涌上了心头。这个时候，真想一屁股坐在地上再也不起来。

直至见到了一片片青稞田，才觉得自己真的挨近村庄了。由于这一带海拔高，农作物的播种要晚一些，此时的青稞苗才刚刚露出不到半尺的芽苗。进到村子，首先映入眼帘的是一家家富有藏族特色的院子围墙。围墙有两种，一种是用干牛粪垒的，还有一种是用干树枝、干树根垒的。在藏区，用干牛粪垒墙不稀罕，随处可见。但是，用干树枝垒墙我还是头一次见。这一带山上也没什么树呀，连灌木也很少，这么多的树枝又是从哪里弄来的？我本想问拉巴次仁，但后来发生的事使得我再也没法跟拉巴次仁说上一句话。

进村了，拉巴次仁归家心切，走得好快，不一会儿就没了人影。我们几个便径直往村口走去，来接我们的车已经在那儿等着了。我因为脚疼，先上车休息。阵阵倦意骤然袭来，不一会工夫，我便睡着了。不知过了多久，我突然被车外的一阵吵闹声给惊醒。环视车内，云飘和飞哥都不在。我打开车窗朝外望去，只见飞哥和拉巴次仁正从一个小巷口里出来，边走边在争执着什么，双方的脸色都很难看，云飘和不二则一声不吭地在后面跟着。

飞哥显得很生气，隔得老远都能听到他的大嗓门，他们显然是在吵架。我有些纳闷，进村时还好好的，怎么突然就翻脸了？他们的争吵也引来了一些村民的围观，我侧耳细听，他们好像是在争执付费的事。末了，只见飞哥一摆手，不再理会拉巴次仁，随即怒气冲冲地上了车。屁股一落座，飞哥便大声吼道："不说了，开车！走！"

一番询问后才知，刚才争吵的焦点是飞哥与拉巴次仁在劳务费的支付上产生了分歧。本来飞哥与拉巴次仁已敲定，劳务费按天数计价。当时预定七天走完希夏邦马环线，由于我们在贡措少待了一天，故实际上在山里共走了六天，而双方的冲突就缘于此。

  显然，飞哥对这儿的一些规则不太了解。实际上，当地人在向从事户外活动的人员提供服务时，都是按照约定的天数付费的，而不是按照实际用时，有些地方的乡镇甚至还规定，除了支付劳务费外，还须另付服装费。服装费这个词只在二十世纪八九十年代听说过，那时，谁若被公派出国，则由财政补贴你一笔钱，用于购买西装等。但是，在这高原雪山上提供服务还要付服装费，这真的蛮搞笑。后来，户外活动参加得多了，我对当地的这现象也就见怪不怪了。

  但飞哥是头一次玩户外，他当然理解不了这些有悖常理的事情。于是，我说，你们俩其实都没错，你是按照商业规则，他是按照当地的规则，只是彼此不理解而已。飞哥依旧是忿忿然："这简直是敲竹杠，岂有此理！我就给了他六天的费用！"

  一场意外的纠纷，让一路走来的和谐欢快的氛围荡然无存，拉巴次仁的家也没去成，我给他拍的照片再也无法交与。唉！友谊的小船哦，怎么说翻就翻！

  在车上，大家都没了说话的兴致。沉默间，不二的手机突然响了。电话是拉巴次仁打来的，说我们刚才忘记付他二百元的环保费了。此时，我们的车已开出十来千米，不二说等到了有信号的地方用微信支付给他，但拉巴次仁说他不会使用网上支付，坚持让不二付现金。无奈，不二便让司机掉头回去。飞哥的火气顿时又大了起来："别掉头！别掉头！凭什么听他的？我们不理他！"

  算了！算了！我和云飘都劝他不要太执拗，还是掉头回去吧！约十来分钟后，我们的车抵达了村道与公路的交会处，只见拉巴次仁正呆呆地站在路边。风很大，不时地有卷起的沙尘在路面上轻快地滑动着。我们都没下车，付完钱，车即掉头驶上公路。拉巴次仁隔着车窗与我猛然打了个照面，我向他挥手，他也连忙举起手来……

后来，不二与我说起这事，问我："如果这事换作是我会怎么处理？"我说，"很简单呀！这是一种约定俗成，不属于违反契约，从某种角度看，这就是文化的差异所造成的误会。我会按照七天付与，但我必须讲明，你的服务是六天，那第七天的费用不是劳务费，而是我对你的服务的一种肯定与感谢！这样，既可让他知道这个理，又不会产生冲突。"我说，"我始终信奉一点，情义应该重于金钱。"

匆匆而来，匆匆而去。六天六夜的相处，大家都非常融洽愉快，但没想到最终会以这种方式结束我们的行程。我不免心里有点五味杂陈，不得不说，这实在是不该有的遗憾！

第五章
冰雪的纯粹

　　有一座雪山，这些年来一直成为我心中挥之不去的梦想，攀登的欲望与日俱增，却久久未能成行。2015年春，我曾与一家登山公司联系，欲前往攀登，但却因报名人数过少而取消。不得已，最终，我只好改登了青海的玉珠峰。而那座让我梦想了多年的雪山，就是位于四川甘孜州的雀儿山。在此，不妨引用一下媒体对于这座雪山的描述：雀儿山，主峰山体高大，地形复杂，冰川发育完整，冰裂密布，从大本营至山顶，相对高差达2000多米，攀登难度较大，涉及攀冰、攀岩、雪坡等，对装备和攀登技术要求较苛刻。仅仅是这段短短的文字，读着也会让我觉得有些惊悚。

　　是的，这是一座不同寻常的雪山。有人在形容这座雪山时曾很形象地说："雀儿山能满足你对一座雪山的所有想象。也就是说，它的地形、地貌和构造都十分复杂。所以，这是一座登山界公认的技术型山峰。除了险峻之外，其巍峨的外形也具有极大的吸引力。

　　2015年6月，我在攀登玉珠峰时，同行的一位山友之前已登过雀儿山，她告诉我说："在六千多米级的雪山中，雀儿山是最棒的一座，特别的漂亮，随手即可拍出具有震撼感的大片，你应该去登。"这对于喜爱高原摄影的我而言，更是平添了几分难以抑制的冲动。险与美往往是并存的。我登山的主要目的除了挑战自我，再就是为了欣赏美景，激发我追逐雪山的原动力也源之于此。

为了进一步了解这座山，我通过网络查阅了大量的资料，渐渐地，对其有了更深入的认识。实际上，2012年秋，我在穿越大北线时，曾远距离地观察过雀儿山。这座山有一个特点，那就是从远处很难看到它的主峰。因薄雾遮挡，站在317国道边的雀儿山观景点，遥望到的只是其外围的一些岩石嶙峋的山峰，但已可明显地感到雀儿山的凛然与壮美。不过，那个时候，我纯粹是欣赏而已，根本想不到日后竟会去攀登这座山。

由于对雀儿山格外关注，故而我常会在网上查询这座山的资料。当然，更多的还是通过一些攀登者发布的文章和图片去了解她。但即便是这种间接的接触，雀儿山也予以了我很多遐想。有一张照片，印象尤其深刻。其可能是通过无人机拍摄的，因为山顶包括整个冰壁都被完整地拍了下来。高耸而陡峭的冰壁上，攀登者的身影微小如蚁。冰壁的坡度和尖锐的雪峰在充满美感的同时，更能让人产生某种敬畏，这是对大自然的敬畏！这视觉的冲击力竟是如此之强大！我想，如果山也有性格的话，那么，雀儿山绝对是一座桀骜不驯、冷酷严峻的雪山。

在决定攀登之前，我曾有过激烈的思考，即登过雀儿山之后，我该怎么办？在允许攀登的六千至七千以内高度的雪山中，恐怕再也没有像雀儿山这样美与险兼具的山了。那么，别的山对我还会有吸引力吗？于我而言，登山起步太晚，而值得攀登的山却又是那么多。生命的旅程实在是太短暂了，还来不及好好欣赏沿途的风景呢，人却已老矣。

况且，我也不可能将余下的时光全部交给心仪的雪山，人生有太多的事情要去做。登山固然重要，但并不是全部，尝试过了，欣赏过了，也就够了——我只能这样说服自己。有山友跟我说，登山一旦上瘾，犹如中"毒"，戒除极难。以自己的切身感受来看，我认为这个比喻很贴切。但是，尽管有着万般的不舍，必须适时止步了。

于是，我决计待登完雀儿山，就此挂靴了。是该挂靴了！七千米，八千米以上的山，动辄十万、数十万的花费，俺不过一工薪阶层，实在是高攀不起。故此，我最后的雪山之梦可能也就是雀儿山了。所以，我是以做总结的心态去对待此次攀登的，故格外重视，早早地就开始做着各项准备，力争攀登成功，给自己的登山生涯画上一个圆满的句号。

不过，话说回来，对于任何一座雪山，任何人都无法信心满满地夸口说，我肯定能登上去。登过的山越多，越不敢夸这种海口。原因很简单，能否攀登成功，要取决于很多自然因素，尤其是天气状况。当然，还有体能、高原疾病的影响以及山势的险要程度等。在正式攀登前，我对成败这个问题并不是太纠结。因为登了这么些年的山，感悟颇多，自己似乎已有点读懂了雪山。我想，即便登不了顶，若能爬到半山腰，拍些雪山冰峰的照片，也是很棒的一件事。以这种心态去攀登，反而会走得更轻松些。

↑ 巍峨险峻的雀儿山主峰（川藏队供稿）

1. 重回旧时路

此次攀登一开始就带给我一个小小的惊喜——我总算有了家乡的同伴与我同去。要知道，之前那么多次的攀登，来回的路上皆我孑然一人。漫长的孤独有时也是很难受的。本来，我打算九月份去。主要是想避开川藏的雨季，因为我早前曾领教过雨季的滋味，川藏路上的塌方与堵车会搞得你崩溃不已。但是，当我偶然得知本市海洋大学的李海洲和蓝峰要于八月份登雀儿山的消息，我便改变了原定的时间。

选择了雨季，但心中十分忐忑，生怕一旦上了318线，会不会被堵得进退两难，耽误行程？这滋味从前可是尝到过的。待报名缴费等手续都办妥之后，我天天在网上关注成都、甘孜一带的天气状况，担心出现不测。直至我们到了成都，一直淅淅沥沥下个不停的老天爷仍未舒展面孔。总算还好，在我们出发前往甘孜的前一天，降水有所缓解。但是，又得知，去甘孜的沿线雨量仍然偏大，有些路段出现了塌方。于是，我们便将原定行经康定的线路改为绕行日隆镇。

为了给未知的旅途留足回旋的时间，我们早上六点就出发了。尚未出城，同行的超突然表示要去趟文殊院拜个佛，求个平安。超是江苏人，曾在舟山海大读书，与海洲和蓝峰是同学。说实在的，我对此有点不以为然。对于中国民间的求神拜佛的文化我素来无感，根本没什么兴趣。再说，专程去文殊院也耽误时间。但再一想，登山是个高风险的运动，图个心理安慰也好理解，别拂人美意了，还是随他去吧。

从文殊院出来，已是八点多了。待我们启程，发现云层渐绽，雨开始变小，皆心中暗喜，看来路上应无水涝之虞了。超更是显得得意，一再说："哎呀！灵！真灵！拜过了就是不一样！"

今天要去的日隆镇位于小金县，现已改名叫"四姑娘山镇"，有点拗口，故人们仍习惯叫它的旧名。日隆是个蛮有民族特色的小镇，人口由藏、羌、汉、回四个民族构成，其中嘉绒藏族占比最多。镇里的民居有着明显的藏、羌建筑文化符号，色彩简洁，构造端庄。这个镇子之前我曾来过两次。第一次是我在2012年走大北线时，但仅仅是路过而已，浮光掠影，记忆不深。第二次是在2014年，因要攀登四姑娘三峰，在镇子里住了三、四天。

这个小镇留给我印象最深的是曾下榻的"三嫂客栈"和客栈的主人——

那位整日忙个不停的三嫂；再就是客栈里那只特别粘人的已掉光牙齿的老花猫，它让我头一回知道，猫老了也会像人那样掉牙齿的。游客们喜欢喂它吃的，但须由人将食物嚼烂后再送至它的嘴边。每当你喂它吃完东西，它总会泪眼汪汪地看着你，很是惹人怜爱。

在户外这个圈子里，提起"三嫂客栈"很多人都知晓。2004年末，三嫂的丈夫卢三哥在陪同两位山友攀登四姑娘山骆驼峰时，不幸遭遇雪崩身亡。卢三哥是位人缘极好的高山向导，大家都很喜欢他。因此，凡与卢三哥搭档过的山友多会与他建立很深的友谊。卢三哥出事后，好多得到过卢三哥服务以及素不相识的山友自发地为他捐款，以帮助三嫂一家渡过难关。山友中侠义者众多，他们的挚情也确实为卢三哥这个家增添了砖瓦。这是一段充满人性温暖的佳话，感动着当地百姓和众多的山友。

很遗憾，因时间太紧，这次在日隆镇不能停留。当车驶过"三嫂客栈"门口时，我探出头来拼命寻找三嫂和那只老花猫的身影。但是，我啥也没看见。客栈的门开着，依稀可见室内那熟悉的陈设。是的，三嫂恐怕永远不会有工夫在门口闲坐着，客栈里这么大一摊子事够她整天忙碌的。在我的记忆中，三嫂总是像飘忽的风儿一样，手头没有停下来的时候。至于那只猫，应该也去了另一个世界了吧！如它还活着的话，应有二十来岁了，我想，猫是活不了这么久的。

除了上述这些，日隆镇留给我的最大的遗憾还是那次失败的攀登。记得当年从三峰大本营下来的时候，我曾暗暗发誓下次一定要再来攀登。但是，现在我对重登三峰的欲望似乎变得有点淡然了。因为，在这个季节，四姑娘山除了幺妹峰具有百分百的雪山特质外，其他三座山峰几无积雪，远远看去，完全是个纯岩石地貌的山峰。对于没有冰雪覆盖的高山，真的很难再激发起我攀登的冲动了。在我攀登的原动力中，看风景和拍摄风景始终是最重要的因素。

不过，因四姑娘三峰崖壁陡险，且岩石风化严重，多落石，危险系数相对较高，现已被禁止攀登。但不得不提的是，即便不为登顶，仅是走一趟去往三峰的登山路也是很值得的，因为这是一条极度漂亮的路线。从山脚至大本营，一直穿行于原始森林中，沿途时而古树参天，荫翳蔽日；时而绿草如茵，流水潺潺。在一些面积不大的草坡上，还常可看到一簇簇盛开的野花，能让人陶醉得无法自已。所以，尽管山势陡峭，但行走在这条线路上，却不会使人觉得疲惫。

改变原定的行车路线，虽有些绕行，却让我有幸再次来到了小金县，吃到了久违的青苹果。自2012年穿越大北线路过小金县时，这儿的青苹果给我留下了特别深刻的印象。车一进入到小金境内，沿途便可见到大片的苹果林，树上都坠满了青色的苹果。同行的山友不无遗憾地说道："可惜苹果都还没熟，不然可买些来带着路上吃。"

这话把我给逗笑了，我说："这苹果就是这种颜色，它再熟也是青的。不过，现在是稍稍早了些，要是再过半个月左右，这苹果会更甜。"接着，我就跟他们大肆渲染起当地苹果的绝佳美味，惹得他们差点流哈喇子。给我们开车的杨师傅正巧就是两河口乡的人，见我如此推崇他家乡的苹果，显得特高兴，便说："待会儿我在前面停车，让你们买个够。"

果然，车一进入两河乡，只见路两边摆着密密匝匝的水果摊，我们旋即下车。这久违的青苹果于我而言，似有着一种特别的亲切感。六年过去了，但那果子的香甜仍让我回味不尽。当然，它也会让我想起那刻骨铭心的藏北之行。

拐角处有一位年近八旬的老太太蹲在烈日下，身旁放着满满一纸箱苹果。她没像其他摊贩那样主动招呼，只是静静地看着走近的游客。我心里不免有些恻隐：都这么一把年纪了，还大太阳底下干晒着，干脆帮她都买了吧。遂上前问价，天哪！价钱居然跟六年前一样，仍然是两元钱一斤。一山友问我买这么多干嘛？我说："才两元钱一斤呀！你想想，这样的苹果在我们那儿至少得要五、六元一斤。再说，这一箱也不过十几斤，不多！"

在雪山上，新鲜蔬菜吃得少，水果能很好地补充维生素，这也是我多年的户外经验。后来，这几十只苹果伴随着我们从山下一直吃到山顶。当然，这也让我的背包增添了不少的重量。

两河乡的民风十分淳朴，做生意显得比较粗放，不像沿海一带的生意人那么斤斤计较。我说您给称一下吧，可是老太太很洒脱地将手一摆，说道："不用秤啦，就算十斤，拿去吧！"末了，竟还送我一袋李子。我说："不用了，吃不了。可她仍硬塞到我手里，说这是自家院里种的，不值钱！"这份质朴，这份热情，让我对这儿的人们更增添了几分好感。后来，我在客栈的盘秤上称了一下这箱苹果，重量竟有十三斤之多。

小金县除了青苹果有名气，还有更为出名的，那就是两河乡的两处历史遗址，即"两河口会议"遗址和红一、四方面军会师桥。因为一段历史，偏僻而不起眼的两河乡让人们记住了它的存在。若纵向地观察历史，两河口会议应是此后中国命运的转折点之一。至于其中的过程及细节等是否如文字所述，似乎已经不重要了。没有存疑的历史是不存在的，但胜利者的文字才是最有力的雄辩。

遗憾的是，"两河口会议"的旧址原貌早已被毁，现在所展示的那个名为"遗址"的地表建筑是后来仿建的。不过，赫赫有名的猛固桥、马鞍桥战斗的真实遗址就在眼前，南北两岸的桥头堡的构筑风格颇具特色，虽为砖石垒砌，却不失其固有的气势。南岸桥头堡高约四米左右，石匾上阴刻的正楷"长平"二字仍清晰可见。北岸桥头堡高六七米，所嵌石匾上刻有"猛固"二字。桥上当年的铁链仍在，只是铁链上面已没有了可供踏足的木板。为了方便沃日河两岸居民的生活，当地政府已在猛固桥旧址旁边造起了一座水泥拱桥。据当地人讲，马鞍桥的风格与猛固桥相似，离此不远，但因时间来不及，我们就没再过去。

一路依然断断续续、时骤时缓地下着雨。不过，还算幸运，竟未遇任何塌方和堵车。但是，这么一绕行，想当天赶到甘孜是不可能的了，开车的刘师傅提议在丹巴或炉霍住一晚。我很想住在丹巴，因为六年前走大北线时曾在那儿住过，对这个小县城一直心存怀念。我问同行的另外三位以前来过丹巴没？他们说是头一次来。于是，我开始向他们夸张地灌输起美人谷的故事来。我说："丹巴出美女，你们知道不？"他们皆摇头。

哎呀！丹巴美女，全国闻名的呀！你们居然不知道？真是白活了！让我这么一吹，他们都来了劲头，尤其是那位年轻的超老弟，顿时神采飞扬，冲着刘师傅直喊："要么今晚我们住在丹巴吧，行不？"

杨师傅是本地人，当然知道我在忽悠，故显得很坚定，他不紧不慢地说："住丹巴也可以，不过现在离天黑还早，早早地在丹巴住下就把时间都白白浪费掉了，明天又得多跑路，我看还是住炉霍更合适些。"接着，他又说："去美人谷与去往炉霍不是顺路呀，还得绕不少路哩。"超感到扫兴，我也有点扫兴。但杨师傅说得很有道理，我们只好一致同意晚上住在炉霍。

↑ 日隆镇一角

2. 绿色的诗境

向着炉霍进发。一路忽而滔滔大河，忽而峻岭绿野。这段路早前走过，但我仍充满着好奇。不仅仅是因为这风景，而是眼前的一切总会让我的心绪又回到六年前的藏北之旅。不同的时间，相同的路段，难忘的往事，免不了令人浮想联翩。每一个山坡，每一个村落，都会时时唤醒脑海中渐渐淡去的记忆。

下午两点左右，我们抵达了丹巴。超说："要不稍停一会，让我们看看丹巴城。"杨师傅大笑："还是别停了吧，丹巴城就这一条路一条街，我们等会儿要路过的，也没啥好看。"末了他又调侃道："美女都在乡村里，县城里没有的。"大家一听全乐了。

时隔六年，丹巴已有了些许变化，房子盖得更多了，大渡河对岸甚至还矗立起了体量很大的高楼。我说："偏僻的丹巴城，造这么大的楼，用得着吗？"杨师傅说："现在来丹巴的人也慢慢多起来了，旺季时客流量挺大的，估计那楼是用于接待的吧。"

忽然，我看到了位于桥头的厦鑫宾馆。六年前，我们穿越大北线途经此地时就下榻于这家宾馆。但这是一段让我伤感的回忆。忘不了那个晚上，我和玉章枕着大渡河的波涛，聊着年少时的往事。岁月蹉跎，光阴无情。我们俩从十三四岁开始一同求学，直至鬓角染霜，交往甚笃，情感犹然。

那时的他并不知道这会是他生命中的最后一次远行，对未来依然充满着美好的向往。一年多前，他得了癌症，动了一次很大的手术。我跟他说，等我们旅行结束，你休息一段时间，好好调养一下身体，届时你想再去哪里，我一定陪你。他显得很高兴，连声说："好！好！回去后好好做个计划。"但是，美好的设想最终未能实现。而今，我俩却早已阴阳永隔，天各一方了。

在路过中路乡的呷任依村时，我让杨师傅开得慢些，以便让大家远距离地欣赏一下那儿的碉楼群。不知是谁突然问了一句，老陈你怎么对这儿那么熟悉呀？我说："岂止是熟悉，说起来这个村的村主任也是熟人了。"他们以为我又在瞎吹，于是，我将六年前发生在呷任依的故事与他们简述了一遍。

六年前，我和阿郑在村口邂逅了来自成都的援村干部龚举河。小龚非常热情，遂带着我俩在村里转了一圈，由此也认识了村主任。小龚至今仍与我保持着联系。我说："以后你们如果来丹巴，一定要来这个村子看看。最好是三、四月份来，这个时节这儿正举办梨花节，漫山遍野开满了梨花，相当的美。"

我的一番叙述让在车上的人感到有些惊奇，超说道："老陈游历四方，人脉了得啊！连这么偏远的村子里也有认识的人，行哦！"

我遂借机炫了两句高适的诗："莫愁前路无知己，天下谁人不识君！咱是君子，岂无人识，你们说呢？"

"哇！老陈也挺能自吹的，没看出来！"车内便是一阵大笑。

离开丹巴，我们驶上了350国道。这一段路之前也曾走过，但已无印象，直至看见路边一个很高的土台上立着一座孤零零的农舍，方才想起。对面一辆卡车驶过，扬起一片尘土，我赶紧将车窗摇上，思绪骤然中断。望着崖下滚滚东逝的大渡河，竟让我感到一阵茫然。山区的气候真是变化多端，不知不觉间，天又淅淅沥沥地下起了小雨。

雨天，行驶在川西高原上，有时也会让人在不经意间获得一份惊喜。东边日出西边雨，头顶上还正飘落着雨滴呢，猛一抬领，山的那头却是湛蓝一片。不一会儿，湛蓝的背景前又升腾起了团团雾气，阳光一照，天上便挂起了一道巨大的彩虹。彩虹，是高原上最常见的景色，一出现便惊艳四座，它不但色彩艳丽，且往往是双层光弧，有时甚至是三层，这种彩虹在其他地方是见不到的。

海拔忽高忽低，林木也随着海拔的变化而长相各异。阔叶、针叶，直至低矮的灌木丛，依次垂直点缀在山体上。眼前的景色变得愈发多姿多彩了：山花烂漫，溪流潺潺，绿茵遍野，雀鸣蝶舞。这宛若仙境的景色，像极了西藏林芝的鲁朗和珠峰东坡的嘎玛沟。

杨师傅告诉我们："这一带叫牦牛沟。"牦牛沟，之前虽未来过，但也有所闻，因其秀美，被人赞之为"天然盆景"。

牦牛沟属丹巴县东谷乡，是典型的河谷地貌。虽说海拔高度也有三千七、八百米左右，但因植被繁盛，又位于高山峡谷之间，故空气湿度较大，夏秋之际，常常水气蒸腾，云雾缭绕。由于平坦的宽阔地带较少，当地百姓便在山上依坡而居，郁郁葱葱之中，常可见到露着橙色房顶的藏居。偶尔，山下绿色掩隐的小径上会冷不丁地走出几头牦牛或几个牧人。

车行至地势平坦处，可见牦牛河几乎与路面持平，湍急的水流撞击着路堤，时有浪花飞溅至路面，这山、这河、这路像极了西藏八宿的然乌湖，沿然乌湖往拉萨方向行驶，一路也是类似的风景。可能是这儿的地质年龄较年轻之故，也或许是青藏高原的造山运动过于突兀，像垂体异变的孩子一样，还来不及发育，人却已长大了，导致山体的结构不够紧致牢固。

在河水的冲刷下，许多岩体都呈破裂状横躺在河床上。有些石头十分巨大，蛮横地堵在激流中，那架势像是硬要把水给挡回去，而水流似又不甘就范，于岩石间左冲右突，千转百回，咆哮着冲破重重阻碍，终于浩荡而去。在有些巨石上，裂隙中看似泥土很薄很少，却不可思议地长着青翠挺拔的松树，犹如将一个个硕大的盆景置放于激流之中。大自然的鬼斧神工实在让人无法理喻！的确，说牦牛沟是"天然盆景"，真的太形象了。

过了牦牛沟不久，我们就到了八美镇。八美镇辖属甘孜州道孚县，其风格与新都桥相似，却略有不同。相同之处在于这一带的藏居也是零星地点缀于大片的绿野之中，自然景色与人文环境显得非常融合；不同之处在于八美更为辽阔、粗犷，尽管八美的实际面积要比新都桥小，但构成风景的元素却更为丰富，森林、草甸、河流、田野、雪山等皆具。所以，看过去非常恬静、柔美。

出发之前，我在网上阅读过驴友们撰写的关于八美山水的文章，评价都很高。他们认为，八美是一个非常值得来的大美之地。如果说新都桥是摄影家的天堂，那么，八美则更是。刚刚走出牦牛沟，倏然间天地变得宽广起来，顿时让人有种莫名的兴奋。在没有地形遮挡的地方，山风忽来，云层迸绽，远处的雅拉雪山便会像闪过的影子一般，猛然跳跃到我们面前。遗憾的是，路上总是烟雨蒙蒙，拍照效果不好，故而我们最终都未下车。

晚上八点多，我们到达炉霍。与藏区所有的县城一样，城区奇小，随意一瞅，全城尽览。待安顿完毕，天已擦黑。都说肚子饿了，赶紧找饭店去吧。同行的几位说没吃过藏餐，想去尝一下。

寻得一家不错的藏餐馆，遂入内。对于不善吃辣的我而言，进藏餐馆要比进川菜馆安心些。藏餐总体上偏重原味，烹饪手法相对简单，至少，不会出现常在川菜馆遇到的那种一再强调不要放辣，结果端上来的菜却依旧辣得吓人的尴尬。一藏族姑娘将我们引至一包厢内，先给每位斟上香气四溢的酥油茶。在藏区，酥油茶可是好东西，解困解乏解高反，我一直很爱喝。但藏餐中我唯一吃不惯的是糌粑，不过这也算不了什么问题，因为还有其他主食可供选择。

其实，对于我们这些内地的人而言，吃藏餐更多的是享受一种仪式感。通过吃藏餐，亦可肤浅地了解一下藏族的生活特性。就拿糌粑来说吧，这种主食的形成，显然与藏民族的游牧生活有着直接的关系。藏区的牧民在放牧过程中始终处于游动状态，根本无法垒灶做饭。所以，将糌粑作为主食，不失为一种简单而有效的饮食方式。

超似乎对糌粑的做法饶有兴趣，非得让女服务员教他怎么捏。看似灵巧的超，却只能在小小的银碗里尽情展示他的笨拙，青稞粉总是不断地从他的指间漏出碗沿，洒在桌上和地上，惹得那藏族姑娘哈哈大笑。不过，为了不拂超的兴致，她依然不吝美辞："嗯！学得蛮快，捏得不错！捏得不错！"把超夸得心花怒放。

可能是高原去得多了，适应能力在变强，也可能是炉霍的海拔还不算高（3250米），夜里竟未觉任何不适应，睡得还算不错。只是到了下半夜，窗外的马路时不时地有重载卡车驶过，声音惊天动地。数次醒来，以为天快亮了，掀起窗帘，瞥一眼远处，苍穹之上，依旧冷月高悬。

忽觉有点口渴，便趿鞋倒茶。脚一落地，顿觉右脚背十分疼痛，心里不由一阵忧虑。因在我出发的前一天，骑摩托车时不慎摔倒，致右脚背扭伤，右手肘关节处也擦掉了一大块皮，顿时鲜血淋漓。当时虽然疼，但见走路尚无大碍，又不想放弃既定的计划，最终还是缠着绷带出发了。现脚上的伤似乎在加重，这不禁让我有些心虚起来。因为不知道后面的攀登之路究竟有多艰险，这脚能不能承受得住？一番愁绪涌上，便睡意全无，只好睁着两眼等天亮……

喜马拉雅之雪

↑ 丹巴一景：呷任依村的碉楼

第五章　冰雪的纯粹

呷任依村的碉楼近景 ↑

3. 甘孜一日

早晨七点多，我们就上了路，十点不到便抵达了甘孜县。在下榻的旅馆，与川藏队接站的高度碰了面。高度是川藏队的技术总管，他名曰高度，其实并不高，而是短小精悍，一看就知其是特别适合做登山攀岩这类营生的人。高度很认真地检查了我们每个人的装备，他说我别的都可以，就是睡觉用的气垫不行，不保温。其实这垫子我之前在登山时用过的，但每座雪山的气候是有差异的。为保险起见，我答应换个别的垫子，但甘孜没有户外用品商店，只能到了大本营再想办法了。

大家都是第一次来甘孜，见时间尚早，便决定去县城逛逛。透过宾馆的窗户，见不远处矗立着一很高很大的白塔。经打听，方知那是由当地著名的那仓活佛创建的一兼具寺庙功能的公园——白塔寺，这是甘孜民众一个重要的休闲场所。于是，我们便想前去看看。

公园可随意出入，无须买门票。在当下的神州大地，与金钱无涉的景点可真是太稀缺了。走近白塔，顿觉其气势非同寻常，塔高约四十来米，体量十分巨大，猛一看此塔颇有北京天坛祈年殿的风格。以白塔为轴线，东西北三面列有近百座十来米高的小塔。白塔的下部由三层宝座构成，每一层皆围置有百只以上的黄铜转经筒，石制的围栏上绕饰着各种精美的浮雕。塔底部的四个朝向分别置有大殿，殿门檐上饰有含金量很高的镏金琉璃瓦。若阳光明媚，这华丽的殿门定会闪烁得让人睁不开眼。

白塔公园地势很高，站在上面，俯视周围，碧水环绕，绿草如茵，整个县城一览无余；眺望远处，云霭重重，雪峰偶露。从雪山脚下延续至县城的距离至少在二三十千米以上，相对海拔虽高差较大，但由于距离宽阔，城郭以外的地形给人的感觉好似一马平川。蜿蜒的河流如同飘逸的绸带，穿插于大片的草滩和田野之间。川西，真的是处处好风光啊！

正陶醉于美景之中，忽闻远处传来阵阵动听的音乐声，循声望去，见城内的一块空地上聚集着很多人，像是在搞文艺演出。于是，我们决计下去看看。由于不熟悉路，七拐八弯地浪费了不少时间。好在县城布局简单，不一会儿就走上了正道。一路上问了几个当地人，他们光说那儿在演戏，却都说不出是什么活动。待我们赶到，现场已是人山人海。

此处是河边湿地公园的一个小广场，只见广场的门口挂着一大横幅，上面写着"甘孜县首届珠牡迎秋节"。从场面上看，这似乎是一个很隆重的庆典，连州电视台的转播设备车都调来了。我心里琢磨，珠牡是什么意思？

人群实在太过密集，我们根本挤不进去，只好站在人群的外围，拼命踮着脚尖往里看。观演的场地没有座位，也没有室外场常见的那种可形成高差的固定台阶。所有人都是站着观看，而舞台又太低，我们只能可怜兮兮地透过人群的缝隙观赏着表演。舞台上的演员多是中小学生。我又问挤在身边的当地人珠牡是啥意思？他们却也说不出个所以然来。

不知什么人从哪儿找来了很多塑料椅子，于是，不少人干脆都站上去看，这下子把后面站着的人全给挡住了。我拼命地引颈仰望，但眼前的人墙严严实实地遮住了我的视线。正着急着，忽觉有人在拍我的肩膀，扭头一看，原来是一位穿着节日盛装的藏族姑娘。她将两把塑料椅子递给我说，你站上面看吧。真是雪中送炭的好卓玛啊！我心里一阵小激动，忙不迭地表示谢意。事后，在我向她归还椅子时，问她为什么把椅子给我？她眨了眨眼睛，笑道："不为什么呀！就因为你是这儿的客人呀！"

哎！这个解释真是太暖心了。我问她："你怎么知道我是外地来的？"姑娘哈哈一笑："还不简单吗！瞅你这身打扮就知道啦，冲锋衣、登山靴，要么是来旅游，要么是去登山，没有第三种人了。我说得对么？"姑娘的笑靥很纯真，很灿烂。

是的，她是这里的主人，我是客人。而善待和照应异乡客的理念，于当下的人们而言，似乎只局限于亲朋好友之间，很少会有人将这种理念延伸至毫不相关的陌生人身上，这真的难能可贵。我不禁心生感慨，要是人人都有这种情怀那该有多好。在你身处异乡之际，他人的哪怕是一点点微不足道的帮助，都会成为经久不忘的回忆。

一个美好的邂逅，让我对甘孜有了一份特殊的情愫。

临别，我与她及身旁的另一位姑娘说："能给你们拍张照吗？"

"当然可以。"她们嘻嘻笑着。于是，我摁下了快门。

散场之后，我依旧固执地向人们打听珠牡究竟为何，但有趣的是，答复都有点语焉不详。于是，不甘心的我径直走向公园门口的一顶大帐篷，那儿有几位工作人员在外面坐着。这下子总算有了一个大致的答案。原来，珠牡迎秋节是由甘孜传统的耍坝子（农闲迎秋之际的野餐派对）演变而来，意在迎接秋天的丰收。活动是从昨天开始的，要连续进行三天。珠牡则是格萨尔王的妻子，至于为什么以她的名字来命名今天的活动，他们也给不出一个详尽的解释，只是说这活动一开始就是这么定的。至此，我也不好意再刨根问底了。

晚上，我们四人去饭店吃了一顿质量一般，但价格不低的火锅。火锅主要以肉类和内脏为主，我不太感兴趣，只吃了一些冰冻的马面鱼肉，但这鱼很不新鲜，吃的时候我就已感觉到其有一点发臭，但没有其他的东西可吃，只得勉强下咽。不曾想到了晚上，就开始不停地拉肚子。第二天早上，竟又开始发烧，浑身酸痛乏力。这让我害怕极了，担心这突如其来的疾病会影响后面的行程。于是，我一整天未敢出门，就躺在宾馆里休息，除了睡觉就是喝水。到了傍晚，身体竟奇迹般地恢复了许多，这让我感到万分庆幸。我与同屋的小李开玩笑："看来，是老天在帮助我啊！这次咱们登顶估计是没问题了。"

晚上，高度召集全体队员开了个碰头会，讲了一下与此次攀登有关的事项。同时，相互之间认识一下。我挨着个一一看过来，与历次的登山徒步一样，在场的人中依旧是我年龄最大，且要比他们大许多。望着这些年轻的脸庞，我突然又产生了常怀的遗憾：我为什么不能像他们一样，早一些开始登山呢？如能早一点从事这项运动，我定可攀登更多的山。唉！再转念一细忖，觉得这想法真的太不现实。工作的时候，能抽出这么多的时间吗？答案自然是否定的。

回想自己的人生，多是在艰辛与繁重中度过，何曾有过轻松！得此闲暇，也只是在退出岗位之后。其实，对于这个问题，内心已不知自艾自怨地纠结过多少次，最后，只能是自问自答地勉作消释。是的，人生有太多的遗憾是永远也无法弥补的。

↑ 两位身着节日盛装的藏族姑娘

↑ 白塔公园一角

4. 终见新路海

翌日上午九点，我们乘坐川藏队安排的车子前往雀儿山大本营。尽管已登了好几次雪山，但这次心情显得格外激动。因为，就如我在文章开头描述的，这是一座我景仰已久的雪山。今天，我终于要真正走入她的怀抱了。途中，又经过了马尼干戈镇，并在那儿吃中饭。2012年秋天，我在走大北线时曾在该镇住了一晚。由于那天晚上我等一干人在停车场遭到了恶犬攻击，我只身与其搏斗，终于将其制服。所以，我对这个地方的印象特别深刻。

时隔六年，马尼干戈似乎有了不少变化，已全然没有了从前那种凋敝破败的感觉。最明显的变化是新建筑增加了很多，看来，国家对藏区的投入还是很有效果的。我本想去当年曾经住过的那家小客栈去看看，但司机说马上得走，因为到了雀儿山景区后，还得沿着新路海徒步两个来小时，时间不宽裕，于是，我只好作罢。

车到雀儿山景区门口，正巧遇到一支队伍刚刚攀登回来。看得出，每个人的状态都十分疲惫。我向走在最前面的一位年轻人询问情况，我迫切需要知道这座山到底难不难登，因为刚刚病愈，再加上脚上有伤，我实在难以保证自己能否坚持始终。

当这位小伙子走到我面前时，才发现他的脸被紫外线灼得脱了皮。我很惊讶，问他："你脸上怎么不做些防护？"他显得有些懊恼："哎呀！你感觉不到这太阳有多猛，主要是冰川的反射太厉害啦，到处是白花花一片。"

我问他："登这山难不难？"

"难！真难！"他说，"实在是虐，太虐了。"

他突然问我："你之前受过攀冰训练吗？"我摇摇头："没有。"

那你肯定会很累、很累，两个差不多二十层楼高、几乎垂直的大冰壁真是太要命了，还有数不清的冰沟、冰裂缝，有些冰沟还特宽，需要不停地跳啊，跳啊，总之，很不好登……

被他这么一说，我顿时心里一阵发怵。旁边一位与他并行的山友见状笑道："也不用太紧张，同样的山，每个人感觉不一样的。这山难度是有，但也没像他说的那么恐怖，要是全听他的，你还没开始爬呢，就先被吓死了。"听罢，我不禁莞尔。想想也是，哪座雪山不累人、不危险呢！所以，登山界有一句至理名言：不可轻视任何一座雪山。不过，我还是希望刚才他所说的话水分多一点。

现在，距离雀儿山的直线距离只有七、八千米，前面的山崖形状已清晰可辨。虽然由于峰峦的遮挡，被我们视为终极目标的雀儿山顶峰仍然见不到，但从裸露的山体中，可明显看出这座山确实与以往所登过的山不太相同。一是坡陡崖峭，二是冰川发达，纵深很大。显然，这样的山，是具有挑战性的。心里虽然忐忑，但我还是宽慰着自己：没关系，别人能上去，我照样也能上去。

但此时好像有两个自己在时刻暗自较劲，心理状态是分裂的。实际上，细细观察过山势后，反而加剧了我内心的不安。那位年轻人所描述的冰沟、冰裂缝可能会成为我的障碍，扭伤的右脚能不能承受这种跳跃？还有，在冰坡上踢冰，届时能使上劲吗？这真的不是无谓的顾虑。

"喂！大家都换上雨靴吧！"一位向导朝我们大声招呼着。在登山途中穿雨靴还是头一次遇到，因为，从马尼干戈去往大本营的路上，有很长一段距离是贴着新路海的岸边走，全是水体和沼泽。所以，每个人都提前准备了雨靴。从景区至新路海约有一千米左右的路程，看着长长的队伍套着清一色的高筒雨靴，样子有点滑稽。

前面有一块水洼，我无意中踩了进去，顿时感到两只脚凉飕飕的。脱下鞋子一看，袜子竟然全湿透了。原来自己从家里带来的这双雨靴已好多年没穿了，橡胶早已老化开裂。这下完了。我问向导，湖边的山坡上有没有旱路？向导摇摇头说："不行，必须蹚水过去，你要么跟谁去借一双？"

"啊？在这儿跟谁去借呀？"正说着呢，却见路上来了几位骑马的山友，他们也是刚从山上下来的。我连忙起身将走在最前面的那位拦住，向他讨要雨靴。那年轻人倒是挺痛快，忙跃下马来，说道："好的！好的！反正我已完成任务，用不着了，你拿去用吧！"

真是天无绝人之路呀！正打瞌睡呢，就有人往你脖子后垫枕头，太走运了。我忙不迭地表示感谢，随手又将已灌进水的破靴子递给他：嘿嘿！委屈你啦，这鞋子里面已经湿了。这位山友挺善解人意，大咧咧地说道："没关系！没关系！我到前面就换鞋了。"完了他又说道，"我这双雨靴是刚买的，质量不错，你放心穿着吧！"再次千恩万谢。独木难成林，独撒难成人。出门在外还真是离不开别人的帮衬呀。

走了不一会儿，我们便到了新路海岸边。新路海是一个面积约四、五平方千米的冰蚀湖。湖的面积虽不大，但颜值甚高。可以说，到目前为止，她是我见过的最具吸引力的湖泊。曾有人将她与然乌湖相媲美。但我觉得，然乌湖虽然也很美，湖面也更大些，但与新路海比较，还是稍显逊色。因为新路海周边的山形更壮观，尤其是纵轴向正对着雀儿山，更衬托了其既有的美丽。

六年前，走大北线时经过新路海而未入，我为此而遗憾了好久。不曾想，今天却是搂草打兔子，于不经意间了却了一桩大心愿。那天下午的天气很好，天穹之下，雀儿山的冰川闪烁着耀眼的银光，高空的疾风不时送去丝丝白云，粘在高低不一的雪峰之巅，形成一片片旗云。湖面上，没有一点涟漪，淡淡的雾气弥漫在山脚下。岸上，目之所及，是大片大片的野苜蓿，浓郁的绿茵中，密密匝匝地点缀着嫣红色的小花。绚丽的花海从岸边延伸至森林，这真是诗一般静美的地方。大家都被眼前的景色陶醉了，用手中的相机、手机噼噼啪啪地照个不停，直至领队多次催促，才不得不收心归队。

从新路海至大本营虽只有七八千米的路程，但由于湿地路况复杂，故行进的速度很慢，需走三个小时左右。这时，大家忽然想到了一个问题："这里为什么不能搞一条船呢？如果有船，哪怕是划桨的船也行呀！顶多半个小时就可抵达大本营了，我们也用不着那么辛苦了。"

不知是谁应道："要是有了船，那当地老百姓上哪儿挣钱呀！"哎！这话有道理！要是有了船，那些给登山者当背夫，赶骡马的人岂不都没活干了。再说，当地也没什么像样的产业，登山者的到来无形之中也给这里的百姓带来不错的收益。我们的驮包等重一些的物件都是雇当地人用骡马驮过去的，每个人来回得支付几百元，若再租马骑的话，还得另加费用。这些，对于当地村民来说，都是稳定的经济来源。登山活动如果能在确保环境不受损害的前提下产生一些经济效益，那真的是一件两全其美的好事。是的，某些存在无须很多的理由，需求即为合理。

我们行走的地方属于湿混合区域，时而蹚在水中，时而走在沼泽。有些沼泽上还长着密密的青草，一脚踩下去，还会惊起一群群蚊子。雀儿山下的蚊子早有耳闻，不想今天还真遭遇到了：全是身披黑袍的大家伙，不但个儿大，胆子也大，绕在人身边不肯离开。难怪川藏队事先叫我们随身带上驱蚊药，当时自己心里还直纳闷呢，雪山下面怎么会有蚊子？

可能是由于离大山太近，下层的风都被阻隔了，湖岸上的树叶竟纹丝不动。越往里走，周遭越显得宁静，相互间说话即使隔得老远也能听得很清晰。大家有说有笑，十分兴奋，虽然道路泥泞难行，却走得并不累。在登山的全过程中，当下这一段是最没有心理压力的。此时，对高原的环境已基本适应了，体力正充沛，周围又是冰川雪峰，湖光山色，无法不让人兴致盎然。

正嘻嘻哈哈地边走边吹，我的一只脚突然陷进了泥沼里，使劲一拔，完了！脚是抽出来了，可那只雨靴却牢牢地插在泥水中。我独腿支撑，身子左摇右晃着随时会摔倒，连忙大喊："快！快！谁来扶我一把！"众人见状大笑，赶紧过来扶住我。这头刚刚摆脱窘况，前面很快又有人陷了进去。领队便亮起嗓门向大家喊道："别再走神了，脚抽得慢一点，要是摔倒了，待会儿你们啥也别干了，就在营地里给自己洗脏衣服吧！"这番提醒，又惹得大家一阵哄笑。

↑ 静美的新路海，是著名的冰蚀湖泊，系雀儿山冰川和积雪融水汇聚而成

↑ 通过新路海湿地

5. 彩色的大本营

下午三点左右，我们走出了沼泽地带。大老远就见到了大本营，营地位于山下的一片平坦的草滩上，营门前插着的许多彩旗，和营地里各种颜色的帐篷混搭得非常好看。这让我有点兴奋，登过好几次山了，还是头一次见到如此五彩缤纷的营地，这应该是我迄今为止见过的最漂亮、最浪漫的登山大本营了。

川藏队的队长苏拉王平早早地就迎候在营地外面。苏拉王平从事登山向导工作已近二十载，登顶过包括珠峰在内的很多雪山，在国内的登山界已是大名鼎鼎。在网上，看到过不少山友撰写的关于川藏队的文章，评价甚佳，其中的传奇色彩更多的还是指向于苏拉王平个人，今天终于见到了他，不免让我有些兴奋。

一阵寒暄后，苏拉王平领着我们来到入住的大帐篷里。只是短暂的接触，我就觉得苏拉王平是个很有眼缘的人，一见面就能让人产生充分的信任。其实，决定情感深度的，更多的是凭着一种直觉，一种对人的秉性的初始判断。这不仅仅是指苏拉王平，也包括川藏队的其他成员。

在后来的整个攀登过程中，同行的协作们都给我留下了极好的印象。我想，这也反映了他们的企业文化的特质。当然，也可以说，这应是他事业能够成功的因素之一。尤其是在我下撤途中脚踝崴伤时，他们不离不弃，体现出极高的职业精神和职业素养，在极端困难的境况下给予我很大的帮助，使我得以平安下撤。至今想起，仍让我十分感动，这在后面还会提到。

虽然是头一次跟随川藏队登山，但在与他们的接触过程中，明显感觉到这支队伍的不同凡响。除了上面提到的之外，再就是他们的硬件特别齐全，装备精良，管理有序。在大本营的一间仓库里，我看到了摆放着的成系列的登山装备，从服饰至绳索、冰爪、冰镐、高山靴、救生工具，等等，一应俱全。看得出，这的确是一家十分规范的登山团队。

站在大本营的位置看雀儿山，褐色的山崖近得似乎触手可及，但正是由于离得太近，其主峰反而被前面的山崖和卫峰给挡住了。然而，山腰以下的部分却是看得非常清楚。雪线以上，巨大的冰川覆盖着山体。我用相机的镜头将景物拉近仔细观察，发现冰川的断面都很厚，目测估计至少有二三十米以上。可见，雀儿山的冰川是相当发达的。由于正值初秋，冰川融水相对较多，故雪线以下，黑黝黝的花岗岩岩体上可见到垂挂着的一条条闪亮的瀑布，水流的轰鸣声可清晰地传至山下。

协作告诉我，如果是在春季，山上的雪线还会下移很多，现在裸露着的岩体都会被厚厚的积雪盖住。若在那个季节登山，好处就是雪相对较硬，不会踩得很深，距离长的话反而能省点劲。而且，那时候冰裂缝上的雪桥也会比较结实，不易踩塌。他在说到这个问题时，当时我并未在意。心想，登过几次雪山，冰裂缝见得多了，自己小心点就是。但没想到的是，雀儿山的冰裂缝，尤其是暗裂缝多得超乎想象，危险始终如影随形，让人防不胜防。

晚饭后，苏拉队长给我们讲课。这是每次登山过程中必走的一个程序，任何一家登山公司都不敢在未走这道程序之前就将人带上雪山，哪怕你已登过多次山，也必须认真聆听。因为，每座雪山都有其不同的特点，越了解得透彻，越是对自己负责。川藏队有一句口号很好：心中有数才出发！是的，心中有数，是登山成功和安全的第一要义。只有心中有数，才可将偶发的危险因素降至最低。因为，登山是探险，而不是冒险。

苏拉队长的那堂课给我留下很深的印象，他除了强调登山中必须注意的事项外，还专门讲了自己对登山这项运动的理解，其中的一个观点我非常认同。他说："登山不能逞强争勇，登顶是目的，但不是唯一的目的，登山，更多的是一个过程的享受和体验。"

他还对商业攀登与阿式攀登谈了自己的看法，其与我之前围绕两种攀登方式所写的一篇文章的观点完全一致。他说，这两种攀登方式适合于不同的群体，而不存在高低之分。对绝大多数的登山爱好者而言，商业攀登是达成目标的最佳途径，因为你可在相对安全的前提下实现自己的愿望。而阿式的技术要求更高，所有的保障皆需自己解决，其只适合于少部分专业攀登者。故而将两者放在一起做比较是没有什么意义的。

顺带着，他又简述了国内阿式攀登的现状。他认为，当下国内属真正意义上的阿式攀登的人并不多。有些即便没有商业模式的介入，却也很难说这是纯粹的阿式攀登。譬如，很多雪山上的危险路段早就由登山公司铺设了路绳（指用被冰锥固定在冰面上的安全绳），但这些路绳他们（阿式攀登者）不可能不用。好多次，待我们上去，路绳早被人从雪里扯了出来。很显然，已用过。或者，有些人跟在专业登山公司的后头，亦步亦趋地踩着人家的脚印走。那么，这当然也算不上是纯粹的阿式攀登。

其实，借用一下别人的路绳或者踩着别人探出来的路倒也好理解，我能省点劲干嘛不省呢！但是你下来以后，不要到处吹嘘你这是阿式攀登，这样会误导人家，会让人家以为自主攀登是件很容易的事，以致盲目"自攀"的人越来越多，并最终给自己造成伤害。

喜马拉雅之雪

现在回想起来，经历过多次的高原徒步和雪山攀登，如果说对这项活动有过哪些认知上的收获的话，那么，当是这堂课莫属。

大本营南临湖泊，背靠雪山，地理环境极佳。我觉得，即使不登山，在这儿小住几天也是很惬意的事。走出营帐，就是一片辽阔的草地：鲜艳的野花点缀于翠绿之中，牛、马悠然徜徉其间，鸟儿啼鸣，时飞时落，冰川融水汇成溪河，欢腾着流向静谧的新路海。这是一个能让人静得下心的地方。

第二天，除了赏景、发呆、喝茶、吹牛之外，其余的时间是技术培训，教授部分登山器械的使用方法和实际操作。这些器械之前都用过，但对于我们这种偶尔操作的人来讲，技术显然有点生疏了，还达不到熟练的程度。所以，再温习一下的确很有必要。对登山者而言，器械就是生命，来不得一点马虎。当然，此时的我并不知道，若无器械的保护，这次肯定命丧雀儿山了，但这是后话。

↑ 我们的大本营，装扮得漂亮吧（川藏队供稿）

↑ 从大本营遥望雀儿山，因其周围有好几座海拔五千多米的高山遮挡，因此只能看到一部分银白色的峰巅

6. C1，在冰川末端地带

这是我难忘的一个时刻：八月七日上午九点多，攀登正式开始了。今天的目的地是 C1 营地。由于正值夏季，这段路基本无冰雪，全是裸露的岩石。个别地方由于冰川侵蚀的缘故，巨大的乱石会很突兀地堵在陡峭的沟壑里，我们就在这乱石间穿行攀爬。坡很陡，多在 35 至 40 度之间。有些由巨石形成的岩壁几乎呈垂直状，须借助简易木梯等进行攀缘。而最危险地方的则是岩壁上的横切段，落脚的地方还不到一脚掌宽，身体全靠两只手拽住铺设在岩壁上的绳索来稳定，若一不小心滚落下去，那就玩完了。

可以想见，若是在有雪的季节，这段横切肯定会更加危险。但由于是上行，心里虽有点紧张，却并未感到害怕。真正感到害怕的，则是在我们下撤的时候，那时才会真切地感受到什么叫作上山容易下山难。

尽管攀行十分劳累，但我的状态还算不错，虽然前两天在甘孜刚患过急性肠炎，体能似乎并未受到太大的影响。而唯一让我有点担忧的是出发之前所受的脚伤。偶尔，脚面要是用力一猛，就会隐隐地作痛。但我并未太在意，因为疼痛的程度尚可忍受。我想，应该不会有太大问题。但是，后面那没完没了地跳越冰裂缝和冰沟，尤其是在攀爬 C2 至主峰的两个大冰坡时，伤痛还是给自己带来了非常大的困扰。

↑ 从大本营至 C1，有一段危险的悬崖路，脚下是百余米的深渊，须小心翼翼地横切过去

下午一点多，我们顺利抵达 C1 营地。C1 营地海拔 4850 米，从这个高度抬头仰望，所看到的，除了耸立于天际的深褐色的山峰，便是一望无际的冰川了。雀儿山的冰川与珠峰绒布冰川的形状很不相同。绒布冰川的海拔更高，且多是数十米、甚至更高的大立面的冰体，呈相互联结状，冰质晶莹剔透，富有美感。而雀儿山的冰川更多的是冰原地貌，连绵起伏，平缓上升，冰体也不太透明，有些冰体的表面甚至呈浅褐色。用一个不太准确的比喻去形容的话，绒布冰川是一座座竖立在山上的冰塔，而雀儿山的冰川则像是平铺在山上的冰雪丘陵，感觉很像是极地的冰雪世界，显得十分张扬。

不过，在冰原的尽头或特别陡的上升地段，冰川则会隆起很高且很长，像是城墙一般横亘在我们面前。而安全风险主要还是来自冰原地带。因为，冰裂缝多集中在那儿。从一些明裂缝的豁口可以看出，雀儿山冰川的厚度是相当惊人的,至少都在几十米以上。或许,珠峰和雀儿山上的冰川形状原本并无差异,只是由于纬度、地势及气候等多种因素的叠加,致使两者形成了不同的外形。

雀儿山还有一个很奇特的现象,那就是,很难从低处或远处窥得山的全貌。直至我登完这座山后,依然无法完整清晰地在脑海里复原对它的记忆。想了许久,才明白过来。原因在于,雀儿山与我之前去过的雪山很不一样,主要是其纵深太长。正由于这种大纵深,再加上主峰的周围有许多海拔五千米以上的卫峰簇拥着,视线完全被挡住,故从远处只能见到稍近些的山峰。

当然,还有一个重要因素,即雀儿山的顶峰时常云雾缭绕,好天气不易遇到。所以,很难见到完整的主峰。雀儿山的攀登难度还在于其在冰川上行走的距离太长,辽阔的冰原像北方的田野一般,一眼望不到头。另外,其海拔虽仅有6168米,但从大本营至顶峰的相对高差竟达2000多米,这几乎比海拔相近的玉珠峰的实际攀登高度增加了一倍。

↑ 营地之夜

安顿完毕,我们便在协作的带领下到冰川上进行冰雪步法训练。刚至冰面,因尚未系戴保护,领队怕我们掉入冰裂缝,一再告诫大家别乱走。其实,他不提醒,我们也不敢乱走。因为冰面上到处是巨大的裂缝和断层,将冰原切割得十分零乱，若掉进去可不是闹着玩的。好在这些裂缝大多在明处，只要不在边缘上行走，危险性并不大。我问协作："这儿的冰裂缝咋那么多呢？"他说："雀儿山的冰川活动性太大，变化快。所以，冰裂要多于其他雪山。也正因为这一点，行走的路线难以固定，随时需要做出调整。"

C1营地是个巨大的石坡，我们搭建帐篷的位置离冰川仅有几十米远，这也是雀儿山在这个季节的雪线分界点。从地貌上可以判断，多少年前，这里肯定也覆盖着厚厚的冰层。而今，随着冰川的消融，冰层已往上退缩了不少。其实，在这个位置扎营也是出于无奈，因为这儿根本找不到一块可供搭建帐篷用的平坦之处。除了扎会议帐的地方稍稍平坦些，其他的帐篷都是见缝插针地搭建于乱石之中。但是没办法，这里唯一平坦的地方只有冰面，而在那上面搭帐篷显然是不可能的。望着这高低不平的"床铺"，我知道，今晚要受罪了。我平时的睡眠质量就很一般，若再加上这硌人的床铺，肯定更惨。果然，那天晚上几乎整夜无眠。躺在薄薄的防潮垫上，全身被石头硌得生疼，辗转反侧，怎么躺都觉得不对劲，直至黎明时分，才迷迷糊糊地睡着了一会儿。

↑ C1大本营，海拔4850米，是雀儿山冰川与岩石地带的分界点

早上起来,头昏沉沉的,好在我没什么高反症状,胃口还不错。吃早饭的时候,一旁的山友看着我狼吞虎咽的样子羡慕得不得了,开玩笑道:"看来你百分百能登顶。"我说:"现在别想着登顶的事,先把饭吃好再说。"

有几位山友高反较明显,有一口没一口地扒拉着饭碗。见状,我便把从家里带来的肉松都拿出来让他们分享。我说这是最适合登山用的营养品。我这不是信口开河乱说,肉松的确是登山的好佐菜,香而不腻,每次上高原我都会带上一点。他们一见肉松,顿时眼睛发亮:"哎呀!这可是好东西,"村长"怎么想得这么周到?"

↑ 在 C1 营地旁的冰川上训练

"村长"这个雅号是我在大本营里"荣获"的。到达大本营的那天晚上,苏拉队长要来给我们讲课,在其尚未到时,大家在会议帐里聊天逗乐,不知是谁大声提议:"这里老陈年纪最大,先请他来给大家讲几句。"我没推辞,先是夸张地清了清嗓子,然后背着双手,一本正经地走到桌前,很"认真"地向他们做起了"报告",我开场的第一句是"村民同志们……"随即,底下的人都开始热烈地起哄鼓掌,一场短暂的搞笑结束之后,众人便送了我这么一个雅号。此后,他们都管我叫"村长"。时至今日,在微信群里,山友们对我依然以"村长"相称。看来，我这个村长要一直当下去了。

7. 冰裂遇险

吃罢早饭，穿戴好装备，我们正式进入到冰川地带。领队告诫大家，今天全程都是冰雪路面，冰裂缝极多，危险且辛苦，一定要多加小心。从现在开始，我们需一直攀行在冰雪面上。上至一个大缓坡，展现在我们眼前的居然是一大片望不到边的冰原，这种景象在别的雪山上从未见到过。偶露的阳光照在冰面上，明晃晃的直扎眼，大家赶紧将雪镜戴上。

在刚开始的约半小时的行程里，因没有暗裂缝，且要过好几条冰沟，故我们未结组而行，但仍需走得非常小心，因为不少明裂缝就在四周，豁着狰狞的大口子。我们必须将每一步都踩在向导留下的脚印上。这一段冰川上有很多像小河一样的冰沟，宽度在两米左右。由于穿着冰爪，无法助跑加力，只能直接原地起跳，这就需要足够的爆发力。否则，一旦跨不过去极易被沟沿的坚冰磕伤或掉入水中。

这让我想起了前天那位山友讲的话，看来他所言不虚。像这样的宽度，若是平时越过去肯定没有问题，但在负重的情况下做如此大幅度的跳跃，再加上脚背有伤，我心里很没底。但此时你别无他法，只有横下一条心了。好在自己爆发力尚可，一条条冰沟都顺利地跃过去了。我不禁暗自庆幸，幸亏自己这些年一直在坚持锻炼，不然，在这当口还真够呛。

其实，艰险才是刚刚开始，更大的考验还在后面。随着海拔的上升，坡度更加陡峭，冰川的形态也越来越复杂。在平缓的冰原上，许多隆起的冰川变成了形状各异、高低不一的冰崖，朝顶峰无穷无尽地延伸着。其后的好多路段，我们都是反复在无数个冰崖的峰脊上攀爬。而峰脊的两边，冰体被冰川运动撕扯出一道道幽深的大口子，形成很大的裂缝和冰洞，行走在上面必须万分小心。

此时，即使我们都已结组，若一旦发生滑坠，轻则自己受伤，重则还会累及他人。不过，好在这个季节在五千多米海拔的区域的雪层还不算很厚，好多裂缝和冰洞都暴露在外，使我们可以规避更多的危险。

在稍显平缓的冰原上，同样是危机四伏。最让我们吃惊的是，越往上走，冰原上的裂缝就越多。除却无法跨越的冰裂缝只好绕行通过外，一般的冰裂缝，我们都选择直接跳过去。协作们对于跨越冰裂缝的现场组织是十分严谨的，跨越之前，协作会让对面的队员先做好随时制动的准备，然后再启动跳跃。

我粗略地估算了一下，从 C1 到 C2 营地，以跳跃方式跨过去的冰裂缝有近三、四十条，这在我从前的雪山攀登中从未遇到过。当然，这也对体力提出了很高的要求。奇怪的是，我本以为因昨晚没睡好，今天的体能肯定会受影响。但是，状态似乎还不错，既无高反症状，也没觉得特别的疲劳。唯一的不适就是必须忍受脚上的伤痛。或许，是不断出现的险象刺激了肾上腺素的分泌，使自己骤然迸发了内在的动能。

对于这种不断拼爆发力的跳跃，可是苦了那几位女队员。毕竟，爆发力靠的是强健的肌肉。而这，恰恰是她们的先天弱项。所以，面对这一路的冰裂缝，她们显然要比我们走得更苦、更累。记得在跳过一道很宽的冰裂缝后，一位女队员瘫在冰面上半天起不来，她一边喘着气一边问道："你们有没有想哭的感觉啊，我真的快崩溃了！"是的，跨越这样的冰裂缝，不仅仅会消耗大量的体能，而且会诱发短时间的缺氧，加剧高原反应。更要命的是，一旦没跳过去，或者腿磕在冰裂缝尖锐的边沿上……我不敢再往下想。

但是，你越怕啥，它就越来啥。在距 C2 营地还有约一小时路程的时候，冰川上的裂缝愈发密集，朝四周望去，可见到一道道笔直的呈下凹状的暗裂缝痕迹。但由于此处的海拔高度比刚上来时增加了几百米，积雪更厚，这使得有些裂缝变得非常隐蔽。于是，危险便随之降临了。

实际上，从 C1 至 C2 营地，我们跨过的冰裂缝远不止记忆中的那些数量，只不过有许多是暗裂缝，走过去了，我们也不见得都知道。由于雪山上每天都在下雪，一些不太宽的冰裂缝随时会被雪盖上，随着雪量的不断增加，并在重力作用之下，积雪越压越紧，进而在裂缝上形成一层坚硬的厚雪，我们称之为雪桥。如果温度低，雪桥足够厚实，从上面走过去一般不会有什么危险。但是，如果气温高，雪桥变软，再踩踏过度的话，雪桥就会瞬间坍塌，这也是登山者坠入冰裂缝的主要原因。所以，在雪山攀登时，结组的主要目的，就是为了在有人坠入裂缝时，便于及时施救。

那天，我走在结组的最后面（结组的先后顺序在当天一般是固定的）。在这种危险地带行走，我向来十分谨慎，每一步都是踩着别人留下的足印，不敢有丝毫偏离。此时，有一条暗裂缝并不太宽，从雪面上的痕迹看，最宽处也仅为两米左右。从前面的人踩下的凌乱的雪窝中可以看出，这雪已有点发软发黑了。我隐约有点担心，但又一想，前面的人刚刚走过，应该没问题，随即就踩了上去。但就在我刚刚迈出第二步的刹那间，脚下的雪桥突然坍塌了，整个人立时坠入一片黑暗的深渊之中。

我脑子"嗡"地一下炸开来——完了，掉进冰裂缝里了！由于裂缝的口子不太宽，再加上身上背着硕大的登山包和防潮垫等物，使我身体的厚度增加了不少。所以，刚掉下去的时候，裂缝两边犬牙状的冰壁卡住了我。但是，我渐渐地感觉到身子像是被人用力地往下拽，一点一点地下滑着。我知道，这是重力作用在将我往深渊里拉。大概过了半分多钟，我似乎稍微适应了裂缝里面的光线，便朝下面看去。由于亮度不足，我仅能看至五、六米深的地方，只见冰壁的断面上泛着幽幽的青蓝色的光泽。再往下，则黑乎乎的什么也见不到了。

我知道，上面的人肯定会来救我的。但是，身处这般险境，我不免感到紧张，只想着快点摆脱。看着头顶上的绳子与冰裂缝尖锐的边沿在不断地摩擦，猛地想起了之前看过的电影《垂直极限》中安全绳被冰沿磨断的镜头。我真的非常担心，时间一长，这根维系着我的生命的绳子是否会被磨断？

于是，我便用双手顶住冰壁，力图控制身体的晃动，以减少摩擦。我想试着自救，而要自救，须将脚上的冰爪蹬到前后冰壁上，这样我才可借上力。我试着将两只脚向前后蹬开去，但是，根本碰不着，更别说将冰爪扎进冰壁了。我一下子明白过来，这个冰裂缝肯定是上窄下宽。是的，一路走过来，所见到的明裂缝都是这种形状，有些裂缝下面甚至还有很深的冰溶洞，明裂缝如此，暗裂缝当然也是一样。

↑ 奋力跨越冰沟（川藏队供稿）

此时，我突然想到了殒命于冰裂缝里的原清华大学登山队队长严冬冬。我开始设身处地地为严冬冬感到悲哀了：原来掉入冰裂缝里竟是如此的无助！现在，我的性命毕竟还有一根安全绳维系着，而严冬冬却没有。他是登山专家，阅山无数，理应懂得不可轻视任何一座雪山的道理，怎会如此大意呢？连绳组也不结就在冰川上行走！是的，难怪严冬冬的死是无可挽回的，在没有保护的情况下坠入冰裂缝，几十米甚至上百米深的自由落体撞击，必然置人于死地。

想到这里，我的恐惧感突然加剧：我知道，现在肯定是被冰壁上端的狭窄处卡住了，所以，人才没有快速下坠。再过一会儿，如果卡着我的冰沿开始破碎脱落，那岂不是下滑的速度还会加快？虽然我有安全绳系着，但是，上面的安全绳完全有可能还留着很长的余量，哪怕是几米的长度，也足以再让我坠至更深的地方。于是，我想叫上面的人把安全绳收紧点（其实，上面的人早已拽紧了绳了，只是我不知道而已）。但是，我根本发不出声音。原来，我的头盔被冰壁的突出部给卡住了，头盔上的扣带将我的下巴勒得死死的，嘴巴根本张不开。这下子彻底没辙了，只好无助地等待着。

　　过了好一阵子，我感到腰上的安全绳紧了起来，对，肯定是有人在拽我。但是，拽了几下，又没了动静。难道是我被卡得太死，他们拉不动我？今天算是真正知道了什么叫听天由命。继续等待。突然，我脑子里冒出一很可笑的想法：这世界上，能进入到冰裂缝里看"风景"的人一定不多吧，何不乘此机会好好看看里面究竟是啥模样？现在，眼睛已适应了昏暗的环境，光线及处，细节也比刚才更清晰了一些。我观察着裂缝的内部，靠近裂口处的冰壁像一堵凹凸不平的墙，这堵墙的深度与长度是无法想象的。哦！不，长度或可想象。因为在我掉下来之前已经观察过这片区域的地形：冰原的两端相距至少在十几千米以上，而深度则只有天知道了。让我稍感奇怪的是，这冰壁的表面竟然如此晶莹剔透。这让我想起了去年登上的珠峰绒布冰川，其光泽也是那么的诱人。可能，这处冰层开裂的时间还不太长吧。

↑ 雀儿山冰川上密布的明暗裂缝，这是攀登者的头号杀手（川藏队供稿）

我感到口渴得厉害，很想喝水。伸手摸了摸登山包的右侧，保温壶倒是还在，但是，活动空间太小，根本取不出来。感觉又过了很长时间，上面竟没了动静，他们在干什么呢？我感觉身子还在慢慢地往下滑，于是，我用两只手握住冰镐（冰镐因为有绳子套在手上，所以没掉下去），用力顶住面前的冰壁，想以此来减少滑动的速度。但是，因没有支点，冰镐吃不上力，一点用处也没有，只好放弃。

冰裂缝里很冷，脚底下仿佛有一股森森寒气在往上冒。偶尔，还会发出像老牛喘息般的声音，这可能是空气在裂缝里快速流动的缘故。我不知道，人可以在这样的低温环境下存活多久？一阵疲劳感袭来，有点犯困的感觉。这让我感到很奇怪，在这种时候怎么会犯困呢？我忽然想到，之前，曾在关于登山的文章中看到过，人在失温状态下会感到困乏。但又一想，才这么点时间怎么会失温？不可能！那么……难道是缺氧？我有点警觉起来。裂缝里面含氧量本来就少，再加上刚才这一阵折腾，耗氧量肯定会陡增。头盔上的扣带也越勒越紧，更是让我憋得非常难受。我竭力让自己保持清醒，因为我不知道营救会持续多长时间。我可不想上去后随即又被不省人事地送下山去。

突然，腰间猛地紧了一下，又有人在拽我了。我感到腰间的锁扣被拽得吱吱作响，真担心会被拽坏，要是锁扣坏掉了，那我真的要去严冬冬那儿报到了。我想叫他们别硬拽，但头盔的扣带依然勒着我的下巴，一点也张不了嘴。随着连续不断的拖拽，终于，一片白色的光泽映入了我的眼帘。我的整个头部露出了冰面，距我几米远的地方，老李（队里年纪最大的协作）和另两位协作正在像拔河一样拼命地拽着我，直至我被完全拖出了冰裂缝。此时此刻，我突然觉得自己好狼狈哦！

几位山友跑过来想扶起我，我连忙摆手制止了他们，大口大口地喘着气说道："先让我躺一会儿，我……累坏了。"躺了大概两、三分钟，感觉状态缓解了一些。我向老李他们抱拳致谢："救命之恩，没齿不忘！"一位山友笑道："当时真把我们给吓坏了，猛一回头，哎呀！好端端的怎么整个人就消失啦！"

喜马拉雅之雪

↑ 步步惊心，结组而行

哎？我突然想到了一个问题，便问道："我完全是踩着前面的脚印走的，怎么会掉进去呢？"一协作挠着头："哎呀！这就不好说了，可能是踩的人多了，再说现在已过了中午，雪也软了，反正……"

我明白，这纯粹是一个偶然。这种偶然的因素其实自己也知道，现在提出来，无非是有点不甘心，想表达一种情绪而已。我又问："怎么过了这么长时间啊？"老李说："当时这个组里我离你最近，本来想自己一个人把你拉上来的，可是，可能是卡得太死，怎么拉也拉不动，我只好又跑到后面去搬救兵了……"

"难怪用了这么长时间！"我说。

"没过多长时间呀！感觉才一会儿工夫。"两位山友在旁说道。

"哎呀！你们不知道，我在下面可是度秒如年啊！"

一山友连声说道："哎呀！老陈，你是大难不死，必有后福呀！"

我有些哭笑不得"：都这个年纪啦，今天没死了，就已经算是享后福了呀！"众人大笑。

又有一位山友问我："你掉下去的时候在想什么？"

我不加思索地说："没想什么，就想到了严冬冬。"

"咦？怎么会想到他呢？你也太逗了吧！"他笑了起来。

"严冬冬不也是掉到冰裂缝里死掉的吗？"我说。

我又问老李："这冰裂缝大概有多深？"老李的回答让我吃了一惊。他说："这……至少得有几十米深吧，这里的冰裂没有浅的！"

天哪！如果没有安全绳，那我今天是必死无疑了！

休息了一会儿，我们又继续上路。但此时我的体能下滑了许多。显然，我还未完全从刚才的缺氧状态中恢复过来。老李过来搀扶我，我笑道："还不至于到这地步，你放心吧，我能走，你们只要把速度稍稍放慢一点就行。我不愿意在众人面前示弱，没什么大伤，哪能被人搀着走！"

但是接下来的行走，感觉非常不好，不仅仅是体能问题，主要是心理上形成了障碍，这让我很受累，所有的雪桥都会让我踌躇不前，生怕再次掉下去。只要不是太宽的裂缝，我宁可多费点力气跳过去，也不愿意再踩着雪桥走过去。哪怕这雪桥上刚刚有人走过，我也会对上面留下的脚印表示怀疑。好在此时离 C2 营地已不太远了，使我内心的纠结终于暂时得以纾缓。

↑ 背上行囊，准备向 C2 进发

↑ 前往 C2 营地的攀登途中

8. C2，那一片晶莹的世界

　　C2 营地建在山岙间相对平缓的雪坡上，四周是高耸的冰川，举目环顾，到处雪色皑皑，银光闪烁，真是一片晶莹剔透的世界。领队一再提醒大家不要在营地周围随便走动，因为不远处有许多暗裂缝。由于这儿海拔更高，降雪量很大，以致所有的冰裂缝都被覆盖上了厚厚的积雪，若在没有保护的情况下掉入这种覆雪极厚的冰裂，不但必死无疑，而且，现场连丝毫的痕迹也不会留下。而许多豁口特别宽的冰裂缝则反而要安全些，因其表面的覆雪在重力作用下会产生明显的凹痕，故一眼望去，雪地上呈现着漫长而柔和的冰裂线。在几处布有暗裂缝的行走区域里，协作还事先插上了红色的路旗，以作警示。

不知是谁又提起了我掉进冰裂缝的事，一山友兴致盎然地调侃道："哎！哎！诸位，你们知道'村长'掉进冰裂缝里的时候在想什么吗？"众人摇头。他随即得意扬扬地晃着脑袋，像公布什么重要消息似的，神秘兮兮地说："'村长'想到的竟然是严冬冬，你们说有趣不有趣！"他边说边自顾自哈哈笑了起来。

一山友问他："严冬冬是谁？"

"啊？登山的人竟然不知道严冬冬是谁？"有人表示不解。

于是，我简要地叙述了一下严冬冬遭遇山难的经过。末了，我很郑重地加了一句："严冬冬登过那么多极高型的雪山，却没料到会丧命在一座不到五千米高的山上，看来真的不可轻视任何一座雪山。"说到这儿，我特地提到网上一篇悼念严冬冬的文章，其中有一段文字我印象特别深，大致意思是：既然选择了登山，就选择了与死神的交往。可以说，每一次令人炫目的登山行动，有荣誉也有生死，有成功也有血泪。

我问道："生死、成功、血泪，我们或许都有份，可是，荣誉与我们有关系吗？我们的登山纯粹是个人行为，与所谓的荣誉沾边吗？假使真的能得到荣誉，那这荣誉又有啥意义？你们说是不是？"

众人一时未语。

"哦！"一山友又开玩笑道："'村长'，今天你要是'挂掉'了，那以后我要是掉进冰裂缝里了，肯定也首先会想到你，因为你是我所知道的第一个掉进冰裂缝里的人物。"他用的"人物"这个词，把大家给逗笑了。旁边一山友揉了他一下："你这只乌鸦嘴，别忘了我们是在哪里，别尽说这不吉不利的话！"

不过，我还是很认真地强调了自己的一点体会，那就是，对于牢固度吃不准的雪桥，踩上去的时候一定要小心，要随时做好起步跳跃的准备。没想到的是，刚刚说的这条所谓的体会，竟然在两天后的下撤途中真的用在了自己身上。

C2，是我迄今为止见过的景色最壮美的高山营地。硕大的冰川环伺四周，湛蓝的天幕垂挂在冰崖之巅。忽而，一阵轻雾伴随着片片雪花骤然而至；忽而，一道阳光穿云破雾，映照于冰壁上，如明镜般耀眼。橘黄色的帐篷，点缀于辽阔的冰原上，远远看过去，像是镶嵌在白色盛装上的饰物，异常醒目。

有些山崖几乎呈垂直状，冰雪难以留滞，岩壁完全裸露着，而坡度稍缓的地方皆覆上了厚厚的冰层。这里除了蓝天，能看到的只有两种反差极大的颜色，即冰川的白色和山崖的褐色。在营地的左后侧，有一座长度数千米、相对高度至少在百米以上的冰川，锥状的山崖穿冰而立，气势非凡。我忽然看明白了，这应是之前遥望雀儿山时所见到的外围山峰的一部分。因位置和角度的关系，从远处很难看出这里面竟会蕴藏着如此巨大的冰雪体量！

大自然的造化实在无法用语言来描绘，在冰雪铸就的天地之间，在冷峻伟岸的冰川面前，人之渺小，如同蝼蚁。这是能让人感受纯粹的冰雪世界！站在这冰峰之上，你才会真真切切地理解，生命之外的一切都是很无谓的。

我说："真想到这座冰川上去看看，它太具诱惑力了。"一山友问我："你难道还有力气啊？"这倒是，我也只是说说而已，没有结组，哪敢走哇！当然，现要是真让我去登，肯定也走不动了。

从被冰裂缝里救出来后，我一直走得非常累。这种累是一种说不出的感觉，浑身发软。而且，右脚背的伤在加重，即使不踢冰也会隐隐作痛，这让我有点担心。只愿明天的体力能好一些，像现在这样，肯定登不上 C3 那个大冰壁。眼下，我竟然担忧起体能问题了，这种状况之前我还从未有过。

C3 营地和雀儿山顶峰下面各有一座陡峭的大冰壁，之前已看到过相关介绍，说那是整个攀登过程中的两道坎。一协作见我担心，便笑道："你不用紧张的，我看你一路走得挺好的，现在累，是因为刚才你掉进去太紧张的缘故，晚上睡一觉，明天早上就能恢复了，没问题的！"

是吗？但愿如此。或许，是协作的话起了一定的心理暗示的作用，至吃晚饭时，疲劳感已消失了许多，而且胃口还好得出奇，比在 C1 大本营时还吃得多。晚餐尽管只是普通的方便面，我却吃得津津有味，一份不够吃，居然还加了量。

喜马拉雅之雪

煮面的协作跟我开玩笑道："'村长'这么能吃呀，厉害！登顶绝对没问题！"

我被逗笑了："先别说登顶了，明天那个大冰壁还不知道能不能上去呢！"

"没事！没事！能吃就有力气，你不信看着。"

↑ 这面城墙般的冰川，高度至少在 20 米以上

↑ 壮观的冰川，美得叫人窒息

↑ C2 营地，我们的到来，打破了雪山的沉寂

9. 绝望大冰壁

第二天早上，天气不错，山头虽有雾霭笼罩，但好在风不大，这一点太重要了，若在狂风中攀登那可就要受虐了。在正式向 C3 进发之前，发生了一个插曲：来自北京的瑞雪放弃了攀登，马上就下撤。对于她的放弃，我虽不感到意外，但多少还是有点突然。昨天，我跟她编在同一个组里，她一直排在我前面。看得出，她体能不行，走得非常慢。由于她的速度上不去，我也一直被她压在后面。她为此几次向我表示歉意，但为了避免其过于自责，我总是说没关系的，我也不喜欢走得太快。但她知道我是在宽慰她。

大家都为瑞雪感到遗憾，但瑞雪自己倒还好，在与我们告别时还显得挺轻松的，她说，本来就没想着要登顶，能走到 C2 也已经很满足了。这是登山者应有的心态，我真的很佩服她这一点，选择放弃也不是那么容易的，有些人很难做到。

　　领队指派了一位协作送她下山。望着他们渐渐远去的身影，我突然感到一丝忧虑：这么多的暗裂缝，只有一位协作带着她，安全吗？能应对得了吗？万一……有过坠入冰裂缝的经历，使自己特别害怕别人也遭此险境。领队宽慰道，不会的，不会的，你放心好了。

↑ 攀登，继续攀登

　　上午十点左右，我们开始向 C3 营地进发。今天翻越的第一个冰川就是靠近 C2 营地右侧的那个缓坡，仅 30 度左右，无须踢冰，故走得不算太累。值得庆幸的是，今天自感体能还算不错，便又开始信心满满起来，步子迈得大，走得有点得意，但还不敢忘形。因为，冰裂缝的阴影还一直压在心头。现在，我对前面的每一个脚印依旧会产生强烈的质疑，瞪大着眼睛不敢眨巴一下，似乎只有这样才可避开冰雪下面布设的陷阱。尽管有结组，如掉下去，只要绳子不断，锁扣不坏，肯定死不了。但是，如果绳子留有的余量太大，掉下去照样会受伤。昨天被救上来之后，刚开始我还庆幸自己毫发无损，没想到，其实左肩在坠落的瞬间已被挫伤，第二天开始痛起来，当时我并未太在意，认为过几天就会好的，谁知竟然过了大半年才痊愈。

　　爬至冰壁顶上，大家坐下小憩。趁此机会，我赶紧取出相机拍摄对面的冰川。这片冰川有点像 C2 营地附近的冰川，但冰体更显巨硕，其冰面表层也露着尖锐的褐色，而下面则铺垫着高低起伏的银色。我想起之前山友讲的话："雀儿山的冰川是不是最美不好说，但绝对是最有特色的。"是的，这话应该没错。

雀儿山的小气候有点奇怪，即便远处时有云雾飘来，但近处的空气通透度依旧很好，下面冰原上纵横交错的裂缝痕迹都可看得清清楚楚。中午十二点半左右，我们终于来到了著名的 C3 大冰壁面前。透过薄雾，隐约可见其大致的形状，冰壁的高度约有七、八十米，坡度在 60 度以上。这对自己显然是个挑战，我不禁想起了前几天在雀儿山景区门口遇到的那位山友说的话，担心自己没有经过攀冰训练，会不会上不去？我心里不免有点发怵。但是，不管怎样，此时此刻，一切都得靠自己了。

协作们帮着大家整理好各类装备，正式开始攀登了。由于冰壁起始的三分之一段坡度仅有 30 度左右，并不难登。但走过这一段后，冰壁一下子呈直立状，上升器、冰镐、冰爪全得一齐上。开始踢冰了，就在我右脚冰爪的前刺用力踢入冰壁的一瞬间，忽然感到脚背一阵钝痛。我立刻明白了，踢冰主要是脚背和踝部发力，而前段时间骑车摔倒时扭伤的位置恰恰就在脚背上。

完了！我心里暗暗叫苦。更要命的是，冰壁上积有很厚的雪，冰镐凿进去吃不住力。冰爪踢不进，冰镐又凿不住，仅凭上升器根本不行，人挂在冰壁上，上不去，又下不来。当时，我一筹莫展。环顾左右，旁边几根绳子上吊着几个正挣扎着往上攀爬的山友，他们也都一个个龇牙咧嘴，显得非常吃力。但是，他们可以正常踢冰，虽然上升得慢，但至少是在一点一点在往上升。而我，现在一只脚不能发力，整个人都失去了动能。

我觉得自己肯定上不去了，想到了放弃，但是又心有不甘。一位协作攀到了我身旁，他以为我是体能出现了问题，便冲我喊道："村长，加把劲呀！"我扭头看着他，颇为无奈地摇摇头："不行，我的右脚出发前受伤了，现在踢不了冰，肩膀也不行……"他愣了一下，跟我说："不行就用左脚踢，慢慢来，踢一下，拉一下上升器，试试，别着急。"这倒是提醒了我，对！就用一只脚踢,我今天总不能就这么吊在冰壁上吧!于是,我横下一条心,一步、一步,缓慢地往上攀登。

↑ C3 大冰壁,远远看去,攀登者形如行蚁(川藏队供稿)

但是,在离崖顶还有约一二十米的时候,左脚开始渐渐发僵,竟一点也使不上劲了。然最要命的是,昨日坠落冰裂缝时被挫伤的左肩竟也开始疼痛,以致不敢用力拉上升器。因短时间内超负荷的体力消耗,使我感到了明显的缺氧,嘴张得再大,仍喘不过气来。其间,头顶上还不时地有碎冰掉落,砸在头盔上震得脑袋嗡嗡作响,吓得我连头也不敢抬。

这时,又一位协作爬上来了,上面的人向他喊道:"你拉一下'村长'!"于是,那位协作便死劲拽着我的胳膊,连拖带拉,终于,我手忙脚乱、狼狈不堪地爬上了冰壁顶端。当我出现在大家面前时,先期到达的山友们竟然都为我鼓起掌来。哎哟!这惭愧劲儿简直别提了。我直朝他们摆手:"别介,别介,实在不好意思,连累大家了!连累大家了!"

脚伤竟会如此严重地阻碍我踢冰,实在是始料不及。而更让我畏惧的是,明天还有一个更陡更高的冰壁等着呢!不得不承认,今天这个大冰壁着实给我来了个下马威,将我的自信心给彻底打没了。明天……明天该咋办呢?路上,我一直在思索和担忧着这个问题,于惴惴不安中,抵达了 C3 营地。

↑ 在 C3 扎营，此处海拔 5750 米

↑ 雪霁云散之际，冰川上突现了一道彩虹

10. 最后的冲刺

C3 营地海拔 5700 余米，由于垂直高度比 C2 增加了 400 米左右，其周围的景观也有了很大的不同。刚抵达 C3 营地时天气还不错，山脚下辽阔的草滩、蜿蜒的河流皆清晰可见。嶙峋的山体被不同的海拔划分出石坡、雪原、冰川等不同层次的颜色。如同在飞机舷窗上俯瞰大地一般。倏忽间，团团云朵又不期而至，透过云朵的缝隙，湛蓝的天空被割裂得如同靛青花布一般，斑斑点点、光怪陆离。云裹雪山，山立云中，此番情景，不禁让人心生感动。这种笔触粗犷、画面宏大的景观，只有站在这非凡的高度才能见到。登山，在每一个不同的位置，都可看到不同的美，而这，就是登山的魅力所在吧！

C3 营地的冰川体量十分巨大，其冰川厚度更甚。只是因为海拔更高，许多峰顶的岩体已穿冰而出，故其不似 C2 的冰川那么绵长、浑圆、广袤。而是显得更为陡峭巍峨，且冰川之间的高差很大，纵横交错的裂隙间形成了很深的沟壑，使冰川呈现出许多突兀而零乱的断层。

安顿完毕，乘着天色尚亮，大家纷纷拿起相机寻找风景。还有几位山友闲来无事，开始在营地旁堆起了雪人。呵呵！在雪山上堆雪人，那是方便得很，不一会儿工夫，雪人就堆成了。只可惜找不到任何装饰的东西，雪人的五官无法表现，形状并不漂亮，乍看过去像个没头没脸的冰柱子。

此时天上云层渐厚，光线也暗了下来，好天气突然消失了。而让大家诧异的是，才不一会儿工夫，天空却又出现了极为奇妙的变化：厚厚的乌云骤然绽开，道道霞光降临冰峰。随即，山际线上出现了一道绚丽的半圆彩虹。大家都不由地惊叫起来。仅五六分钟的时间，彩虹又倏然消失得无影无踪。

不知是谁，将此奇观与登顶的成功与否联系在了一起，连声说道："如此难得一见的景色都被我们遇见了，这是个好兆头！好兆头啊！明天我们保证都能登顶"。我说，"都登顶已不可能了，今天不是已经有一位下撤了吗！"

那位连忙纠正道："哦！不，我是指已在 C3 的人。"我又说道："哎呀！也难说呀！明天我能不能登顶还没把握呢！今天这个大冰壁都差点上不来了。"

"不会的，不会的。"他宽慰我道，"真要是上不去，我们拉也把你拉上去。"我开玩笑道："行！明天就指望大伙了。"吃过晚饭后，领队召集大家在露天开了个短暂的会议。主要是把明天冲顶的注意事项做些强调，同时还补充了一点，即顶峰下面那个冰壁很陡峭，攀登难度要略高于今天这个冰壁。所以，并不强求大家非上去不可，到了那个冰壁下，我们就视作已登顶了。如有体能跟不上的，可以不登。不知为何，听了领队的这番话，对冲顶本来持有犹疑的我，反而下定了攀登的决心——登！非登不可！离顶峰就这么点距离了，岂可放弃！明天，我豁出去了！

第二天凌晨一点，大家就起了床。这一晚，不！应该说是半晚，多数人都睡得不好，显然是海拔太高的关系。整理装备，吃早餐，一切都在紧张地进行。凌晨两点左右，我们开始冲顶。天，漆黑一片，偶尔还有雪花飘落。雪山上寂静一片，咔嚓咔嚓的踩雪声传得老远老远。一长串头灯在夜空中闪烁，照亮着前行的道路。雪出奇的深，每一步都走得不轻松。从 C3 至顶峰依旧冰裂缝密布，当然，更多的是明裂缝，看着可怕，但威胁并不大。而协作却提醒说，其实这里的暗裂缝挺多的，因为现在山顶温度低，裂缝上面的雪桥相对结实，所以不太会踩塌。

一路上，我感觉体能尚可。但是，我再也无法像之前那样信心满满了。昨天在 C3 大冰壁上的遭遇，让我对马上就要面临的峰顶大冰壁的攀登充满了顾虑。中途休息的时候，我向身边的一协作表达了自己的担忧。孰料他对此不太当回事，轻描淡写地表示，到了坡下面你可以不登了呀！昨天不是说了吗，到了那儿就视作登顶了，也发你登顶证书。

"不！"我说，"我一定要上去。我只是脚和肩膀有点伤，体能没问题，不上去心有不甘。"我心想，我可不是为着一张登顶证书而来的，不上顶峰，就看不到上面的风景，这是我登山的主要目的，我可不想在此留下无法弥补的遗憾！

喜马拉雅之雪

天蒙蒙亮时，我们来到了大冰壁底下。此时晨雾渐浓，再及天色尚暗，冰壁的顶端仅隐约可见，但其高度的确要超过 C3 那个冰壁，只是在朦胧中还看不出其坡度究竟有多少。待我们陆续将身上的保护解开，各自连接好路绳保护和上升器，准备向上攀登时，云雾稍稍散去了一些。此时，大冰壁的模样清晰了许多：高度近百米，坡度在 65 度以上。由于距离近，感觉大冰壁几近垂直，极具压迫感。登上冰壁顶端后再往左侧走百把米就是顶峰了。看得出，面前这座冰壁的攀登难度肯定要高于昨天。

大家面面相觑，似在互问："怎么样？登不？"

登！当然要登！十五个人中，没有一个人表示放弃。我至今也没搞清楚，人在极限状态下究竟能产生多大的潜能和胆魄。此时的自己全无怯意，完全做好了拼的准备。这不禁让我想起了 2017 年 5 月登珠峰北坡时的情景。当时，整个队伍中仅剩下我一个人去海拔 6500 米的前进营地，但我没有丝毫犹豫，仍毅然前往。而今天的情况又有所不同，脚伤和肩伤是难以克服的软肋。坚持冲顶，可能会给自己带来更大的叠加伤害。事后，我回想自己当时的心理，这或是一种带着悲壮色彩的无所畏惧的冲动，这种冲动是感性的，甚至是盲目的。

我们顺着下挂的绳索开始往上攀登。没想到的是，由于大冰壁与底部有一个一百度以上的大折角，折角处积雪很厚，一脚下去差点没至腰部。攀爬这种冰壁最怕雪厚，踢冰和凿冰镐都很难用上力。待走出积雪最深的折角区域，便开始爬上大冰壁。还好，冰壁初始段的雪不是很厚。

情况与昨日相似，一用力踢冰，右脚背便是一阵钝痛。我赶紧放慢攀登的节奏，我知道，只凭着一只脚发力，若频率过快肯定不行。刚开始，我选择了自以为行得通的办法，即，尽量多地借助上升器。在初始段，我爬得还算顺利，但随着高度的上升，冰壁变得愈发陡峭，持握上升器的左手不断用力，使得受伤左肩又开始疼了起来，踢冰的左脚也感到了僵硬无力。

由于冰壁上段的雪仍然很厚，右手持握的冰镐总也凿不到冰层的深处，用力挥镐的结果都只是凿下一大块冰雪而已。我又陷入了昨天经历过的窘境。而此时，离冰壁顶端还有约一半的距离。

正当我左支右绌、进退两难之际，协作老李顺着我左边的绳索爬上来了。他见状向我喊道："'村长'，你不要甩镐了，你就用右手握住镐头，直接摁着镐尖用力插进去！这样就可以吃上力。"

我立即照他说的那样操作了一下，哎！真的很管用。由于冰镐能吃上力，左手的上升器就能发挥作用了，人也没那么累了。虽然上升并不快，但是很稳定。哎呀！这么好的方法怎么不早跟我说呢！这可真是帮了我的大忙哟！我不迭地向老李表示感谢。

↑ 放手一搏，向着顶峰冲击（川藏队供稿）

离冰壁顶端越近，每个人的状态就越差，脸上的表情也夸张得很，全然一副"狰狞可怖"的面目。极度的疲劳和缺氧，使最后的攀登几乎成为一种挣扎。我的右边是李海洲，不知为何，他今天的状态似乎不是很好，登得特别累，当我渐渐赶上他的时候，发现他正趴在冰壁上大口大口地喘气。我问他："你感觉怎么样？"他一时说不出话来，只是拼命地摇头，半响，才憋出几个字:"我不行,我上不去了……"我一听有点急了,忙冲他大喊:"小李,你一定要坚持住,千万别放弃!"

在我的潜意识里,我们三位舟山人就是一个整体,我非常希望大家都能成功冲顶。我见李海洲的冰镐似乎也凿不深,连忙将老李刚教给我的凿冰方法示范给他看。我说:"你肯定能行的。"我本想陪在一旁,与他保持同步,以便为他做些精神上的支撑。但转念一想,现在自己也是泥菩萨过河,自身难保。今天,我能不麻烦人家,顺利地登上这个冰壁已是上上大吉了。于是,我便顾自向上攀登。现在,我已顾不上余下的冰壁还有多少距离,只管一点一点地往上爬。当然,我也不敢抬头观察,因为上面不断地有碎冰掉下来,害怕被砸中。

↑ 在C3与顶峰之间,还有这段漫长而令人生畏的雪坡

接下来的攀登对我而言仍不轻松,但是,至少,剩余的高度已不会成为我不可逾越的障碍了。我忍不住迅速朝上瞟了一眼,但立即有一连串的冰雪落在身上,"别抬头!别抬头!"不知是谁在冲我喊叫。我被吓得赶紧缩紧了脖子,是啊!别犯低级错误,真要是被冰石砸在脸上,那可不是闹着玩的。

开始倒计数。我估摸着此时离崖顶大概还有二十来米,于是,我每拉一下上升器,就在心里默念一个数字。当我数到五十多的时候,只见黑黝黝的冰崖沿子已出现在了我的面前。当双脚踏上顶峰的一瞬间,心里一阵释然。终于登顶了!不!我立刻给自己纠正:现在还不能说登顶,真正的顶峰还在我左前方向上的百米处,但胜利已经在望。体力透支得厉害,我在厚厚的积雪中蹒跚着,步态有些踉跄。我朝前面离我不远的老李打招呼,但是嗓子很干,声音沙哑得连自己听着都觉得陌生。

抵达峰顶的最高点时,我看了看手表,时间是早晨 6:40,这是我正式登顶的时刻。心情有些激动,但是,这激动不是因为自己登顶,而是因为我终于在逆境中战胜了自己!旁边有两位山友眼噙泪水,不停地举臂欢呼。他们都是第一次攀登雪山,我很理解他们此时的心情。记得我第一次成功登顶雪山时,也是如此兴奋地为自己喝彩。但现在,于我而言,能站在这高山之巅,只觉得有些侥幸,我几乎忘记了自己是怎么一步一步爬上来的?出发前脚摔伤,在甘孜得了急性肠胃炎,攀登途中又坠入冰裂缝,左肩挫伤。此时,胸中颇有点历经劫难、九死一生的悲壮之感。

雀儿山峰顶是呈条状的冰雪混合的岩脊,十分狭窄,暴露感极强,身前背后是万丈深渊,稍有不慎,人便会滑坠。十几个人站在上面显得非常局促。领队怕出危险,一再提醒大家不要离开所站的位置。云雾紧裹着山峰,偶有强风吹来,脚下的群峰方倏然显露。蓝色的天幕下,云卷云舒,山川浩荡,好一派壮美景象。可惜,未待大家站好位置,周围霎时又被团团云雾笼罩。

不管咋样,登顶的集体照是必须要拍的。因受地形限制,拍照也成了一件危险的活儿,看着为我们拍照的领队举着相机在我们面前慢慢后退着,都不禁为他捏了把汗。勉强拍完合照,连像样的个人照都来不及拍,领队便催

喜马拉雅之雪

促着大家下撤。这一则是为了尽量利用好下撤的时间窗口,二则是因为还有一支登山队就要上来了,怕届时在冰壁上造成拥堵。

↑ 在雀儿山顶峰的留影。因山顶面积太小,无法拍摄像样的单人照,大家只能挤在一起,凑合着拍上一张

经历了向上攀登的痛苦和艰辛，现在，从冰壁上下来则感觉轻松了不少，只要操作得当，利用8字环下降无疑能使自己得到短暂的喘息。我甚至觉得，如果整座雪山都是悬崖的话，那么，用这种方式下降不但会省下很多力气，而且还很舒服。我下降的速度很快，仅仅一两分钟就到达了冰壁底下。但其间发生的一个小插曲，着实把我吓了一大跳。当下降快要结束时，冰壁上有一处空洞的冰壳竟然被我给蹬穿了，致使半个身子陷入缝中并被死死卡住。显然，这是一个竖状的冰裂缝。不过，这种冰裂缝的威胁并不大，因为在这个角度形不成自由落体式的下坠。此时，正在下面等候的几位协作见状立刻跑了过来，七手八脚地将我拽了出来。

11. 沉重的下撤

终于暂时安全了。余下的便是二三十米距离的缓坡，已有几位山友解开保险坐在雪地上直接往下滑去。我也想偷个懒，但是，一想起冰裂缝，不禁犹豫。我忙问身旁的协作，这样下去没问题吧？他知道我已经被冰裂缝给整怕了，不由地笑了起来："这里很安全，你放心吧。"于是，我卸掉身上的保护，旋即跟着大家顺坡滑了下去。

刚刚坐下休息，只见后面那支登山队伍已经上来了。这支队伍是另一个登山公司组织的，在大本营时，我曾与他们遇见过。其中有一位是我前几天刚认识的来自江苏的登山者，年纪居然还比我大一岁，这是我在历次登山中首次遇到的年长于我的人。我正欲站起身去寻找他，却见其已径直朝我走来。能在此处相见，自然都有些激动。一番略显急促的交谈——他关注的是这冰壁的难度如何？而我关注的则是他的体能如何？因为他看上去显得有些单薄。末了，我特地将刚刚学到的偷懒式凿冰技巧告诉他，以备不时之需。

他马上就要往上攀登了，临别时，我们匆匆合了个影。待他走远，我才猛然想起，刚才只顾了说话，竟没互留一个联系方式！当时我觉得他下撤后或许会追上我们。但是，直至我们到达大本营，也未见那支队伍跟上来。也许，因为时间关系，他们在上面的营地过夜了。此后，我们就失去了联系。

偶尔会想起他，心里总会有一点遗憾。

  稍事休整后，我们开始往回撤。山登得多了，便能深切地体会到，下撤有时甚至比攀登还要危险。因为，此时人的体能已大不如前，兴奋度和反应能力也随之下降。再辄，如果错过窗口期，或会遭遇恶劣天气和其他的意外。总之，在雪山上，任何时候都不可懈怠。

  C3往峰顶这段路上来时，由于天黑，所见仅为头灯照亮的区域，旁边即便是再骇人的险境也无法察觉。而现在天色已亮，居高俯视，面前的地形地貌不禁让人一惊！上来的路段竟是如此之险。冰川的体量比Ｃ３营地还要大，有些像是堆积在一起的巨石，有些像是人为砌成的高墙，周围的平缓处尽是零乱的明暗冰裂缝，望着这些黑黝黝的裂口，直让人心里发怵。

  不过，不得不承认，接近顶峰路段的风景实在是太美了。雾，时聚时散，风，时疾时徐。形状各异、陡缓交替的冰川，像一幅幅装饰于天际的银白色的雕塑。远方，朝霞正在迸散，红色的光线被弥漫的云雾折射，随意地映照至我们站立的位置，又变成了一缕缕淡淡的橙黄。偶显清晰的天空中，两只雄鹰正在悠闲地盘旋着，忽而朝下，忽而向上，似故意在我们面前炫技。

  在离C3营地大约还有个把小时的路段上，有一大片呈巨大鼓包状的冰川，上面也布满了宽窄不一的裂缝，乍看上去很像珠峰前进营地上面的那片冰川。我们需从中穿越过去。一朝被蛇咬，十年怕井绳。现在，我对冰裂缝已处于极度敏感的状态。明裂缝倒是不怕，恐惧的只是暗裂缝。但凡遇上暗裂缝，我都会反反复复地观察琢磨一番。

  在一个隆起十分突兀的冰坡旁，我发现一暗裂缝上的雪桥侧面有一个洞，里面透出一丝幽蓝的光泽。我犹疑着，不敢踩上去。前面的协作见我没跟上来，便问我怎么回事？我说："这雪桥好像不太牢固。"协作有点将信将疑："没关系的，我们都刚刚踩过。"但凭着直觉，我依然不放心，故我并未像之前那样直接从雪桥上走过去，而只是用左脚轻踩了一下雪桥，迅即右腿腾空跃起，朝着裂缝对面飞跨过去。同时，右手将冰镐狠狠地凿在了冰面上。果然，就在我腾身之时，脚下踩着的那部分雪桥就塌陷了，身体也随着惯性猛然扑倒在对面的雪地上，登山包上插着的保温壶也随之朝前飞出老远。直至今日，我仍未搞明白，那天我为什么会如此肯定地认定这座雪桥是不牢固的？难道，人真的具有第六感觉吗？

惊魂甫定，我即回到裂缝旁想看看其究竟有多深？但由于雪桥垮塌处的口子太小，看不出里面究竟是啥样。为避免后面的人掉进去，我立即大声朝后面喊话，请他们注意脚下。吊诡的是，我话音刚落不久，跟在后面的一浙江同乡也踩塌了一处雪桥，幸亏他有了防范，与我一样，只是有惊无险地摔了一跤。我不禁纳闷，怎么总是会踩塌雪桥呢？看来，除了运气差，唯一能够解释的就是雀儿山的冰裂缝实在是太多了。

回到C3营地，匆匆整理好行装，立即向大本营开拔。虽说接下来的线路是由高往低走，但是，算上从C3冲顶，再从峰顶返至大本营，这一天等于要在雪山上徒步二十多千米。相对海拔落差达两千多米，且还是负重行进，这在平原地区也是超负荷的运动量了，更何况是在高海拔的雪山上。所以，这样的下撤对每个人的体能和意志绝对是一个巨大的考验。

随着时间临近中午，山上的积雪渐渐被阳光晒得有点软化，步履更为艰难。两位与我编在同一组的山友，感觉体能吃不消，遂向领队提出希望今晚能在C2营地过夜。领队说不行，今天必须走到大本营。此时，我同样疲惫至极。而更让我感到无奈的是右脚的伤，经过这几天的劳累，现在，右脚背即使是在没踢冰的状况下也感到疼痛明显。若能在C2歇息我当然是求之不得。

但是，理智告诉我这是行不通的。因为C2的生活保障条件已经不具备了。昨天，我们的帐篷及所有的生活物资全已撤至C3营地，而早上我们从主峰下撤至C3时，早已将所有的东西都打包带下去了。于是，我向他们说道："不要再心存幻想了，咬咬牙，今天无论如何也要走到大本营！"

领队对大家的速度也感到很担忧，他说你们走得太慢了，照这个速度，天黑前很难抵达大本营。这话敲在我们心上可分量不轻，因为C1至大本营的路段虽无冰雪，但有很多悬崖峭壁，需借助绳索、梯子等作为辅助，若在天黑攀行是十分危险的。在退无可退的境遇面前，大家终于彻底死了心。

走！继续走！接下来的每一步都变得异常沉重，两条腿完全是在大脑的强迫之下挪动着，显得勉强而僵硬。途中的几次短暂休息，我甚至都不敢坐地上，生怕一坐下就起不来。C2至C1这段路由于冰原非常广阔，明、暗裂缝最多，这两天山上又下过雪，许多窄一些的明裂缝的表面又被新雪覆盖，也变成了危险的暗裂缝。这使得大家更加谨慎小心。

很快，又来到了那片最危险的冰裂区域。我很执着地想找到曾吞噬过我的那条冰裂缝，并拍张照留个念。那天被救出后，因一时紧张，全然忘了这茬。事后，也有人不无遗憾地放过马后炮，说当时怎么没拍个救援村长的现场视频或照片呀？要是能拍下来，那一定蛮精彩的！

一参与救援的协作则很不以为然："你现在说说倒是轻巧，当时别提有多紧张了！谁还会想着那事！"不过，对我而言，如果当时真能拍下一些救援镜头的话，还真是一个人生片段的特殊纪录呢！

最终，我还是没有找到那条裂缝。雀儿山的冰川以活动性大，变化快著称，难道，这几天裂缝又有了变化？我就此求问于一位协作，他讲，冰川的变化是由很多因素造成，我们所想象的时间概念与冰川本身变化的时间概念是不一样的，今天发生的冰川外观的改变，在我们看来好像只是一夜之间的事。但对于冰川而言，其实已经历了相当长的时间累积，只不过其在某一个时间节点表现得较为明显而已。他讲得对，冰川时刻处于变化之中，只不过我们感受不到这一过程。我们能感受到的永远只是它的结果。

算了，无须再找了，即使找到了，也只是满足一下无谓的心理要求而已。每条冰裂缝都可夺命，这一条与那一条又有什么区别呢！攀登与下撤，在精神上会处于截然不同的两极状态。每次，在往上攀登的时候，即使再累，人却是亢奋的。因为，未到过的地方总是令人向往的，故沿途的一切都极具新鲜感。

而下撤就有所不同了，兴奋度会大大下降，身体也更感疲劳，而疲劳会让人产生精神上的倦怠。在这处处暗藏危机的地方，倦怠是最要不得的。除了要小心冰裂缝，还须时时提防滑坠。像高墙或像巨石一般的冰川体，高达十几米甚至几十米，有的顶部十分狭窄且呈弧形，若不慎滑下，很容易造成伤害。虽说有结组保护，但个别险要地段若制动不及，甚至会将其他人也带下去，这是很危险的。

很快，又进入了累人的"跳跃地带"，亦即冰裂缝最多的区域。这倒是会给自己带来精神上的刺激，这种被动的刺激会在一定程度上驱散倦怠感。每一次跳跃，对拴在同一根绳子上的人们都是一次紧急制动的协同操练。不做好充分的准备，谁也不敢跳。现在，体能都大幅度下降了，这种跳跃比前几天上来时增加了不少难度。对我而言，苦衷更在于脚上的伤，现在，每次跳跃，右脚背便会感到像踢冰时的那种疼痛，这说明伤在加重。下撤的路，已越来越成为一种煎熬。

"这里暗裂缝多，你们要小心哟！"随着协作的一声提醒，我的神经又一下子绷紧了。现在，只要一听到暗裂缝这三个字头就会大起来。在过一道很宽的暗裂缝时，由于前面的人已离得很远，致使我无法确定落脚的位置，久久不敢迈步。这时，超走了过来，他可能对我患上的"冰裂过敏症"有些不耐烦了，指着雪桥上的一溜乱七八糟的脚印说道："这不是我们刚刚踩下的脚印吗！你照着样踩不就行了！"我顺着他手指的地方再一细瞧，雪桥边上已消融掉一大块。我心想，你这家伙自己没尝过掉进裂缝里的滋味，尽说些不着调的话，我有点没好气地回应道："现在才不相信这脚印呢，那天我就是因为踩着前面刚踩下的脚印才掉下去的。"但是说归说，最终我也只能从有脚印的地方走过去。现在想起来，当时的自己肯定已敏感成"一根筋"了。

随着海拔的逐渐降低和光照的影响，雪变得更软更粘了，个别雪薄的路段甚至出现了渗着泥水的黄雪，行走的感觉越来越差。而且，有些路面的上层是由硬雪结成的壳，这些壳在积雪变软的情况下很容易被踩破，这倒不会有什么危险，但是脚很容易被卡住。在处于极度疲惫的状态下，想独自将脚拔出来往往很困难，一旦被卡，需要队友帮着用冰镐将雪刨开才可摆脱窘境。

下撤途中的劳累和枯燥固然免不了，但是，抬眼俯首皆有景，这也是雀儿山的奇妙之处。新鲜劲自然比不了上来的时候，不过，由于看山的位置和方向发生了变化，同样的景，却是观感迥异。正如古诗云：横看成岭侧成峰，远近高低各不同。人随景走，景随人变，确实让人叹为观止。最典型的就是从高处俯瞰冰原，这绝对是一幅旷世美景：尖锥状的岩峰倚天而立，岩峰之下，冰原辽阔似海，顺着山势崩泻而下。而一道道豁着口子的裂缝犹如列队而至的舟楫，极具动感。雀儿山这种恢宏大气且有些古怪的地貌特质是其他雪山所不具备的。

↑ 下撤，小心翼翼地行进在危险的冰川顶端上（川藏队供稿）

所以，如果再让我登一次六千米级的雪山的话，我肯定还是会选择雀儿山。前段时间，我在与川藏队的朋友在微信上聊天时，也表露了这个想法。

他们都说，你来呀！欢迎你再来登。真怀念川藏队的那些兄弟们，如果没有他们的一路照应，我的最后几个小时的路程是肯定无法独自完成的。因为，屋漏偏遇连夜雨——本已受伤的右脚竟然又被崴了。

12. 痛苦的坚持

在离 C1 营地大概还有一个多小时的时候，我们遇到了一条两米来宽的冰沟。这条冰沟前几天上来时我曾跨越过，并不觉得困难。但是，此时它却给了我沉重的一击——在我奋力跳跃过去、冰爪触地的一瞬间，右脚狠狠地崴了一下。只听得踝关节"嘎巴"一声，钻心的疼痛霎时传导上来。这下完了！旧伤未愈，又添新伤，心里立时弥漫起一股强烈的绝望情绪。因为一旦在这种地形险要的冰川上崴脚，就意味着你根本无法独自下山。我低着头，双手紧紧捂着受伤的右脚，默默地坐在冰面上，心里别提有多难受。这可咋办！该如何下山呢？我肯定需要别人的帮助，但这会给别人增添多大的麻烦！我深知高山救助的极度不易，现在，每个人都已疲惫到极点，能照顾好自己就已算不错了。

两位协作连忙跑过来将我扶起。我试着轻踩了一下，感觉脚踝非常痛，不能用力踩，估计未伤及骨头，但韧带肯定是伤了。没想到此次登山竟会一路遭遇各种意外，莫非这是我注定须经受的磨难？难道老天爷看错了人，还要降什么"大任"于俺不成？

腿瘸了，速度就慢了下来，渐渐地，我与大部队的距离越拉越开，直至消失在我的视野里。而此时让我感到无助的是，因不能发力，右脚的冰爪已无法扎入坚硬的冰面，人走得摇摇晃晃，十分的别扭。李海洲一直左右陪伴着，协作朗贾、且且则轮流搀扶着我。好在接下来再未遇到大的冰沟，否则，我根本过不去。遇到较窄的冰沟，我只能左脚发力，尔后用主动倒地的方法保护自己。下午四点左右，我们终于走出冰川地带，来到了 C1 营地。

此时，先于我们赶到的大部队已在 C1 营地休息了差不多一个多小时。不知为何，他们决定今晚不住大本营了，而是直接赶往甘孜县城，这比原计划提前了一天。我刚坐下，他们就陆续起身准备走了。我有些不解：干嘛非要改变既定计划，急着赶往甘孜呢？但是，我不想细问，我知道，现在自己脚崴了，横竖也跟不上大部队的速度，他们早走晚走，与我的关系已经不大了，只是大部队的离去，让我感到十分的孤独。

朗贾看出我的心思，过来跟我说："'村长'，没关系的，我们会陪着你的，反正我们今天要在大本营过夜的，就慢慢走好了，不急。"他的话让我安心了不少，对！现在对我而言，只要天黑前能赶到大本营就是胜利。朗贾问我能不能坚持，我说："现在不是能不能坚持，而是必须坚持呀！哪怕爬也得爬回去。"

说实话，在这种情况下，即便是骨折也得撑下去，因为眼下的我已退无可退。我脱掉靴子，仔细察看着伤势，脚踝已明显肿起来了。而且，之前受伤的脚背也更疼了。但情况比预料的要稍稍好些，肿得还不算非常厉害。按照崴脚时的受力程度，伤势应该很严重，不幸中的万幸是，由于我穿的是专业登山靴，鞋帮很高，鞋带也绑得很紧，这就限制了横扭的角度，使踝关节的伤害程度有所减轻。

与大伙告别了。唉！朝夕相处好几天的山友们，怎么如疾风扫云一般，说散就散了呢！分手虽是预料之中，却又觉猝然。望着他们渐渐远去的身影，一想到自己还得一瘸一瘸地走这么长的路，一股无以言状的伤感悄悄涌上心头。

我也该上路了，不管有多么艰难，余下的路必须由自己走完。否则，天一黑下来，我会陷入更大的麻烦。经过一阵休息，当脚再次落地时，只觉得疼痛比刚才更厉害了。显然，受伤处肯定在缓慢地渗血。朗贾和且且过来扶住我，问道："行不？我苦笑道，现在我要是说不行，你们就得像山地救援那样把我拖下去了。"我在视频上见过他们对雀儿山遇险者的救援——将人绑在专用的船形担架上，连拖带拽的，这滋味肯定好受不了。

不过，好在接下来的行程不是冰雪路面了，不需要穿冰爪，这让双脚减轻了不少重量，再加上不用发力踩冰了，触地时的疼痛感也稍有减轻。再辄，现在两只手可以撑登山杖了，也减少了双脚的承重。但是，C1至大本营的路高低落差很大，有几处是近乎垂直的峭壁，即便是相对好走点的地方落脚也非常困难。但是，现在我根本无法去考虑什么对策。当然，也想不出什么对策，现只能是走一步算一步了。

一路上，我想尽量少麻烦别人，因为在这种状况下，对我施援是件十分费力的事。很多时候，为了搀扶我，朗贾他们必须将落脚的地方让出来，自己则紧贴在岩壁上，不但危险，且非常累人。但是，身不由己，在一些险要地段，我根本离不开他人的帮助，否则，真的是寸步难行。

这路是前几天刚刚攀爬过的，现在，却让我和小李觉得非常陌生和危险。不禁连连发问："这是我们上来时走过的路吗？怎么咋看都不像呀！从陡峭的山崖上面下降，与前些天上来时的感觉全然不同，俯瞰下方，心里不由地阵阵发毛。现在，脚受伤了，我心里更是没底。在一些横切的岩石线路和悬崖的垂直下降，因右脚无法用力，全靠朗贾和旦旦左右搀扶着。如果没有他们的悉心照应和鼎力相助，那些险峻之处我是根本无法逾越的。至今想起，我对朗贾、旦旦乃至川藏队仍充满着感激。他们，是我永远感念的朋友！

走过最危险的地段后，还有一段漫长的缓坡路，路倒是不难走，但脚却是越来越痛了。由于右脚不敢用力，这一路下来全靠左腿在带，渐渐地，左腿膝盖竟也开始胀痛了。我心里不停地给自己打气："坚持住！坚持住！"

我很担心，这种自虐式的行走会不会使脚伤加重，给漫长的归家之路带来麻烦。于是，我与旦旦说道："旦旦，明天，我不走路了，绝对不能再走了，你帮我雇匹马，我骑马出去……"

当时，尽管自己的状态已经非常差，但是，速度却一点也没有慢下来。因为频率一慢下来，右脚着地受力的时间就会延长，脚踝会更疼，走得快了，脚抬得也快，反而会减轻疼痛。事后，我想，如果那天下撤的距离再长些的话，照我这种走法，最终会不会走至倒下？真的很难说。

水也早已喝完了，口渴得要命。大本营怎么还没到？旦旦则在一旁不断地鼓励着我："到了，马上就到了。"这一而再、再而三的"马上"，让我渐渐对这个词失去了兴趣。不管它了，埋着头走吧！

突然，我发现前面的小树林里钻出一个人来，手里还举着一罐可乐向我频频招手。这是谁？我以为自己出现了幻觉。待再走近些，我认出来了，原来是"大表哥"。这位比我小二十多岁的大表哥是川藏队的资深协作，整天乐呵呵地咧着嘴傻笑，大家都很喜欢他。我说："你这个名儿取得太占人便宜了吧！连我这个能当你长辈的人都得管你叫哥，而且前面还要加上一个蛮不讲理的'大'字。"听罢，他则得意地哈哈大笑起来。

我从"大表哥"手里接过可乐，仰脖畅饮。哎哟！还是冰镇过的，太棒了，我说这是我这辈子喝到的最可口的可乐。我问他还有没有？有的话给后面几位也留上几罐。"大表哥"则变戏法似的又从裤兜里掏出来一罐，在我面前晃了晃，笑嘻嘻地说："有的，都准备好的。你先往前走吧，我在这儿等着他们。"

往前走了几步，我才忽然明白过来，大本营距这儿还有几百米的距离呢，大表哥一定是专程过来接我们的。想到这里，我心里不禁泛起一股暖意。一个小小的细节，说明了川藏队在服务上的人性化和精细化做得十分到位，他们知道我们此时最大的需求是什么。

俟抵达大本营，我连靴子也未脱，便立马将自己撂在地铺上，静静地躺着，一动也不想动。此时，人彻底放松了，出奇的疲劳阵阵袭来，两条腿搁在铺上竟然不停地微微颤抖着。我需要让肉体和心境都稍稍平复一下。从凌晨一点至现在，整整十七、八个小时，两条腿就没停下来过。而在最后五个多小时里，更是带伤跛行。不敢相信，我居然能够坚持下来。此时此刻，我不禁为自己的坚韧而感到惊讶。

现在，全身好像已经麻木了，连同意识也开始变得迟钝起来，恍恍惚惚中，未觉自己已经平安抵达大本营，以为这是躺在山上的帐篷里。渐渐地，我进入了梦乡。过了约个把小时，忽然醒来，只见外面天色已暗，营帐顶上的大灯泡已经亮起。这间原先住着十几位山友的大营帐，现只剩下我一个人。几天前的欢声笑语犹在耳畔，怎瞬时人影全无了呢？望着空荡荡的铺位，真是无法相信，一场充满激情的攀登，竟这么快就结束了？今晚，大本营一定会非常静谧。

　　吃过晚饭，我想弄点热水好好泡一下脚，以缓解疲劳，并让那只受伤的脚稍稍缓解一下。但大表哥却说："不行的，你的脚踝已肿起来，现在不能用热水，一泡反而坏事。"让他这么一说，我也只好作罢。当我一瘸一瘸地走到营帐门口时，遇见朗贾，他笑着向我竖起大拇指："'村长'，你行，太了不起了！在山上我一直担心你撑不下来呢！"

　　翌日，我起得很晚。其实我早就醒了，只是想借着这难得的闲暇，让饱受"虐待"的身体好好恢复一下，尤其是那只可怜的脚，太对不起它了。我不知道昨天这番暴虐的行走，会否使伤情加重？遂脱下袜子仔细察看，只见伤处比昨日肿得更加厉害了。试着揉了揉，觉得疼痛如故，好在今天是骑马，不必再像昨天那般苦撑着。最艰难的时刻已然过去，再疼也由它去吧！

↑ 泽让朗贾和旦旦，两位协作在我脚受伤后，一直尽心竭力地护送我下山，临别时合个影吧

喜马拉雅之雪

今天，阳光灿烂，晴空万里，这是启程的好天气。吃过早饭，川藏队给我和小李备妥了马匹。就要离开了，与朗贾、旦旦、老李、大表哥他们依依作别。当我在山上遭遇危难时，是他们予以了我巨大的帮助，永远忘不了这些朋友。此时，这个只待了短短几天的地方，竟会让我感到如此的不舍。个种缘由，实在难以细说。我知道，真正让我留恋的是身后这座巍峨雄奇的山，还有在山上并肩攀登、生死相依的那些人。她，让我寄予了太多的情感，更让我读懂了冰雪的纯粹。

当我跨上马背，又忍不住一次次回头眺望这直刺云天的冰峰。再见了，我的雀儿山……

↑ 脚受了伤，只好骑马出山了

尾声
旅行，是一种情怀

本书所描写的是我于 2016 至 2018 这三年间的户外经历，其后的几年里，我又陆续去了卓奥友峰、冷布岗日峰（冈底斯山脉最高峰）、珠峰中绒布冰川、念青唐古拉山等几座山。这些，将在后续的游记中讲述。回顾从 2011 年开始的高原之旅，每一次旅行，都会给自己留下深刻的印象。青藏高原，作为世界的第三极，不管曾经去过多少次，我依然会对其怀着强烈的欲望。

正如我在书中所写的那样：……身后仿佛总有股魔力在催促着自己快些上路。我知道，在地球的第三极上，峻峭的山峰无疑蕴藏着太多太多神秘的力量，目之及处，犹似乍见，始终好奇如初。是的，在我第一次进藏时，无以形容的高原之美便将我彻底征服。此后，高原上的登山和徒步，便成为我旅行生活的主轴。

顺便在此提一下，看到这里，可能有的读者会问，那 2011 年至 2016 年的户外经历怎未见表述呀？有的，那几年的户外经历，我写在另一本书中，书名为《遥远的风——天涯八万里》。可能是出版社的推介营销做得不够，故市场销量不是很大。对此有兴趣的读者不妨上网查询，应该还能买到。哈！

写到这儿，忽然觉得有为自己做广告之嫌，打住吧。

我一直认为，人生本身就是一场漫长而又短暂的旅行，纵向这条线是生命的起始点，其长度不是由你自己决定的。而要活出质量，活出精彩，则体现在生命这条线的外延部分。我相信，旅行是可以拓宽生命的宽度的。因为，就如我在前面提到过的，旅行不同于旅游，旅行是带着灵魂的行走，其不仅仅是丈量脚下的土地，欣赏沿途的风景，更是一个让人思考和觉悟的过程。

讲到这儿，不免又会让人想到什么是生命的意义这个很形而上的问题。这显然涉及哲学，从尼采开始就不断有人提出过。我认为，讲生命的意义，更多的应该从"道"的视角去阐述，而不是从"器"的视角去理解。这看似抽象，其实并不抽象。曾经，我也为此思考，尤其是在年轻的时候。

我的第三次进藏是我唯一的一次真正意义上的自驾游，这也是我历时最长的一次车辕辘上的高原之旅。有一天，我们的车在藏北无人区陷入泥沼，折腾了好久才摆脱困境，之后又迷了路，直至天黑才在荒原深处见到了一缕灯光。那灯光犹如大海中的灯塔，将我们引向幸运之途。那次经历，引发了我对生命意义的一些思考。

那是当地藏族牧民的一个临时游牧点，简陋的泥坯房里住着母子二人，他们热情地迎接了我们，让大家在火炉旁安逸地度过了一个夜晚。第二天清晨，霞光初现，屋外，略显潮湿的草地上漫散着黎明的光泽。女主人早早地起来了，她用干牛粪燃起炉火，为我们做早饭。她汉语说得不好，有时还需要由十来岁的儿子当翻译，所以，我们与她的交流并不多。男孩子稚气未脱，他抱着心爱的小猫，亦步亦趋地跟在我们身后，脸上绽满天真的笑容。看得出，他对我们的到来感到非常快乐。

望着这静谧而辽阔的草原和漫天的红霞，随风而来的阵阵清香沁入心脾，我心里泛起了一种莫名的感动。繁华与荒凉，热闹与寂寥，羁绊与自由，我们的生活形态与这儿的牧民迥然不同，反差犹如天壤。由于对物质追求的相对淡漠，纵然他们并不富庶，生活也很单调，但只要能将一群牛羊养大，妻儿衣食无忧、身心无恙，其获得感与幸福感便会实实在在地超越我们这些貌似富庶和生活多彩的人。因为，他们很超然，内心的背负不像我们那么沉重。

难道我们不能放弃一些太过物化的追求吗？倏然间，我觉得自己似乎理解了关于生命意义的基本内涵。这毋需用如椽巨笔去多作阐述，所谓的意义就是无数普通人的自我实现。因此，完全可以说，生命、生存、生活本身就是意义，其没有标准的诠释，而哲人们繁复的附加和争论不过是意义之外的延伸而已。顺着这个逻辑梳理下去，让很多人纠结的关于生命意义之辩是不是变得有些无谓了？我认为是的。

寂寥的荒原上，以最粗犷的生存方式，演绎着一个个关于生命的意义的故事，故事中的一切都是平淡的。此时此刻，我，我们都是这个故事中的角色。于是我想，在我漫长而崎岖的旅行中，我经历了许多，看到了许多，我在尽力地拓展着生命的宽度。这个过程让我感知快乐与美好，幸福与痛苦。这，是灵魂的升华，是精神家园的修葺。由是，我认为，旅行是诗化的生活，是一种情怀。

（修改、定稿于 2022 年 3 月 27 日）